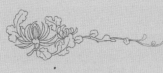

棄婦逆轉嫁

上

文創風 744

林曦照 著

風 文創 744

目錄

序文

林曦照

在我周圍有許多這樣的女孩，聰慧能幹，思想獨立。我時常想，這樣的女孩都是值得欽佩，也是值得愛和守護的。

偶然間，萌生出這樣一個念頭，我想寫一個這樣的女孩，讓她在另一個世界得到欽佩、愛與守護，收穫事業和愛情。

設定的世界在古代。胭脂水粉、綾羅綢緞、千工拔步床、雕花八仙桌，輕輕落入一個現代的靈魂，那她的一顰一笑定是十分吸引人，舉手投足間能讓人挪不開眼。

初入古代，也許有困難，但我們的女孩一定會一一化解。受到欺辱也許有，但我們的女孩定會見招拆招，以德報德，以怨報怨，愛憎分明。在落筆前，我想了很久，什麼樣的男子才能配得上這樣的女孩？一定是能從心底看到她的珍貴和難得，尊重她和愛護她的男人。

每次寫到女主角和男主角的互動，我心裡便會生出甜意。也希望這個故事，能讓讀者們和我有一樣的感覺，那我寫這個故事的目的也就達到了。

第一章

一場秋雨一場寒。

南陽侯府花園裡的青石板路上，鋪滿昨夜秋雨打下的落葉。

兩個丫鬟握著竹掃帚，正在掃地上的落葉。

其中一個年紀小些的丫鬟拖著掃把，走到年長些的丫鬟旁邊。「三夫人出了那樣的事，妳說，三爺會怎麼處置三夫人？」

年紀大些的丫鬟左右張望了下，看四下無人，也把頭湊過去，兩個紮著雙丫髻的腦袋湊到一起。「我說這種事情，哪個男人能忍得了？聽說三夫人是被表小姐捉姦在床的，還驚動了好些人，這次怕是不能善了。」

「說得也是，」年紀小些的丫鬟點點頭。「三夫人平時看著柔柔弱弱的，還是相府的大小姐，沒想到竟是個偷漢子的。我聽老一輩的人說，當年秀宜郡主是出了名的溫婉賢淑，進退得體，怎麼就生了這麼個女兒？莫不是因為秀宜郡主死得早，沒能好好教導女兒？」

「要我說啊，幸虧秀宜郡主死得早，要不然啊，就算沒死，也會被三夫人活活氣死。」年長丫鬟撇了下嘴，不屑道：「妳不知道，三夫人本就是個不守婦道、沒臉沒皮的主兒，妳進府晚，不知道當年三夫人是怎麼嫁給三爺的。」

「怎麼嫁的？」
「還不是因為被人撞破她和三爺……」
「妳們不好好打掃園子在幹什麼！」
兩個丫鬟嚇了一跳，連忙轉身，向說話的婆子行禮。「裘嬤嬤。」
裘嬤嬤朝兩個丫鬟瞪了下眼。「再不好好掃地，當心我告訴老夫人，看妳們怎麼挨罰！」
「我們是在聊各自家裡的瑣事。裘嬤嬤教訓得是，我們再也不敢了，這就好好掃地。」年長丫鬟說道。
年紀小些的丫鬟也急忙道：「裘嬤嬤可千萬別告訴老夫人，我們這就掃地。」
裘嬤嬤抬高頭，恨不得鼻孔朝天出氣。「念妳們是初犯，這次就算了。」
「多謝裘嬤嬤。」兩個丫鬟又行了個禮。
「勤快著些，別讓我再看到妳們躲懶！」裘嬤嬤看著兩個低頭行禮的丫鬟，心滿意足地走了。
「呸！」年紀小些的丫鬟對著裘嬤嬤遠去的背影啐了一口。
「狗仗人勢的老虔婆！」年長丫鬟恨聲道。
南陽侯府正院，三爺薛佑齡和老夫人薛柳氏隔著一張小茶几，並肩坐在主位。

薛柳氏屏退下人，只留下案發見證人柳玉蓮。

「妳這不要臉的賤貨，竟做出這樣的齷齪事，和下人私通，賤蹄子！」薛柳氏指著跪在地上的三夫人林舒婉痛罵，因為狂怒，胸口劇烈起伏。「真是丟人現眼，我和佑齡的臉都被妳丟盡了！」

坐在薛柳氏下首的柳玉蓮，用帕子點了點眼角的一滴淚珠。「姑母，這都是玉蓮的錯，驚動了那麼多人。」

柳玉蓮抽泣了一下。「那間廂房平日一直是鎖著的，我路過的時候，看到廂房門開著，又聽到裡面有動靜，心裡覺得奇怪，就推門進去，沒想竟看到……竟看到……」

柳玉蓮看了一眼地上跪著的林舒婉，絞著手中的帕子，彷彿說著什麼難以啟齒的話。「看到小表嫂衣衫那樣、那樣凌亂不堪，和一個男人……我一時驚嚇，才忍不住喊起來，引來了眾人。都是我不好，害得小表哥和姑母失了顏面。」

「不關妳的事。」薛柳氏朝柳玉蓮擺了下手。「是她做出這等下賤事，與妳無關。這次，就算她是丞相府的大小姐，也絕不能就此善了。」

「小姐是被冤枉、陷害的，求老夫人、三爺明察！」丫鬟畫眉在地上跪走兩步，撲到薛柳氏的腳邊，一邊給薛柳氏磕頭，一邊哭喊。

「滾開！」薛柳氏對相府來的陪嫁丫鬟一向不待見，一腳踹開畫眉。

這一腳正中畫眉的小腹，畫眉吃痛，跌坐在地上。

薛柳氏轉頭，問薛佑齡。「那姦夫審問出來了嗎？」

「審問出來了，沒有用刑，直接招供了。」

薛佑齡身穿天青色的素錦直裰，料子上雖沒有花紋，但細膩有光澤。他的腰間佩戴一塊白玉，白玉瑩潤無瑕，十分通透。他坐姿筆挺，芝蘭玉樹，白玉玉珮下掛著的流蘇從他腰間垂到椅子上。

他俊秀的眉毛微蹙，修長的雙目露出厭惡之色。「說是薛林氏和他約好時辰，到了時辰，薛林氏就支開下人，和他到廂房幽會。」

薛柳氏轉過頭，朝林舒婉冷哼一聲。「妳那姦夫已經招供了，妳還有什麼好說的?!」

林舒婉跪在地上，一個不屬於她的陌生記憶，像決堤般朝她腦子裡洶湧灌輸，還有不屬於她的情感……悲傷的、屈辱的、不甘的，也齊向她腦子裡灌。

她頭痛欲裂，巨大的痛苦讓她渾身直冒冷汗。她能聽到周圍的聲音、看到周圍的情景，卻動彈不得，也說不出話，生生受著巨大的痛楚。

「小姐是被冤枉的！」畫眉顧不得小腹疼痛，跪走幾步，來到林舒婉身邊。「小姐，您告訴老夫人和三爺，您是被陷害的！小姐，您怎麼了?您說話呀！」

柳玉蓮將身子往薛柳氏那邊側了側，輕聲道：「姑母，那男子已經招供，想來小表嫂是無話可說了。」

「不說話就是承認了。」薛柳氏沈聲道。

「老夫人、三爺容稟。」畫眉挪了兩步，跪到薛佑齡和薛柳氏面前。「那男子說謊。今天小姐帶著我在那間廂房附近的小林子閒逛，碰到了裘嬤嬤。裘嬤嬤說小姐今年的冬衣已經製好，可以去領了。小姐想早些看到新製的衣裳，就命婢子去繡衣坊領衣裳，還讓婢子領好衣裳後，直接回聽濤院，小姐說她會自己先回去。

「婢子去了繡衣坊，繡衣坊的繡娘說小姐的衣裳還沒有製好，婢子只好回去。路過那間廂房時，就看到表小姐正在廂房門口喊叫。婢子說的是真是假，老夫人和三爺找裘嬤嬤一問便知。」

說罷，畫眉又磕了一個響頭，額頭上的紅印變成紫黑，赫然一大塊烏青。

屋裡安靜了一瞬，薛佑齡冷著聲音道：「那就去找裘嬤嬤來對質。」

「小表哥，我到外頭叫個丫鬟去把裘嬤嬤喊來。」柳玉蓮站起來，纖腰款擺，嫋嫋婷婷走出了門。

過了一會兒，柳玉蓮帶著裘嬤嬤進了屋子。

「佩如，妳去哪裡了，怎麼過了這麼久才來？」薛柳氏問。

裘嬤嬤欠著身。「老夫人，老奴去花園看看桂花開得如何了。您是最喜歡吃桂花糕的，老奴想等桂花開著最盛的時候稟告老夫人，也好及時摘桂花，免得花開過頭，再摘就遲了。」

「妳有心了。」薛柳氏道。

「伺候老夫人是老奴分內的事。」

薛柳氏道：「叫妳過來是想問妳，畫眉說今天薛林氏帶著她在小林子裡閒逛時碰到妳，妳跟她們說，今年冬衣已經製好，可以領了？」

裘嬤嬤撲通一聲跪下。「老夫人明察，畫眉說了謊話，老奴今天沒有去過小林子，更沒有見過三夫人和畫眉。」

「沒有？」薛佑齡眉心微蹙。

「絕無此事。」裘嬤嬤肯定道。

「妳說謊！明明是妳告訴我們，小姐的冬衣已經製好。妳還說新製的冬衣十分好看，料子好，款式也好，小姐才忍不住叫我立刻去繡衣坊取衣裳的。我去了繡衣坊，繡衣坊的繡娘卻告訴我，小姐的冬衣根本沒有製好。」畫眉道：「是妳……是妳想法子把我支開的！」

「我今天根本就沒見到妳們主僕二人，又何曾想法子把妳支開？定是妳們打著我的旗號去了繡衣坊。」裘嬤嬤道。

林舒婉頭痛得幾欲炸裂，耳邊的爭吵聲變成嗡嗡巨響，讓她難受到極點，她的眼前發黑，視線也開始模糊……

「老夫人啊！」裘嬤嬤喊道：「老奴今日真的沒見過三夫人和畫眉，怎麼可能支開畫眉？畫眉這是想給三夫人開脫，才往老奴身上潑髒水！老奴冤枉，求三夫人為老奴作主。」

柳玉蓮站起來，輕移蓮步，走到裘嬤嬤身邊。「裘嬤嬤，您是府裡的老人，在府裡那麼多年一直盡心盡力，又是姑母的陪嫁丫鬟，自然是可信的。可畫眉是小表嫂成親時，從相府帶過來的陪嫁丫鬟，現在也是小表嫂的貼身丫鬟，她想為自己主子開脫也是有的。大概是畫眉亂了方寸，才胡亂攀咬您。您別難過，老夫人一定會明辨忠奸，為您作主的。」

薛柳氏點了下頭。「佩如，妳放心，我雖然年紀大，腦子卻不糊塗，到底誰可信，清楚得很。妳起來吧，秋日地上涼，妳膝蓋又不靈便。」

柳玉蓮把裘嬤嬤從地上攙扶起來，幽幽嘆了口氣。「唉，這件事大概都傳開了，害小表哥丟了這麼大的顏面。」

何止失了顏面，男人被戴了綠帽，簡直是奇恥大辱。想到自己的小兒子莫名其妙受此大辱，薛柳氏恨得咬牙。「娶妻不賢，家門不幸。早知今天，三年前我就是拚死也不讓妳嫁進我們薛家！妳十五歲就知道設計陷害佑齡，讓別人都以為佑齡和妳有私情，可見是個什麼貨色。只是相府勢大，我們也只能娶妳進門。不承想三年後，妳這賤蹄子下賤本性不改，不甘寂寞，竟然和府裡的下人私通！」

她轉向薛佑齡。「這事情的真相已經很清楚了，佑齡，你打算如何處置薛林氏？」

薛佑齡鳳眸一垂，掩去眸中嫌惡，冰冷的聲音讓人聽著就像掉入冰窖。「一紙休書送回相府吧。這樣的相府小姐，我薛佑齡要不起。」

「我出去拿紙筆。」柳玉蓮立刻道。

柳玉蓮出門張羅一會兒，手裡捧著文房四寶，重新走進屋子。

她將筆墨紙硯放到薛佑齡和薛柳氏中間的小几上。

薛佑齡提起筆，在硯臺裡蘸了點墨，筆尖落在紙上，如行雲流水般遊走。

出現在宣紙上的字和薛佑齡的人一樣，俊秀清逸。

看到薛佑齡在寫休書，畫眉又撲到薛佑齡的腳邊。「三爺，您不要休了三夫人！您休了三夫人，讓三夫人以後怎麼活？」

畫眉在地上「咚咚咚」地磕著響頭，沈悶的聲音傳到林舒婉的耳中，讓她心中莫名一痛。

這大概是原主的感情吧。

畫眉再抬頭時，額頭的皮肉都磕爛了，鮮紅色的血液慢慢流淌而下。

林舒婉跪在地上，身子越來越虛弱，視線也越來越模糊。

一張宣紙慢悠悠地在空中飄蕩，再緩緩落在她的腳邊。

林舒婉用眼角餘光瞥了一眼，恰巧看到「休書」兩字。

她的視覺和聽覺終於消耗殆盡，眼前一黑，失去了意識。

「小姐——」

林舒婉是被壓抑的啜泣聲吵醒的。

她睜開眼，看到畫眉趴在床頭低聲哭泣。她在心裡幽幽一嘆，真是難為這丫頭了。

林舒婉現在已經完全接收原主的記憶，回想剛穿越來時，在南陽侯府的一幕，她心知這丫鬟所說的都是真話。

原主沒有與人私通，原主只是閒來無事，帶著貼身丫鬟去小林子閒逛，在小林子裡，她們碰到了裘嬤嬤。裘嬤嬤不僅告訴原主冬衣已經製好，還說新製的冬衣有多麼好看。這般花言巧語，百般誘惑，說得原主心癢癢的，急切地想看到新衣裳，這才派畫眉去府中的繡衣坊取衣裳。

畫眉走後，原主正打算獨自回聽濤院，不想突然一陣頭暈，接著就昏迷了。再醒來時，發現自己居然衣衫不整地躺在一張榻上，旁邊是一個她從未見過的陌生男人。

在原主被帶到偏廳審問後，林舒婉就穿越到這個和她同名同姓的古代女子身上了。

「畫眉。」林舒婉喚了一聲。

畫眉停止抽泣，立刻抬頭，睜大眼，驚喜地道：「小姐！您醒了？您身子如何？還有哪裡不舒服？」

畫眉抬起頭，林舒婉才看到她額頭上血肉模糊的傷痕。「畫眉，妳額頭的傷口還沒有處理。」

「婢子無妨的。倒是小姐如何了？」畫眉問。

「我沒事，現在已經好了。」原主的記憶已經灌輸完畢，那些不適感也消失了。現在她頭腦清晰，神清氣爽，像是高燒初退，還留有些倦怠感罷了。

「那就好。婢子給小姐倒杯水。」

林舒婉看著畫眉站在桌邊，拿著茶壺往茶杯裡倒水。「畫眉，薛佑齡已經休了我吧，那休書呢？」

畫眉手一頓。

她沒有回答林舒婉的問題，而是端著茶杯，走到床邊。「您先喝水，這裡沒有溫水，只有涼水，您小口小口喝，把水含在嘴裡溫一會兒，免得胃受到寒氣。」

林舒婉接過茶杯，喝了一小口水，水涼涼的，喝入嘴裡讓人身上也覺得冷。「畫眉，那休書呢？」

「小姐，」畫眉見林舒婉再提休書，遲疑了一瞬，終於從懷裡取出休書遞給她，擔憂地道：「小姐，您別傷心，仔細傷了身子。」

林舒婉接過休書打開，從頭到尾看了一遍。

不錯，好歹她穿越來就是自由身，不用一來就有個便宜丈夫。

林舒婉將休書疊好，放在枕頭底下，一抬頭，就看到畫眉關切的眼神。

「畫眉，我無妨，妳不用擔心我。」

她又不是原主，樂得被薛佑齡休了。至於名聲的問題，她現在也不在乎，確切地說，她剛穿越過來，生存問題還沒有解決，名聲問題還不在她考慮的範圍內。

不過林舒婉這麼一說，畫眉眼眶卻是一紅，她咬了一下唇。「小姐分明是被設計陷害的，小姐嫁到侯府三年，從來沒有害過人，到底是哪個壞心眼的設計陷害小姐？老夫人或三爺為什麼不查清楚？」

林舒婉想了想。「究竟是誰害我的，現在很難分辨出來，不過裘嬤嬤肯定脫不了干係。至於背後真正的主使者是誰，現在還很難說。」

林舒婉穿越過來以後，除了畫眉，只見過三個人——薛佑齡、薛柳氏，以及薛柳氏的姪女柳玉蓮。

薛柳氏不停痛罵林舒婉，可見十分厭惡林舒婉。

薛佑齡雖然話不多，但眼角、眉梢都流露出對林舒婉的嫌惡。

至於柳玉蓮，不只沒有幫林舒婉說話，還煽風點火，可見她也不待見林舒婉。

這次陷害林舒婉的人會不會就在他們其中，又或者另有其人，現在都還很難說。

畫眉紅著眼眶道：「惡人總會有惡報的。」

「先不說這個了，」林舒婉問：「這裡是哪裡？」

林舒婉環視一圈，屋裡十分簡陋，她躺的是一張普通的板床，身上蓋的是一條青灰的棉被，棉被薄而硬，還透著一股霉味。

屋子的中央擺著一張小八仙桌，桌子周圍有兩、三張凳子，桌椅都有些破舊，不少地方已經掉漆。桌上擺了一套茶具，是褐色粗瓷的，其上有好幾處釉面已脫落。

靠牆處有一個雙門的櫃子，也有些掉漆。另一面是個梳妝檯，梳妝檯上的梳妝鏡落了厚厚一層灰，完全看不清楚。

「這裡是相府閒置的一間民居。」畫眉道。

「我怎麼到這裡的？」林舒婉問。

「這……」畫眉咬著唇，欲言又止。

「說吧，我怎麼到這裡的？我爹和母親不願我回相府？」林舒婉問。

畫眉終於點頭。「小姐被休後，老夫人和三爺派了小廝去相府，讓相府來人把小姐接回去。」

「我爹和母親就派人把我接到這裡來了？」林舒婉問。

「是夫人身邊的秦嬤嬤帶著幾個婆子來接小姐的，那時候小姐還昏迷著，幾個婆子就把小姐揹到這裡。」畫眉回答。

「秦嬤嬤有沒有給我帶什麼話？」林舒婉接著問。

畫眉目露憂色，咬了下唇，低下頭，輕聲道：「有。秦嬤嬤說，老爺說了，他沒有小姐這樣不知廉恥的女兒，林家也不會有出嫁了又被休回家的小姐。秦嬤嬤還說，夫人說小姐好歹是林家的骨血，就把小姐安置在這處閒置的民居裡。」

「我知道了。」林舒婉淡然應道。

秋風襲來，因為年久失修，關緊的木窗發出一陣聲響，畫眉朝那窗戶看了一眼，泛紅的眼睛便開始蓄起淚水。

就算她再堅強能幹，畢竟也只是十九歲的姑娘，今天這許多變故，她一直咬牙堅持著，為自家小姐辯解、哀求，陪她到這個簡陋的民居，照顧她，直到她醒來。現在這破舊木窗發出的難聽聲響，彷彿是壓倒畫眉的最後一根稻草。

畫眉哽咽道：「若是郡主還在，小姐又何至於如此？」

說罷，畫眉驚覺自己失言。生母早亡是小姐最傷心的事，她竟在這個時候說了小姐的傷心事。

她抬眼看向林舒婉。「小姐，您莫要傷心，是婢子說錯話了。」

「無妨。」林舒婉擺擺手。

原主的生母是秀宜郡主，若是秀宜郡主還在世，原主又怎會陷入這樣的境地？

秀宜郡主姓裴，閨名明珠，當年裴明珠和林舒婉的父親林庭訓成親，也是一段佳話。

林庭訓出身寒門，二十歲那年成了金科狀元，正是意氣風發之時，裴明珠便以郡主之尊，下嫁林庭訓。

郎才女貌，被世人稱道。

成親後，秀宜郡主侍奉夫君，管理內院，強大的娘家又是林庭訓的一大助力，加上林庭訓自己有才華，在官場上順風順水，平步青雲。

成親的次年，裴明珠生了個女兒，就是林舒婉，那時裴明珠和林庭訓對林舒婉也是如珠似玉地疼愛。

只是好景不長，在林舒婉三歲的時候，裴明珠病故了。

起初林庭訓忌憚岳家勢力，沒有立刻續弦。過了一年，岳父、岳母也出了意外去世，林庭訓便續了弦。

林庭訓的填房也是權臣之女。

林舒婉小小年紀便沒了娘親，後母進門後，日子越發難過。林庭訓每日忙於政務，後院的事情，表面上過得去就行，至於私底下的彎彎繞繞，林庭訓沒工夫管，也不願意管，當真有後娘就有後爹。

可憐林舒婉生活在後母管理的內院，就是有了委屈也無處說，生就了一副柔弱可欺的性子。

好不容易熬到十五歲，及笄後等著出嫁，卻又遇到這樣的事情。

林舒婉剛一歲時，秀宜郡主就給她訂了門娃娃親。這親事極好，是南陽侯世子，也就是林舒婉前夫的長兄薛佑琛。他現在已經是南陽侯了。

不過出了那檔子事，林舒婉當然是嫁不成薛佑琛。

當時林舒婉也是被人撞破和薛佑齡衣衫不整地躺在床上。她腰帶鬆散，胸前的大紅肚兜也露了出來，肩膀處一小片肌膚暴露在外。

於是，眾人以為薛佑齡和林舒婉有了姦情，林舒婉只能和薛佑齡成親。

此事有很多不合理之處。

且不說薛佑琛是世子，薛佑齡只是填房生的嫡子，和薛佑琛的這門親事，明顯要比和薛佑齡的親事要好，而且，就原主這麼怯懦膽小的性子，又怎麼可能做出和人私通的事？

不過，依照林庭訓填房林竇氏的說法，薛佑琛清冷嚴肅，整天板著張臉，不討姑娘歡喜。相反地，薛佑齡卻是溫潤如玉，芝蘭玉樹。

原主定是在見到薛佑齡後，對薛佑齡動了春心，所以才會寧可不要薛佑琛的親事，也要和薛佑齡產生私情。

林竇氏伶牙俐齒，把黑的說成白的，白的說成黑的。

林庭訓根本就不關心女兒，也不知道女兒所思所想，他只知道女兒在眾目睽睽下，和一個男人衣衫不整、摟摟抱抱，讓他面上無光，哪裡想得到林舒婉是不是被冤枉的？

原主作為相府大小姐，被人撞破和薛佑齡在床上，那她也只能嫁給薛佑齡。

至於薛佑齡，他一直以為是林舒婉設計陷害了他，因此成親三年，他愣是沒碰過原主。

三年後的今天，原主又被人設計陷害與人私通。

薛佑齡對原主本就不喜，再加上原主曾有「前科」，所以原主春閨寂寞做出這樣的事，合情合理，讓人不信也難。

原主百口莫辯。

三年前，因為被人設計誣陷和薛佑齡私通，嫁給薛佑齡。

三年後，又因為被人設計誣陷和下人私通，被薛佑齡休棄，原主也真是悽慘。

「小姐，」畫眉小心翼翼地看著林舒婉。「有畫眉陪著您。」

林舒婉笑了笑，安撫道：「嗯，我有畫眉陪著。」

畫眉見林舒婉確實沒事，才放下心來。

破舊的窗戶依舊發出「嘎吱嘎吱」的聲響，畫眉嘆了口氣。「小姐，我們往後的日子可怎麼辦？」

「沒有婆家，也沒有娘家，當然是靠自己了。」林舒婉說道。

「靠自己？」畫眉疑惑道。

「畫眉，我身上沒有銀兩，妳身上有多少銀兩？」林舒婉問。

「只有幾錢碎銀。」

「一兩都不到？」

「小姐，」畫眉苦著臉。「半兩都不到。」

林舒婉的蛾眉抬了抬，這也不意外。

原主作為南陽侯府的三夫人是有例錢的，但她被三爺厭棄，備受冷落，侯府的下人們慣會捧高踩低，見她不受寵，就也欺負她，所以原主的吃穿用度經常被剋扣。

原主是個膽小怕事的，吃穿用度被剋扣、挪用，也不敢說，只能拿自己的例錢打點那些看人高低的下人們，連值錢的首飾也一併打賞出去，甚至連畫眉的例錢，都拿來打點侯府裡有權勢的管事嬤嬤。

主僕二人的例錢、值錢的東西都拿出去打點，才換得了還過得去的日子。

這也是為何裘嬤嬤告訴原主，新製的冬衣華貴又好看的時候，原主會迫不及待讓畫眉去繡衣坊取。畢竟三年來，原主的衣裳也經常短缺，料子和款式也都是不好的。

「碎銀子都在這裡。」畫眉從懷裡取出幾塊碎銀，眼眶又開始泛紅。

林舒婉吐出一口氣，她這一穿越來，連生存都成問題。

想當年，秀宜郡主嫁到林家時，帶來了豐厚的嫁妝，論理這些嫁妝是給原主的，但秀宜郡主死的時候，原主才三歲，根本不懂什麼嫁妝不嫁妝的。

後來，原主的繼母進門，這些嫁妝就一直由繼母管著。

原主出嫁時，出了那樣的事，林家和南陽侯府都丟了大臉，婚事也不敢大操大辦，原主幾乎是灰溜溜地嫁進南陽侯府。

嫁妝也是意思意思給了些被褥、淨桶、箱子、家具、首飾等等。首飾都被原主拿去打點下人了，其他的也沒什麼值錢的。

至於秀宜郡主當年的嫁妝，沒有任何人提起。

原主不敢提，林庭訓不提，林竇氏不提，更沒有其他親戚提秀宜郡主的嫁妝一事。

在秀宜郡主死了十幾年後，她的嫁妝就莫名其妙不知去向了。

「往後的日子怎麼辦呀？」畫眉喃喃道。

林舒婉正要回答，就聽門外有人喊道：「裡面有人嗎？給我開個門！」

林舒婉和畫眉對視一眼，畫眉道：「好像是秦嬤嬤的聲音，我去看看。」

林舒婉略一思索。「我和妳一起去看看。」

出了屋子，外面還有一個小院子，林舒婉迅速掃視一眼，小院子很小，地上滿是落葉和塵土，小院子的一角長了些植物，因為許久沒人打理，這些植物有些已經枯死，有些長得張牙舞爪。

畫眉拉開門閂，打開院門。

門口走進一個婆子，約莫四、五十歲，白面微胖，穿戴齊整，柳眉細長，眼裡閃著精光，是個精明的面相。

「秦嬤嬤，妳怎麼來了？」畫眉像護犢子般站到林舒婉的前面。

秦嬤嬤冷笑一聲。「呵，我怎麼不能來了？妳這小蹄子，沒大沒小，不分尊卑，老婆子現在好歹是相府的管事嬤嬤，妳以為妳還是相府的大丫鬟嗎？」

「妳究竟來做什麼？」畫眉橫眉道：「如果是來取笑我們的，那就免了，我們好得很。」

「好得很？眼睛還紅得像兔子似的，哪裡好了？」秦嬤嬤陰陽怪氣道：「再說，老婆子我忙得很，不像妳們那麼閒，是夫人派我來救濟妳們的。」

秦嬤嬤從袖袋裡取出三兩銀子，攤在手心，往前一遞。「喏，三兩銀子，夫人賞妳們的，免得妳們今天被休出薛家，明天就餓死街頭。」

畫眉低頭看著秦嬤嬤手裡的幾塊銀子，頓時悲怒交加。「小姐是老爺原配嫡出的女兒、相府的大小姐，你們竟然就用三兩銀子打發？相府賞賜下人不也得要二、三兩銀子，你們實在太欺負人了！在府裡時，你們就處處欺負小姐，現在更加肆無忌憚。三兩銀子，這哪裡是救濟，分明是羞辱！我、我要去找老爺，我要去找老爺討個公道！」

「小賤蹄子，開口閉口你們、你們的，妳說的『你們』是指誰啊？莫不是指夫人？」秦嬤嬤胖乎乎的手指指著畫眉，冷聲道：「還向老爺討回公道？小蹄子，我告訴妳，夫人命我帶三兩銀子過來的時候，老爺就在旁邊，老爺可沒有反對。而且老爺說了，他沒有這樣不知廉恥的女兒，不會管妳主子的死活，還是夫人念在妳主子終究是老爺的骨血，讓我帶三兩銀子過來救濟妳們。」

畫眉又怒又悲，強忍眼淚。「妳走，妳走，我們不要你們這三兩銀子！」

「畫眉，」林舒婉一手拉住畫眉的手臂，另一隻手在她的手臂上按了按，安撫道：「不必著急。」

林舒婉往前走了一步，站到畫眉旁邊。「秦嬤嬤，銀子我收了。」她從秦嬤嬤攤開的手掌上接過幾塊銀子，仔細檢查了下成色，確定銀子沒有問題，再慢條斯理地將銀子放到袖袋裡，整理好衣袖。「好了，妳可以走了。」

秦嬤嬤見林舒婉泰然自若地接過銀子，不悲不喜，一時回不了神，愣愣看著林舒婉，卻看不出任何端倪。

林舒婉做了個請的動作。「秦嬤嬤，好走。」

秦嬤嬤見林舒婉風輕雲淡的模樣，竟脫口而出。「老奴告退。」

話一說完，驚覺不對，她為什麼要對一個棄婦那麼恭敬？但見林舒婉神態坦然大器，又不知道該說什麼，只好瞪林舒婉一眼，轉身離開。

她跨出門口，聽到身後林舒婉的聲音傳來。「秦嬤嬤，請轉告老爺、夫人，請他們記住自己說過的話，林家沒有我這個女兒。」

秦嬤嬤轉身，正待說什麼，只聽「砰」一聲巨響，院門猛地關上。

秦嬤嬤一口氣頓時堵在胸口。

院子裡，畫眉的眼眶還是紅的。「小姐，他們太欺負人了，您可是郡主的女兒，府裡的大小姐！」

「畫眉，」林舒婉說道：「這三兩銀子，不拿也就是賭一口氣，拿了卻能得到實際的好處。三兩銀子雖少，不過我們現在確實需要錢，現在我們只有幾錢碎銀，難道真的今天被休，明天餓死嗎？」

畫眉啜泣。「可是三兩銀子……這哪裡是救濟，這分明是、分明是……」

「羞辱？」林舒婉接話。

畫眉含淚點頭。

「古人云，大丈夫能屈能伸，女子何嘗不是這樣？」林舒婉道。

「婢子替小姐嚥不下這口氣。」畫眉恨道。

「我是說能屈能伸，不是說只屈不伸。該屈的時候屈，到了該伸的時候，才能好好地伸。

「不過現在我們要先解決溫飽的問題。」林舒婉笑道：「畫眉，妳看，太陽快要落山了，妳我二人都沒有吃晚飯。現在是秋天，白天有太陽還好，到了晚上，秋風一起，天氣就冷，屋裡那條破舊被子應該不夠用，我可不想凍一個晚上。」

「小姐，您說得是，是我沒有考慮周全。」畫眉說道。

「好了，那就要煩勞畫眉姑娘跑一趟，趁天還沒黑，街上的鋪子還沒關門，出去採買一些必要的物品回來。」林舒婉從袖袋裡把剛才那些銀子交給畫眉。「我身子還有些虛，就不陪妳去了。」

林舒婉接收了原主的記憶，從昏迷中醒來，不適感已經消除，但人還是十分疲憊，這麼在院子裡站了一會兒，就覺得腿腳發軟。

「小姐，您歇著，婢子這就去。」畫眉接過銀子，小心翼翼地放到自己的袖袋中。

畫眉轉身走了幾步，又回過頭。「小姐，我覺得您和從前不一樣了。」

「怎麼不一樣了？」被發現了變化，林舒婉心裡有些緊張，她穩住心神，問道。

「若是以前，小姐碰到這種事情，肯定哭成淚人兒，可小姐現在十分鎮定，想事情也很周到。」畫眉說道。

林舒婉心裡讚嘆了下畫眉，倒是個聰慧的姑娘。她在心裡斟酌了下詞句，說道：「三年前，我被人陷害，只是丟了一門好親事，被迫嫁給薛佑齡。雖說成親後日子不好過，但好歹衣食無憂。現在，我同樣被人設計陷害，卻被丟到這個簡陋破舊的民居裡，衣食都沒有著落。

「若我再不改變，只怕活不過幾天了。我要麼改變，要麼死。生死面前，我選擇了改變。」

畫眉想了一會兒。「小姐說得是，小姐能想明白，自是再好不過。只是堂堂相府小姐，竟然被逼得改了性子，婢子想想就難受。」

林舒婉嫣然一笑。「無妨，我們就不去想這些了。說起來，今日還多虧妳，在我昏迷後照顧我。」

「伺候小姐本就是婢子分內的事。」畫眉問完了話，朝林舒婉揮揮手。「那婢子去買東西了。」

畫眉走後，林舒婉又在民居裡走了一圈。

這是一進的民居，進門是個小院子，院子深處是一間朝南的屋子，就是林舒婉剛才睡的屋子，屋子旁還有一間耳房。院子的側面，還有一間廚房和一間極小的雜物房。

勉強可以住人。

看完整間民居，林舒婉累得腿腳發軟，便回屋休息了。

畫眉買了一些食物和生活用品回來。

對相府來說，三兩銀子是九牛一毛，可對於普通人家來說還是不少的，精打細算可以買不少東西。

畫眉花了二兩銀子買回不少東西，夠她們兩人用一陣子。還剩下一兩銀子，畫眉就交還給林舒婉。

入夜，沒有燈光污染的夜幕漆黑一片，屋子裡，伸手不見五指，為了節省燈油，林舒婉和畫眉早早就歇息了。

林舒婉還是睡在正屋裡，畫眉則睡在旁邊的耳房。

東方泛白，又是一日。

林舒婉起身，走出屋門，就見廚房已是炊煙裊裊。

她走進廚房，見畫眉正在生火。

「畫眉，妳起得真早，這是在做什麼啊？」林舒婉站在廚房門口問。

「婢子在生火熬粥。」

「難為妳一個相府大丫鬟還會燒火。」

「小姐，我進相府前也是窮苦人家的孩子，是進了相府才吃穿不愁的，什麼活兒不會幹？」畫眉笑道。

「那就辛苦妳了。」林舒婉道：「妳在這裡生火熬粥，我出門一趟。」

「小姐要出去？」畫眉在衣服上擦了下手。「我同小姐一起出去。」

「我一個人去就行了。」林舒婉道：「我現在不是相府大小姐，也不是侯府三夫人，就是個市井女子，不用人陪，再說了，我還指望妳生火熬粥，我好回來吃呢。我可不會生火，妳若跟我一起去，我倆吃什麼？」

「這……」畫眉遲疑。

林舒婉笑道：「好了，我走了，等我回來啊。」

「那小姐早點回來。」

「知道了。」林舒婉說完就出了門。

今天她穿的是畫眉昨天買回來的布衣，裡面是短襦長裙，外面是粗布褙子，款式簡樸，是平民女子常穿的衣裙。

這個時代一般都是買布料回家自己做。虧得畫眉機靈，在買米麵時，向掌櫃的買了幾身舊衣，她今天才有普通人家的衣裙穿，要不然穿著侯府三夫人的衣裙，那才叫不方便。

今天她出門，是為了看看能不能找地方掙點錢。

三兩銀子現在只剩一兩，夠她和畫眉用一陣子，卻不夠她們用一輩子。

因此首先要解決的就是生計問題。

根據原主的記憶，這個時代對女人的要求並不嚴苛。世家貴女養在深閨，大門不出，二門不邁，平民女子就沒這麼多講究，畢竟對普通百姓來說，女子也要勞作。

街上有不少平民女子在走動，林舒婉一身布衣走在街上，除了長得美貌些以外，並沒有什麼特別的。

街上很熱鬧，街邊鋪子鱗次櫛比，最高的高樓足有五層樓高，一家家鋪子匾額高懸，旗幟飄揚。

林舒婉卻完全沒有心思欣賞古代的街景，她一心只想著盡快找到一個掙錢的門路。然而，走了半個時辰，走得腿腳發疼，她還是沒能找到可以掙錢的地方。

她早上沒吃飯就出門，現在已是飢腸轆轆，她站在街口，揉了揉發疼的小腿，失望地嘆了口氣。

街市繁華，卻沒有她林舒婉掙錢的地方。

有些鋪子在招夥計、掌櫃，但只招男子，一看到林舒婉，問都不多問一句，就直接拒絕了。

好不容易見到一家鋪子招女子，卻是招廚娘的。原主就算再落魄，也沒有做過飯，雖然林舒婉前世會做飯，卻應付不了古代的灶頭。

還有沒有其他可以掙錢的法子？

林舒婉在街上走了許久，肚子又餓得厲害，只好先往回去的方向走。

快到家的時候，她在街角拐彎處突然瞄到一張布告，上頭「招人」兩字迅速跳入林舒婉的眼簾。

這裡離她住的民居很近，她出門時意氣風發，竟沒有注意到這張布告。現在垂頭喪氣地回來，倒是一眼就看到了。

林舒婉精神一振，大步走到布告前。這布告十分舊，紙張發黃，字跡也淡了，應該貼了有段日子。

貼布告的是一家繡坊，要招聘女帳房。

林舒婉看了一眼布告旁緊閉的院門，心中暗道，原來她家附近開了一間繡坊，只是為什麼要招女帳房？

不管是剛才去街上的實地考察也好，還是她得到的原主記憶也罷，這個時代的帳房一般由男子擔任。

這張招人的布告倒是奇怪，特意寫明只招女帳房。

林舒婉思索了一會兒，她雖不知道這家繡坊為什麼一定要招女帳房，但她現在急需用錢，又可以勝任帳房的工作，便打算試一試。

她走到布告邊的雙福面門，拿起門上的圓形門環敲了敲。

「吱呀」一聲，院門打開，裡面站著一個老婦人，約莫五十多歲，頭髮花白，臉上皺紋不少，人看著倒挺精神。

她看到林舒婉一張生臉，疑惑道：「妳是……」

「我在門口看到你們貼的布告，說是要找女帳房，現在你們還要找嗎？我想來試試。」林舒婉道。

老婦人一聽，立刻道：「妳會算帳？」

「我會算帳。」林舒婉點頭。

「那好，快請進來說話。」

老婦人十分熱情，笑呵呵地把林舒婉請進院子。

林舒婉迅速掃視院子一圈，院子裡收拾得很乾淨，角落裡拉了幾根麻繩，麻繩上曬著幾塊布料。

她跟著老婦人走進堂屋，堂屋裡坐了七、八個繡娘，年紀大多二、三十歲，每個繡娘面前都擺了一面繡架。

繡娘們看到老婦人帶著林舒婉進來，都放下手裡的活兒，好奇地抬頭看。

老婦人對繡娘們說：「我說小娘子們，妳們可別這樣盯著人家看，把人家都看羞了。這幾日繡活多著呢，趕緊著，好好繡妳們手裡的活兒。」

繡娘們輕笑起來。「知道了，郝婆婆。」

老婦人對其中一個年紀偏小的繡娘道：「春燕，妳去樓上找董大娘，就說有小娘子看見門口的布告，要來我們繡坊應徵帳房。」

「欸，郝婆婆，我這就去。」那叫春燕的繡娘看著只有十五、六歲，聽到郝婆婆喊她，便起了身，小跑著往樓梯走，一會兒沒了蹤影。

第二章

老婦人回頭對林舒婉道：「小娘子，妳跟我到這邊坐。」

林舒婉又跟著老婦人走到堂屋的一角，在一張圈椅上坐下，老婦人坐在她的旁邊。

「小娘子，老婆子姓郝，妳叫我郝婆婆就行了。妳在這裡等會兒，東家在樓上，春燕去知會她了。」郝婆婆說道。

「好的，謝謝，」林舒婉說道：「郝婆婆，我想問問，布告上說要找女帳房，為什麼要特地找女帳房，男帳房不行嗎？」

「小娘子，妳有所不知，我們東家的丈夫已經去世十年，我們東家是個寡婦。唉，有句話叫『寡婦門前是非多』，該避嫌的時候就該避嫌。帳房和東家要經常接觸，找個男帳房不方便。哦，不過這只是原因之一。」

「還有什麼原因？」林舒婉問道。

「妳看我們繡坊，從東家到繡娘，再到我這個管事，還有打掃院子的婆子、廚娘，就沒有一個男人。若貿然找個男帳房進來，也不合適。」郝婆婆說道：「所以我們東家就想找個女帳房，一來避嫌，二來也方便些。」

「原來是這樣。」林舒婉恍然大悟。

「可不就是？」郝婆婆說道：「原本董大娘……喔，就是我們東家，她自己做帳，不過現在繡坊的生意越做越大，董大娘既要管日常瑣事，又要做帳，就忙不過來了，這才想找個女帳房幫忙做帳。」

「郝婆婆，我看門口的布告貼了有些時日了吧？」林舒婉問道。

「貼有半年了。」郝婆婆道。

「那為何到現在還沒招到女帳房？」

「合適的人難找啊。」

「這又是為什麼？」

郝婆婆還沒回答，又聽見一陣腳步聲，緊接著脆生生的女子聲音傳來。「郝婆婆，董大娘讓這位小娘子上樓去見她。」

「好咧，知道了。」郝婆婆應了一聲，對林舒婉道：「小娘子，我們東家要見妳，大概是要考校考校妳，妳就跟著春燕上樓吧。」

「好。」林舒婉起身。「春燕妹妹，請帶路。」

「小娘子莫要客氣。」

春燕把林舒婉帶到二樓的一間小廳。

「小娘子，坐吧。」董大娘說道。

林舒婉坐了下來，不著痕跡地打量坐在對面的董大娘。

董大娘約莫四十多歲，穿著短襦馬面裙，料子是錦緞的，大概是因為寡婦的身分，顏色偏深，也沒有花紋，頭髮卻梳得一絲不苟，在腦後綰了個垂髻，用一根檀木簪子固定。

董大娘神色冷淡，語氣也冷冰冰的，完全不似郝婆婆熱情。

「妳想來做帳房？」董大娘問道。

「是，我看到門口貼了布告，說繡坊在找女帳房，就想來試一試。」林舒婉道。

「這告示已經貼了半年，我已經見過十幾個要來做帳房的女子。」董大娘道：「可惜都是不會做帳的，以為識幾個字就會做帳，哪是那麼容易的？」

「東家，我是會做帳的。」林舒婉說道。

「別那麼快就叫東家，我還不是妳東家。」董大娘的語氣十分硬。「我這繡坊雖小，但每日進項、出項也有不少，採買的繡線、布料、針頭、給繡娘的工錢、賣繡品收到的銀子……這還是整的，還有不少零零碎碎的進項、出項，什麼打賞人跑腿、買菜的菜錢。小娘子，這麼多的進項、出項，要做得又快又好，那是一錢銀子都不能差的。」

「您不必擔心，這些我都做得到。」林舒婉頷首道。

董大娘見林舒婉說得既坦然又自信，心裡對林舒婉相信了幾分，但之前幾次失敗的招人經驗，讓她還是有些將信將疑。

她又問：「小娘子想好了？若是確定，我就要考校了。到時候小娘子答不上來，場面難看，就怪不得我了。」

林舒婉淺淺一笑。「我想明白了，您請考校吧。」

「好，」董大娘說道：「既然小娘子爽利，那我也不囉嗦，妳跟我過來。」

董大娘把林舒婉帶到偏廳一角，那裡擺著一張書案、椅子，書案上擺了一本帳冊、幾張宣紙、一方石硯。石硯裡的墨已經磨好，石硯上擱著一枝細羊毫，旁邊還有筆洗和鎮紙。

董大娘指著帳冊道：「做帳房先生要會寫小字，不要求多漂亮，但一定要工整乾淨。妳把帳冊的第一頁在紙上謄抄一遍。」

林舒婉在書案前坐下，打開帳冊第一頁，用鎮紙壓好，提起羊毫筆，開始謄抄。

不多時，她就把一頁帳冊抄好了。

「您過目。」林舒婉把宣紙遞給董大娘。

董大娘接過墨跡未乾的宣紙一看，神色十分驚訝，除此之外還有驚豔。

林舒婉擁有原主的記憶，原主作為相府大小姐，性子雖柔軟可欺，字卻寫得漂亮，尤其是那一手蠅頭小楷，娟秀清逸。

「好，這關算妳過了。」董大娘見林舒婉這一手漂亮的字，語氣也柔和下來。「方才我也說了，做帳房先生最重要的是會算帳，帳算錯了，字寫得再好看也沒用。」

「您說得是，還請考校。」林舒婉道。

董大娘又從懷中取出一張宣紙，再從旁邊的矮櫃裡拿出一把算盤，把宣紙和算盤一併遞給林舒婉。「這是第二關。這紙上有十個數，妳用這把算盤將這十個數加起來，算對就可以了。我只給妳半炷香的時間。」

林舒婉接過宣紙和算盤。

她把算盤放在一邊，開始看紙上的數字。紙上有十個數字，都是兩位數和三位數，她前世學過珠心算，三位數的連加對她來說不是難事。

董大娘見林舒婉拿著宣紙，看都不看一眼書案上的算盤，心中剛剛燃起的希望彷彿被潑了一盆冷水。

她輕輕搖搖頭，看來這小娘子根本就不會算盤。繡坊究竟什麼時候才能找到一個可心的帳房？

她嘆了口氣，剛剛緩和下來的臉色又變得冰冷，語氣甚至比之前更加生硬。「既然連算盤都不會用，那還來當什麼帳房？」

董大娘話音剛落，就聽林舒婉輕聲道：「總共是三千八百五十七。」

溫和的輕聲細語中透著一股坦然自信。

董大娘一怔，林舒婉的答案正是她事先算好的正確答案，她還是用算盤打出來的，而林舒婉只是看了幾眼，就報出答案。

若非她清楚這題目是春燕走後她臨時出的，她都要以為林舒婉是提前知曉了答案。

董大娘瞥了眼書案上的算盤，震驚道：「妳究竟是怎麼算的？」

林舒婉淡笑道：「我雖不才，算盤還是會用的，不過加這些數目，還用不到算盤。」

「用不到算盤？」董大娘將信將疑。「妳是說……」

「我是心算的。」

「當真是心算的？」董大娘手掌拍了下書案。「小娘子好本事！我一個婦道人家見識淺，這還是頭一次見到有人心算這麼厲害的。」

「您過謙了，您打理這麼大的繡坊，生意做得這般好，怎麼會見識淺，是巾幗英雄才是。」

董大娘哈哈大笑。「說什麼巾幗英雄，我當不得這個稱讚。不過小娘子這個心算的本事，確實厲害。」

林舒婉也呵呵笑。「那我這一聲東家，是不是可以喊了？」

「好，小娘子爽利，我也爽利。從今以後，小娘子就是我這織雲繡坊的帳房先生！」董大娘道。

林舒婉起身。「多謝東家。」

董大娘擺擺手。「妳也別東家長、東家短的，我夫家姓程，娘家姓董，丈夫死了十年，是個寡婦，旁人都叫我一聲董大娘，妳就跟著別人一起喊我董大娘吧！」

林舒婉勾起唇角，嫣然一笑。「這倒巧了，我也是個寡婦。」

董大娘又是一怔。「哦？妳也是個寡婦？不知道小娘子怎麼稱呼？剛才光顧著考校小娘子，都忘了問妳的名字。」

「我娘家姓林，夫家姓薛，丈夫死了三年。」林舒婉說道。

「原來是薛家小娘子。」

「我現在也不是薛家小娘子了。我夫家頗有些家財，但自從我丈夫死後，我夫家容不下我，就把我趕出來了。」林舒婉說道。

董大娘看林舒婉相貌出眾，大氣泰然，又想到她那一手漂亮的蠅頭小楷，感嘆道：「原來小娘子也是大戶人家的夫人。只是小娘子的婆家也太不近人情，怎麼能把妳就這麼趕出來？」

林舒婉謊話編得半真半假。「董大娘別提什麼大戶人家的話，那都是過去的事，現在我只是個落魄婦人。至於我那夫家，董大娘說得是，他們家確實不是個東西，不過好在他們沒有收點聘禮，就把我賣給什麼糟老頭子，而是趕我出門，讓我自生自滅。」

「那小娘子的娘家呢？」董大娘問。

林舒婉臉不紅心不跳地繼續編。「我娘親去世得早，家裡後娘當家，我爹聽我後娘的，也沒人管我死活。」

「可憐見地。」董大娘唏噓道。作為寡婦，對林舒婉生出同病相憐的同情心。「真是沒想到，小娘子年紀輕輕，身世竟然這麼悽慘，竟比我還……」

她頓了頓，默默搖頭。「這世道，女子不易啊。」

林舒婉接著道：「被夫家趕出來就趕出來，我有手有腳有腦子，還怕餓死不成？」

「好！」董大娘拍了拍掌。「小娘子說得好，妳有這心算的本事，還怕沒飯吃嗎？如今小娘子是我們繡坊的帳房先生，這帳房先生每月的月例四兩銀子。」

每月四兩當真不少，這一番胡扯，竟博得董大娘同病相憐的同情心，林舒婉心裡有些不好意思，但能得到這樣一份好工錢，她心裡還是十分歡喜。

「董大娘，您也別再稱呼我小娘子了，聽著生分。我閨名舒婉，董大娘叫我舒婉就是。」林舒婉道。

「好好好。」董大娘連說三個好。「對了，舒婉，妳有地方住嗎？要不要搬到繡坊來？」董大娘關心地問道。

林舒婉心中暗道，這董大娘是個熱心腸的直性子，剛開始以為她不會算帳，對她冷眼相待，現在她成了繡坊的帳房先生，董大娘也對她嘘寒問暖。

「我有地方住，離這裡不遠，是個一進的小院，雖簡陋，也算有落腳的地方。」林舒婉道：「我的陪嫁丫鬟和我一起住在那裡。我現在落魄了，這個丫頭對我一直不離不棄，我們名為主僕，其實也就是結伴過日子，我不能丟下她，一個人過來住好地方。好在我住的地方離這裡不遠，我每日來回也方便。」

「妳們主僕二人有情有義，都是好的，既如此，我也不強求了。」董大娘接著問道：「那妳什麼時候能開始來這裡做帳？」

「隨時都可以。」林舒婉道。

「那妳明天早上就過來吧，有妳幫忙我也可以輕鬆些。」

「好。」林舒婉點了下頭。「另外，董大娘，我有個不情之請，雖然難以啟齒……」

「什麼事妳說。」

林舒婉不好意思地笑了笑。「第一個月的月例，能不能預支？我手頭有些拮据。」

「自然可以。」董大娘應得豪爽。「妳在這裡等著，我去給妳取銀子。」

董大娘走出屋子，片刻後又回到偏廳，手裡拿著一個荷包。

她走到林舒婉面前，從荷包裡取出幾錠銀子。「這是四兩銀子，妳第一個月的例錢。」

「謝謝董大娘。」

林舒婉收下銀子，放進自己的袖袋中，接著便和董大娘道別，相約明日一早再來。

林舒婉走出屋子，剛走到樓梯口，就聽到樓下傳來一陣嘈雜的吵鬧聲。

「戚嬤嬤，不是說好這批團扇由我們織雲繡坊繡嗎，妳怎麼能變卦？」是剛才那個名喚春燕的繡娘的聲音。

她語速極快，清脆的聲音就像圓珠落玉盤。「戚嬤嬤，董大娘為了接你們的大單子，特地推了其他單子，妳怎麼說變就變，言而無信？」

「小丫頭懂什麼？我一沒有給定金，二沒有簽文書，怎麼就言而無信了？」戚嬤嬤睨了眼春燕，不屑道：「哎喲，我跟妳個黃毛小丫頭囉嗦什麼？董大娘在樓上嗎？我去找她。」

「妳……」春燕恨恨一跺腳。

郝婆婆走到春燕身邊，好聲好氣地對戚嬤嬤道：「是啊，戚嬤嬤，這單子前一陣說好的，雖沒有簽文書，也沒有給定銀，但我們都覺得戚嬤嬤是信得過的，我們董大娘也是這麼想的，所以才在簽文書前，就把其他單子都推了，也好騰出人手來給戚嬤嬤繡團扇，這突然變卦，是個什麼道理啊？」

「喲，是郝婆婆呀！」戚嬤嬤見郝婆婆慈眉善目的，也客氣起來。「我也是沒辦法，妳們織雲繡坊的繡樣不好看，別的繡坊給我們看的繡樣更好，姑娘們更喜歡。」

「這……戚嬤嬤是我們的老客人了，之前從來沒說我們織雲繡坊的繡樣不好看啊？」郝婆婆問道。

「此一時彼一時，以前不是沒比較嗎？」

「這……」

「怎麼回事？妳們在吵什麼？」

林舒婉回頭一看，原來是董大娘，大概是被樓下的吵鬧聲驚動，所以從屋子裡出來，這會兒正和林舒婉一起站在二樓的樓梯口。

戚嬤嬤見到董大娘，臉上堆出了笑。「是董大娘啊，我過來是想跟董大娘說說團扇單子的事。」

「好，」董大娘頷首。「妳跟我進屋子說話。」

「好咧。」戚嬤嬤笑嘻嘻地走上樓梯。

董大娘轉頭朝旁邊的林舒婉道：「舒婉，妳早些回去吧，明天記得一早過來。」

「我知道了，董大娘。」

林舒婉見董大娘和戚嬤嬤走了，便也下樓。

她告訴郝婆婆和春燕，她通過了董大娘的考校，以後就是織雲繡坊的帳房先生。郝婆婆、春燕以及其他繡娘紛紛向她道恭喜，表示歡迎。

同郝婆婆和眾繡娘道別後，林舒婉就歡歡喜喜地出了繡坊大門，暫時消失的飢餓感頓時如潮水般襲來。

剛才她因為應聘帳房先生的事，精神高度緊張，頭腦又興奮，現在出了門，放鬆下來，便覺又餓又累。

她拖著沈重的身子往回走。幸好她家就在幾步之遙，很快就到了。

門口，畫眉已在翹首盼望。

她一見到林舒婉，就小跑著迎上去。「小姐，您總算回來了，婢子等得心都要糾起來，您說會盡快回來的，這都走了一個時辰。」

林舒婉連連擺手。「畫眉啊，先別說了，我快餓昏了，粥煮好了嗎？」

「早就好了，一直在灶上溫著。」畫眉道。

「好，快先來一大碗粥。」

一碗熱粥下肚，胃裡暖洋洋的，林舒婉舒暢得喟嘆道：「吃飽了真舒服。」

她見畫眉站在旁邊看她吃，便問：「妳吃過了嗎？」

「您還沒吃，婢子怎麼能吃？」

「我們在這裡結伴過日子，還講什麼規矩？是我疏忽了，應該跟妳囑咐一聲，讓妳先吃的。」林舒婉有些懊惱，她雖有原主的記憶，但畢竟是個現代人，沒有意識到畫眉會因為規矩，餓著肚子等她回來。「現在趕快去吃。」

「婢子就不吃了，現在已經快到中午，婢子一會兒直接吃午飯就成，這些粥可以給小姐下午當點心吃。」畫眉搖頭。

林舒婉想了想。「妳莫不是為了省點米錢？」

畫眉動了動嘴唇，輕聲道：「小姐，我們的銀子不多，能省一點是一點……」

林舒婉慢慢咧開嘴，笑咪咪地朝畫眉湊過去。「畫眉，銀子的事不用擔心。」她從袖袋裡取出一錠銀子放在桌上。

「小姐，您哪裡來的銀子？」

林舒婉又從袖袋裡取出一錠銀子，接著又是一錠，然後又是一錠。

一錠一兩，四錠四兩。

「小姐，您從侯府裡帶了什麼值錢的東西出來了？剛剛拿去當了？」畫眉驚訝道。

「我從侯府出來，什麼值錢的東西都沒帶。」

林舒婉將自己在繡坊找了份帳房先生的工作告訴畫眉。

畫眉聽了之後，十分驚喜，歡喜之後，又苦下臉。「婢子心裡既歡喜又難受。歡喜的是，我們以後不用擔心沒銀子了。難過的是，小姐是相府嫡出的大小姐，現在卻要拋頭露面去做帳房先生。」

「至少我們不用為吃穿發愁，這是好事，相府大小姐那都是過去的事了。」林舒婉笑道：「何況那織雲繡坊都是女人，我去那裡當帳房先生，也不算拋頭露面。好了，別想這些了，快去吃粥吧。」

「欸。」畫眉點頭。

第二日一早，林舒婉吃過早飯，就去了織雲繡坊。

到了織雲繡坊，林舒婉敲了敲門，一會兒，郝婆婆就來給她開門。

像昨天一樣，郝婆婆把她帶進繡坊大堂。然而，一進大堂，她就覺得氣氛不對勁。

昨天來時，繡娘們都坐在繡架前仔細做著針線活，偶爾說笑兩句，氣氛很融洽。

今天過來，繡娘們都沒在做活，擦繡架的擦繡架，理繡線的理繡線，個個垂頭喪氣，愁眉苦臉。

林舒婉轉頭問郝婆婆。「郝婆婆，今兒怎麼了？我看大夥兒都不太高興？」

聞言，郝婆婆一向樂呵呵的臉也露出愁苦。「有筆單子退了單。退了單，繡娘們就沒活兒做，沒活兒做，就沒有銀子賺。繡娘們都指望著做點繡活，貼補家用，現在沒了活兒，哪能高興得起來？」

「郝婆婆，妳說的退單，是不是昨天戚嬤嬤來退的團扇單子？」林舒婉問。

「原來昨兒小娘子都聽到了啊？就是那筆單子，一大批團扇的繡活，說沒就沒了。」郝婆婆嘆道。

林舒婉想了想，問道：「我昨天聽著就覺得奇怪，現在是秋天，一天比一天冷，應該忙著冬衣、被褥之類的針線活，且團扇這樣的私物，一般都是女子自己繡的，哪家會訂製團扇繡品，還一次一大批？是哪家大戶人家，家裡有很多女眷？」

「不是哪家大戶人家，大戶人家的女眷都會自己繡團扇，她們繡團扇那叫閨趣。這批團扇是怡春院訂的。」

「怡春院？」

「這種地方，妳一個正經人家的女子不知道也是常情。怡春院是京城最大的秦樓楚館，裡面的姑娘多得數不清，這些姑娘白日休息，夜裡忙得很，哪有時間做針線活。

「哎喲，我說著都羞人，」郝婆婆忸怩了一下，見林舒婉大大方方的，毫無忸怩之態，她尷尬地輕咳一聲，接著解釋：「秋冬時節，整個怡春院上上下下不知道要擺上多少炭盆、燃上多少銀絲炭，不管外頭是秋風，還是冰天雪地，裡面都是溫暖如春。姑娘們穿得輕薄，這團扇啊，也要一搖一搖的。」

「原來是這樣。」林舒婉暗道，難怪會在秋天訂團扇，如果是青樓，那倒也不奇怪。

「每個姑娘配上一、兩把團扇，怡春院那麼多姑娘，是筆大單子，可惜了。」郝婆婆嘆道：「虧得董大娘還推了其他單子，現在這大單子沒了，其他單子也推了，繡娘們都沒活兒做，可恨那姓戚的老鴇言而無信，董大娘昨日也被氣壞了。」

「我昨天聽那個戚嬤嬤說，別家繡坊的繡樣好看，她們那裡的姑娘喜歡，所以才退了我們的單。」林舒婉道。

「就是說這個理由。怡春院的姑娘們不喜歡我們織雲繡坊的繡樣，喜歡別家的，她也沒辦法。」郝嬤嬤道。

「郝婆婆，能不能讓我看看我們繡坊的繡樣？」林舒婉問。

「這有什麼不行的？我去給妳拿，就在那架上擺著，妳等等。」郝婆婆走到堂屋角落，從架子上取下一疊繡樣走回來。

「這些繡樣本是給怡春院那批團扇準備的，都在這裡。」

「我瞧瞧。」

林舒婉接過繡樣翻看起來，都是仕女的工筆畫，挺精緻的，但是並不出色，總覺得少了些什麼，失了靈動。

少了些什麼呢？

林舒婉凝神想了一會兒，終於豁然開朗，眉目舒展。

郝婆婆見林舒婉盯著一張繡樣，一動不動，不禁問道：「怎麼了？這繡樣有什麼不對的？」

林舒婉回過神。「沒什麼不對。郝婆婆，這繡樣能不能借我一用？」

「這繡樣擺在架子上，一時半會兒也沒什麼用處，妳有用就拿去，記得還回來就是。對了，妳要繡樣做什麼？繡帕子還是枕頭？」郝婆婆問道。

「這倒不是，我可沒有繡娘的本事。至於用處，先容我賣個關子，到時再告訴郝婆婆。」

「這事還沒成，現在還不適合告訴郝婆婆。

「妳這丫頭，還跟老婆子賣關子。」郝婆婆好脾氣地瞋了林舒婉一眼。

「嘿嘿。」林舒婉咧嘴嘿嘿一笑。「我去樓上找董大娘了。」

「快去吧，別讓董大娘等太久。」

林舒婉上了二樓，進了董大娘的書房。

「董大娘，我過來了。」

董大娘坐在書案前，眼睛下方有黑眼圈，人也沒什麼精神，看到林舒婉，便打起精神招呼道：「舒婉，妳來得正好，快過來，我這裡有幾筆支項還沒有入帳，妳幫我記到帳本裡，項目有些雜，妳別記錯了。隔壁的屋子作為帳房，我已經叫人清掃出來，日後妳就在那裡記帳。」

林舒婉快步走到董大娘的書案前。「知道了。董大娘，我想先和妳說說繡樣的事。」

董大娘一愣，眼神疑惑。「什麼繡樣的事？」

「我也是剛才聽郝婆婆說的，怡春院以繡樣不好看為由，退了一筆團扇的訂單。」林舒婉道。

「確實有這麼一回事，這也不是什麼秘密，織雲繡坊上上下下都知道。」董大娘頷首，嚴肅的語氣中流露出幾分沮喪。「怎麼了？」

林舒婉蛾眉微抬。「如果是因為繡樣的問題，我倒是有法子。」

董大娘一頓。「妳有法子？」

她倏地從椅子上站起來，三兩步走到林舒婉跟前，急切地問：「舒婉，難道妳有好看的繡樣？是了，妳以前是大戶人家的夫人，大戶人家都有一些不外傳的繡樣。」

董大娘昨日丟了一份大單，丟了一份大單不要緊，可連原本的小單也被她推了，原本生意繁忙的繡坊，一下子沒有生意可做。

怪只怪她一時大意，沒跟戚嬤嬤先簽約、收定金，現在她吃了個大悶虧，連喊冤的地方都沒有。

想想整間繡坊上下都指著她吃飯，她能不心焦？

董大娘又沮喪又傷心，輾轉反側一晚上。

一大早，她只能頂著兩個黑眼圈，強打起精神起身。整間繡坊都指望她，她不能倒，也不能亂。

現在林舒婉一句「她有法子」，彷彿是一針強心劑。董大娘顧不得身為東家的威嚴，拉著林舒婉的手。「舒婉，妳若是有什麼好看的繡樣願意割捨，妳董大娘一定會把這份恩情記在心裡，也定會重謝妳。」

「繡樣我倒是沒有。」林舒婉道。

「沒有繡樣？這……」董大娘遲疑。「那妳剛才說繡樣的事妳有法子？」

「董大娘，可否借筆墨一用？」林舒婉問道。

「筆墨？」董大娘覺得奇怪，不知林舒婉要筆墨做什麼，難道要當場作畫？她心裡狐疑，卻還是道：「自然可以，筆墨都在書案上，妳隨意取用。」

「好。」

林舒婉把繡樣放在書案上，取了一枝細羊毫，蘸了墨汁，在一張繡樣的留白處寫了一句詩。

寫完一張繡樣，再寫第二張，直到她把這些繡樣的留白處都寫上一、兩句詩詞。

「好了，董大娘，您來看。」

董大娘見書案上鋪滿一張張墨跡未乾的繡樣，便仔細看起來。「在繡樣上加上詩詞，這個主意倒是不錯。」

看完後，她抬頭問：「舒婉，我是不懂詩詞的，但這幾句話看著就覺得極好，是妳作的嗎？想不到妳竟然有這樣的才情。」

林舒婉連忙搖手。「不是我作的，我死了的那個丈夫家裡有不少書，我閒來無事就會翻翻書，這些都是我從書上看來的。」

董大娘聽林舒婉說得合情合理，便不疑有他。「原來如此，大戶人家多有藏書，難怪妳能看到這麼多詩書。」

「這些就是些殘章斷句，配上繡樣上的仕女圖正合適。這樣一來，繡樣就更有靈氣。」林舒婉說道：「董大娘，不如妳拿著這些繡樣再去找那個戚嬤嬤，看看能不能把丟了的單子再搶回來？」

董大娘一拍書案。「好，我立刻就去，免得那姓戚的老鴇和別家繡坊簽了約，到時就來不及了。舒婉，妳放心，若是能成，我定當重金酬謝。」

「董大娘有沒有想過加價賣？」林舒婉又問。

「加價賣？」董大娘怔住，對於林舒婉的大膽提議十分吃驚。

她看看手裡的繡樣，再看看林舒婉風輕雲淡的模樣，一時竟沒了主意。「舒婉，我是不懂詩詞的，這幾句詩詞看著是不錯，但是加價……那姓戚的老鴇是個人精，她未必願意。」

「加價兩成，加的這兩成，一成歸董大娘，一成歸我。那戚大娘要真是個人精，她一定會願意的。」

古代青樓又被稱為風月之地。林舒婉以為「風月」二字極妙，用風月代指男歡女愛之事，既隱晦又浪漫，讓人浮想聯翩。

既然是風月之地，那就要講個風流、風情和才情。文人墨客喜歡去風月之地，除了找女人外，還要附庸風雅，吟詩作對。

因此風月女子中，也有不少才情出眾的。

怡春院既然是京城最大的青樓，裡頭的姑娘們，也定有不少人懂詩詞。

而她寫的這幾首詩詞，正是最適合風月場所的。

林舒婉見董大娘將信將疑，便道：「董大娘，妳去試試吧，試試又何妨？」

董大娘咬了下牙，手掌又拍了下書案。「好，這詩詞也是妳給我的，既如此，這次我就聽妳的，我這就去。」

董大娘離開後，林舒婉便搬了帳冊到新設的帳房做帳。

午飯前，董大娘出現在帳房門口，一臉興奮。

「舒婉，成了。」

這日天氣正好，薛佑齡在國子監緩步而行。

他一身天青色的直裰，襯得人相貌俊逸，身長玉立。窄瘦的腰身墜了一塊上好的凝脂白玉，隨著他的步子輕輕搖晃。

世人都稱他芝蘭玉樹，他也當得起這個稱號，他在廊下行走，便是國子監一道風景。

突然，薛佑齡腳步一頓，接著他轉了個彎，步子也由緩變急。

他快步走到迴廊邊的幾個學生旁邊。

「你們剛才在吟什麼詩詞？」

「薛夫子。」幾個學生見到薛佑齡，紛紛作揖行禮。

薛佑齡因為才華出眾，二十歲就在國子監擔任博士一職，現在在國子監任職。他見幾個學生向他行禮，淡淡頷首。「不必多禮。我剛才到迴廊上，聽到你們吟了幾句詩詞，可否再吟一遍給我聽？」

「這……」幾個學生面面相覷。

「怎麼了？」

「夫子，我們也只有幾句而已。」

「無妨，說出來給我聽。」薛佑齡道。

幾個學生互相看了看，其中一個學生終於站出來。

「此去經年，應是良辰好景虛設。便縱有千種風情，更與何人說？」

薛佑齡站在原地，將這幾句詩詞在心裡反覆唸了幾遍，越唸越覺得妙。「你們這幾句詩詞從何而來？」

「這……」

幾個學生互相對視，沒有一個人回答，其中一個十七、八歲的黃衫學生竟憋紅了臉。

這詩詞是他告訴他的同窗們的，可這詩詞的來源能告訴同窗，卻不能告訴夫子啊。

他總不能說，他年紀輕輕，不好好唸書，跟狐朋狗友去青樓狂浪胡鬧，狎妓快活吧？

更何況眼前的薛夫子還是出了名的謙謙君子，聽說從來不去妓院。如果讓他知道自己去青樓玩樂，一定會對他有不好的印象。

「不方便說嗎？」薛佑齡問道。

幾個學生都看向那個黃衫學生，黃衫學生的臉越憋越紅，成了豬肝色。

薛佑齡見狀，心中明瞭。他走到黃衫學生面前，竟對他行了一禮。「還請告知這詩詞，從何處得來。」

黃衫學生一愣，沒想到夫子竟放下身段，向他作揖，這便是不問個究竟絕不善罷甘休了。

黃衫學生終於動了動嘴唇。

「是從怡、怡春院的姑娘那裡得來的。」

此話一出，周圍的幾個學生都面色尷尬，黃衫學生更是窘迫得低下頭，不敢抬頭看面前的薛夫子。

薛佑齡怔住，臉上慢慢顯出不自然的神色。

那黃衫學生低著頭，半晌沒聽到薛佑齡說話，便掀起眼皮，偷偷看薛佑齡。只見這薛夫子一張俊秀的臉，神色掙扎得幾近扭曲。

「請問是怡春院的哪位姑娘？」薛佑齡終於問道。

「啊？」黃衫學生猛地抬頭，不敢相信自己的耳朵。

「是怡春院的哪位姑娘？」

黃衫學生看著薛佑齡詢問的眼神，終於確定這位薛夫子確實是在問怡春院的姑娘。

「是、是一位叫蘇紅袖的姑娘。」黃衫學生紅著臉道。

「好，多謝了。」薛佑齡頷首。

「那、那學生們告退了。」黃衫學生拱著手道。

「好。」

幾個學生落荒而逃。

是夜，繁星點點，萬籟俱寂。

整個京城幾乎都沒了白日的喧囂，各處街坊也像進入安眠，只偶爾響起幾聲狗吠。

然而，京城東面的清河街卻比白日更加熱鬧，這裡就是全京城最頂級的青樓的雲集之地。

清河街街頭是一幢五層樓的高樓，大門門口彩燈高懸。門楣處，高掛的匾額上寫著「怡春院」三個大字。

這裡便是京城最大的青樓了。

薛佑齡站在怡春院的大門前，可以看到裡面燈火通明，還能聽到絲竹聲聲。

這是他第一次踏足煙花之地，他一直以為秦樓楚館是污濁之地，他不屑來這種地方。今天若不是為了那幾句詩詞，他也是斷斷不會來的。

「此去經年，應是良辰好景虛設。便縱有千種風情，更與何人說？」他喃喃唸道。

如此佳句，難道真是出自青樓女子的手筆？青樓女子多是不守婦道的，對於不知羞恥的荒淫女子，他一向極為厭惡，就像他之前的妻室。

算了，休也休了，不提也罷。

至於這詩句，若真的出自青樓女子之手，那一定不是一般的青樓女子。如果不是，那他也要從這女子口中打探出這詩詞的來源。

薛佑齡不再猶豫，提起下襬，跨過怡春院的門檻。

一進怡春院，薛佑齡便覺得一股暖意襲來。

這怡春院上上下下燃了不少銀絲炭，裡面的姑娘穿得也十分清涼，齊胸短襦，輕羅長裙，輕紗外衫，衣裙的顏色有桃紅，也有柳綠。在這深秋的時節裡，生生把怡春院變成一塊暖春之地。

靡靡絲竹聲、醇醇美酒香，以及衣衫輕薄的年輕女子，端的是個銷金窟。

薛佑齡朗月清風，站在怡春院的正堂，和這一派紙醉金迷的景象格格不入。

正堂中，戚嬤嬤正在招呼客人，可一雙市儈的小眼卻留心著正堂的每個角落。

薛佑齡一走進來，戚嬤嬤就注意到他了。

她遠遠地打量了一下薛佑齡，見他身上衣料華貴，再見他的氣質、風度，便知此人非富即貴，甚至又富又貴。

她跟旁邊的幾個客人打好招呼，便徑直走到薛佑齡面前。

「這位小爺，裡面請，您是……」戚嬤嬤話沒說完，就聽到旁邊插進來一個醉醺醺的聲音。

「喲，這不是南陽侯府的薛三爺嗎？」男子打了個酒嗝。「薛三爺，你今兒不做學問，也跑到怡春院來了？是啊，這怡春院的姑娘們，比那些書啊、紙的好看多了，薛三爺要不要去我那兒坐會兒，和我喝杯酒啊？」

薛佑齡見來者放浪形骸的模樣，蹙起了眉。「不必了，我來此地找人的。」

「知道咧，來這裡的男人都是來找人的，沒想到如玉公子薛三爺在這怡春院裡也有相好的啊！薛三爺，那您忙，我就不打擾了，哈哈哈！」此人說完，擺著手揚長而去。

戚嬤嬤聽到這人說到南陽侯府，眼睛一亮，臉上的笑也越發殷勤。「原來是薛三爺，失敬失敬，照顧不周，是嬤嬤我的不是。」

薛佑齡見眼前戚嬤嬤勢利的作態，忍住心中嫌惡。「我是來……」

「找人、找人，您是來找人的！」薛佑齡的話被戚嬤嬤打斷。「您是要找哪位姑娘呀？」

「我找蘇紅袖。」薛佑齡道。

「哦，原來是紅袖啊。」戚嬤嬤說道：「紅袖好啊，這會兒紅袖姑娘正好得空，薛三爺，您跟我來。」

「好，請帶路。」薛佑齡頷首道。

「薛三爺不必客氣。」戚嬤嬤扭著腰走著。「請跟我來。」

薛佑齡壓下心中不適，默默跟著戚嬤嬤走。

走上樓梯，迎面走來兩個女子，一個身著綠色襦裙，一個身著緋色襦裙，兩人的衣裙俱是十分輕薄，紗製的外衫下，臂膀若隱若現。

兩個女子手裡都握著一把團扇，走路時，細腰擺動，團扇輕搖。

她們在跟薛佑齡錯身而過時，一個拋出媚眼，一個掩嘴輕笑。

薛佑齡的眉心蹙得更緊了。

戚嬤嬤邊走邊招呼薛佑齡。「今兒紅袖姑娘有您薛三爺捧場，真是她的福氣……」

突然，戚嬤嬤瞥見旁邊的薛佑齡止住腳步。

「薛三爺，您怎麼不走了？」

話音剛落，她就見薛佑齡轉身往回走，大步流星追上剛剛和他們錯身而過的兩個女子。

「姑娘，請留步。」薛佑齡喊道。

綠衫姑娘和緋衫姑娘同時轉身。

綠衫姑娘嬌笑一聲。「這位爺，您是在叫奴家，還是在叫姍兒姊姊？」

薛佑齡走到綠衫姑娘面前。「能否借姑娘的團扇一看？」

「團扇？」

綠衫姑娘看了眼自己手裡的團扇，遞給薛佑齡。「喏，給您。若是旁人問我要，我可是不給的。」說著拋了個媚眼過去。

薛佑齡根本沒有看那綠衫姑娘，眼裡只剩下那把團扇。

方才他和那綠衫姑娘錯身而過時，眼角餘光瞥見團扇上繡的一行字，不是別的，正是那句他越品越覺得妙的詩句。

他本就是為詩句來的，如何能錯過？所以才迅速轉身，喊住綠衫姑娘，求看一眼團扇。

戚嬤嬤趕了過來，看到薛佑齡正在看綠衫姑娘的團扇，撇了下嘴，心中腹誹。剛才還說來找紅袖，這會兒看到好看的姑娘，立刻就去找，看來也是個貪色的。什麼「如玉公子」，真是道貌岸然。這種男人，她在這怡春院迎來送往，見得多了。

「姑娘，這團扇上的詩句是從哪裡得來的？是否從蘇紅袖那裡得來的？」薛佑齡問道。

「您說團扇上的詩句？當然不是。」綠衫姑娘不解地問：「怎麼會是從紅袖那裡得來？這是團扇上本來就有的。」

「不是從蘇紅袖那裡得來的？」薛佑齡蹙眉問。

「這位爺，我的團扇上也有詩句啊，您怎麼不看我的團扇？」旁邊緋衫女子不樂意了，把自己的團扇也遞給薛佑齡。

薛佑齡驚訝地接過緋衫女子的團扇，低頭看起來。

徒。

戚嬤嬤看到這情景，心裡嗤之以鼻。勾搭了一個不夠，還要再勾搭一個，真真是好色之

薛佑齡完全不知戚嬤嬤心中所想，仔細看著手中的團扇，這把團扇上果然也有詩句。

衣帶漸寬終不悔，為伊消得人憔悴。

好句、好句！妙極、妙極！

薛佑齡緊蹙的眉頭舒展開來，心中的煩躁也消散幾分。

「姑娘是否能告知剩下的詩句？」薛佑齡問緋衣姑娘。

「那我可不知道。」緋衣姑娘搖頭。「這是團扇上本來就有的。」

「這些團扇不是姑娘繡的？」薛佑齡問道。

綠衣姑娘咯咯笑。「這位爺說笑了，您見過怡春院哪個姑娘夜裡是在做針線活的？」

薛佑齡面上窘迫，問道：「那這團扇是從哪裡來的？」

綠衫姑娘指指薛佑齡身後。「那就要問戚嬤嬤了。」

第三章

薛佑齡聞言，轉身問戚嬤嬤。「戚嬤嬤，還請告知這些團扇是從哪裡來的？」

戚嬤嬤見薛佑齡問她，立刻恢復殷勤的笑臉，瞥了一眼薛佑齡手裡的兩把團扇。「爺是說這團扇啊，這是城東織雲繡坊繡的。」

「城東織雲繡坊……」薛佑齡喃喃重複了一遍。「好，多謝，告辭了。」

戚嬤嬤見薛佑齡提步就要走，急忙喊道：「薛三爺，您不是要見紅袖嗎？這路都走了一大半，怎麼說走就走，哪有這樣的道理？」

「戚嬤嬤見諒，我還有其他要緊事。」薛佑齡對戚嬤嬤拱了拱手，轉身離開。

「哎，你……」戚嬤嬤氣得跺腳。「怎地一聽到織雲繡坊就走了？那繡坊的東家是個寡婦，年紀雖然大了些，但是風韻猶存，還有那些繡娘，個個水靈靈的，薛三爺莫不是喜歡良家女，所以一聽織雲繡坊，轉身就跑了啊？」

薛佑齡聽到背後傳來的污言穢語，眉心重新蹙起，加快腳步離開。

戚嬤嬤見薛佑齡的身影消失在來來往往的人群中，啐了一口。「什麼人啊！」

薛佑齡火燒火燎地趕回南陽侯府。

一回府，他徑直回了自己的院子聽濤院。

他一進堂屋，小廝侍墨便迎上來。「三爺，您回來了。」

薛佑齡見到侍墨，急忙道：「侍墨，有件要緊事，你趕快去辦。」

「三爺，是什麼事？您請吩咐。」侍墨欠身答道。

「你去城東打探打探，是不是有一家繡坊叫做織雲繡坊？」薛佑齡道。

「這……」侍墨面有難色，朝窗外看看，夜幕深邃漆黑，繁星點點。「現在都這個時辰了，只怕……」

薛佑齡這才意識到現在除了怡春院這種秦樓楚館，尋常人家怕已睡覺了，去哪裡打聽什麼織雲繡坊？是他一心想找出那幾句佳句的來源，連時辰都疏忽了。

「罷了，」薛佑齡擺了下手。「明日早上再去打探吧。」

「是，三爺。」

今晚的種種，林舒婉一概不知道，她正在屋裡樂呵呵地數著銀票和銀兩。

「總共五十三兩，分文不差。」這些銀兩都是織雲繡坊賣團扇，林舒婉得到的分成。

「小姐，您真有本事，竟然賺了這麼多銀兩。五十三兩啊，婢子在進相府前，一家人賺十年也不一定能賺上這麼多銀子。」畫眉一邊用抹布擦桌子，一邊和林舒婉搭話。

「聽董大娘說……董大娘就是織雲繡坊的東家。過幾天那怡春院還要加單，再訂一批團扇，如此一來，我還可以得到一些分成，就是不知道數目是多少。」林舒婉說道。
不用為衣食擔憂，畫眉的臉上也有了笑容。
林舒婉把銀票藏到櫃子最裡面，再把幾錠零散銀子遞給畫眉。「畫眉，這些零散銀子，妳拿著再採買些東西吧。」
畫眉停下手中的活兒，把抹布擱在八仙桌上，接過碎銀。「好的，小姐。有了這些銀子，就可以給小姐置辦幾身冬天的衣裳。這幾日，小姐都穿著買來的舊衣裳，有些不合身，而且不保暖。喔，對了，還可以採買炭盆，再買幾斤炭，夜裡就不怕冷了……被褥也可以再置辦幾條。」
林舒婉聽著畫眉碎碎唸，心裡突然覺得暖融融的。「好，妳看著辦就好。」
「知道了，小姐，我明日就上街採買。」畫眉小心翼翼地把銀子放進荷包，拿起八仙桌上的抹布，繼續擦桌子。
林舒婉看著畫眉忙碌的身影，心中暗道：畫眉真是心善又賢慧，哪個男人能娶到她，那真是福氣。
想想畫眉已經十九歲，在這個時代算是老姑娘了。在南陽侯府三年，她和原主主僕二人掙扎著過日子，原主自顧不暇，哪會想到畫眉的終身大事？畫眉又是個忠心的，一心撲在原主身上，也不會去想自己的婚嫁之事，就這樣生生蹉跎了歲月，也不知她的緣分在哪裡？
畫眉見林舒婉一直盯著自己，便眨巴了下眼。「小姐，您看我做什麼？婢子身上哪裡有不妥的？」

林舒婉莞爾一笑。「放心，沒有什麼不妥的，我就是看畫眉好看。」

畫眉一愣，小臉一紅。「小姐取笑我做什麼？婢子有幾斤幾兩，自己知道，小姐要看好看的，看自個兒就行了。」

她收了抹布。「好了，婢子去打盆溫水來讓小姐洗漱、睡覺，小姐看看水裡的自個兒，就能看到好看的了。」

林舒婉呵呵笑道：「知道了，畫眉不僅能幹，而且伶牙俐齒，不敢取笑。」

畫眉也笑了笑。「我給小姐打水去。」

畫眉離開屋子，片刻後，她端了盆溫水進來，放在桌上。「小姐先洗把臉吧。」

林舒婉走到臉盆前，拿起掛在臉盆邊緣上的帕子。

她沒有急著洗臉，而是認真仔細地端詳鏡子裡的自己。

蛾眉橫黛，杏目明亮，顧盼之間，眼眸波光瀲灩。肌膚潔白無瑕，如上好的凝脂白玉，端是一副好相貌。

林舒婉暗嘆一口氣，想想原主生就這樣一副好相貌，又有這樣高貴的身分，可惜性子柔弱，命運多舛。

不管如何，既然她繼承原主的這具身子，便要以她的身分，代替她好好活下去。

一輪紅日在東方昇起，天空由暗轉明，安靜了一個晚上的京城，也逐漸甦醒過來。

南陽侯府聽濤院中，小廝侍墨正在堂中，向主子薛佑齡稟告。

「三爺，您要小的打聽織雲繡坊，小的今兒一早就打聽好了。」

薛佑齡握著茶杯，手一頓，急忙問：「如何？」

「回三爺，在城東有條織雲巷，巷口有家繡坊，就叫織雲繡坊。」侍墨說道。

薛佑齡站起身。「你認過路嗎？知道織雲繡坊在哪裡？」

「小的已經認過門了。」侍墨應道。

薛佑齡放下手中的茶杯。「你帶我去那織雲繡坊。」

「是，三爺。」

薛佑齡大步流星往門外走，還沒有出聽濤院的院門，腳步卻頓住了。

不行，就這麼去不妥當。

昨日夜裡，聽那老鴇所言，那織雲繡坊裡都是年輕的繡娘，那東家還是個守寡多年的寡婦。

繡坊這種營生，往來的客人一般都是女子，他一個男人就這麼過去，還不是去做生意，而是去打探詩句來源，實在不妥。

那麼多年輕女子，再加上一個寡婦東家，該避嫌還是要避嫌。

「侍墨，關於這織雲繡坊還有件事，要你趕緊去辦。」薛佑齡說道。

「三爺，您儘管吩咐。」侍墨欠著身。

「你找個婆子去一趟織雲繡坊，」薛佑齡道：「讓她去打探一下，織雲繡坊是不是給怡春院繡了一批團扇？若確有其事，再問那些團扇上的幾句詩是從哪裡得來的。立刻就去辦。」

「是，小的這就去。」侍墨應了一聲，轉身離開。

侍墨離開後，薛佑齡又回到正堂，在屋裡踱著步子，焦急地等待結果。

一個時辰後，侍墨又進來了。

侍墨一進正堂，薛佑齡便三步併作兩步走到侍墨面前。

「怎麼說？」

侍墨因為奔走勞累，氣喘吁吁，他見薛佑齡這麼著急，心中不由奇怪。今天自家主子這是怎麼了？平時一向謙和有禮，不緊不慢，現在怎地一副猴急模樣？

可心中所想當然不敢表現在外，侍墨大喘了一口氣，開始回話。

「三爺，小的找了婆子去打探，方才這婆子回來，把打探得來的消息告訴了小的。」侍墨說道：「這織雲繡坊確實給怡春院繡過一批團扇，且每把團扇上都有不同的詩句，怡春院的姑娘們十分喜歡。」

「有沒有問這些句子是從哪裡來的？」薛佑齡接著問。

「那婆子也問過了，說是出自織雲繡坊的帳房之手。」侍墨說道。

「當真？一個繡坊的帳房竟有如此才華？」薛佑齡不免訝異。

「這些是那婆子從織雲繡坊的管事郝婆婆那裡打探到的。」侍墨接著說道：「帳房在二樓，尋常人也無法輕易進去，我們派去的婆子沒能見到這位帳房。但這位郝婆婆是繡坊的管事，在繡坊做了許多年，她說的話錯不了。」

「竟然真是出自一個帳房之手……」薛佑齡心下感嘆，沒想到一家民間繡坊中，還藏著這樣一個不世出的人才。

不知道這帳房是怎樣一個人？能不能暢談一回或結交一番？

薛佑齡正這麼想，又聽侍墨道：「三爺，那婆子還打聽了一些這帳房的事情。」

「快些說。」薛佑齡道。

侍墨見薛佑齡一再催促，心中越發狐疑，不知道自家主子究竟在急個什麼勁？

侍墨沒讀過什麼書，自然無法理解文人對優美詩詞的追求與嚮往，以及對有才華之人的敬意。

他點了幾下頭，欠著身繼續道：「說來也奇怪，這織雲繡坊的東家是個寡婦，人稱董大娘，帳房先生也是個寡婦，人稱林小娘子。」

這個時代，女子的閨名是只給家人和熟人叫的，一般不會告訴外人，且女子的閨名也不重要，只要有個姓氏就可以了。

所以婆子去織雲繡坊打探的時候，只打探到林舒婉姓林，以及人稱林小娘子，並沒有打探到林舒婉的閨名。

薛佑齡愣了愣。「你說這些詩句出自一個姓林的寡婦？」

「這寡婦年紀輕輕，據說只有十八、九歲，卻守了三年寡。」侍墨說道。

「原來如此。」

這個結果出乎薛佑齡的意料，但又在情理之中。

此去經年，應是良辰好景虛設。便縱有千種風情，更與何人說？

守寡三年，與亡夫陰陽相隔，縱是良辰美景，又有何用？縱有千種風情，良人卻已不在。

好一段閨怨詩。

獨守空閨的寂寞、思念亡夫的痛苦，真是情真意切，淋漓盡致。

只可惜，這詩句的作者是個年輕的寡婦，他一個男子實在不方便找上門和她暢談結交。罷了。

薛佑齡在心裡嘆了口氣，突然想到什麼似的，又問侍墨。「你剛才說每把團扇上都有詩句？」

侍墨點頭。「是。」

薛佑齡又問：「都是不同的詩句？」

「這……這小的倒是不知了。喔，對了，那婆子說，怡春院訂的這批團扇，有好幾種不同的繡樣，想來應該也有好幾種不同的詩句。」

入夜，月色如水，明亮的月光照著京城各處高聳的樓房和低矮的民居。然而，清河街的燈光明亮如白晝，反而將月色襯得黯淡無光。

今夜，薛佑齡竟又一次站在怡春院門口。

他看著門裡的奢靡景象，厭惡地蹙起眉，接著吸了口氣，提步走入怡春院。

不過幾息時間，戚嬤嬤就迎了過來。

「喲，這不是薛三爺嗎？昨兒的要緊事辦好了？今兒來是找紅袖姑娘的嗎？昨兒薛三爺沒見紅袖一面就走了，後來紅袖知道了，傷心了好一陣呢。」

「今天不是來找紅袖姑娘的。」薛佑齡道。

戚嬤嬤心中暗道，果然是個好色之徒，想換姑娘找樂子了。

她面上不顯，依舊笑道：「那薛三爺今天是看上哪個姑娘了？是昨天遇見的蝶兒，還是姍兒？」

薛佑齡遲疑了一會兒。「戚嬤嬤能不能多找幾個姑娘？」

戚嬤嬤在心裡罵了句「小色鬼」，殷勤笑道：「好啊，我們這怡春院，旁的沒有，就數水靈靈的姑娘多。薛三爺要幾個？」

「先找七、八個來。」薛佑齡道。

戚嬤嬤嬌笑一聲。「喲，七、八個啊。」

她朝薛佑齡上下打量兩眼。「薛三爺的身體真是強壯，七、八個姑娘，我們怡春院自是有的。只要……呵呵呵，您的身體消受得住。」

薛佑齡被戚嬤嬤看得渾身發毛。「妳去安排就是，我自有用處。」

戚嬤嬤的眼珠骨碌碌轉了幾圈。「我說薛三爺，安排七、八個姑娘沒問題，不過您不會像昨日那樣，我給您安排好了，結果您又跑了吧？我要招呼客人，姑娘們也要招待客人，可沒人有時間陪您薛三爺耍樂子。」

薛佑齡從袖袋裡取出一錠金子和幾張銀票，遞給戚嬤嬤。「還請戚嬤嬤安排一下。」

戚嬤嬤眼睛一亮，接過金子和銀票，終於露出發自內心的笑容，將五官擠得看不清。

「好說、好說，我這就去給您安排。薛三爺，您先跟我去雅間裡歇會兒，喝口小酒，姑娘們隨後就來。」

怡春院的雅間佈置得十分雅致，梁下掛著淡紫色的帷幔，中間擺著一張八仙桌，桌腿雕了折枝牡丹，桌子周圍擺了一圈錦凳，角落還有博古架和琴架。

薛佑齡在八仙桌前正襟危坐，身姿筆直，氣質清淡。

在他的對面和側面，擠擠挨挨坐著七、八個年輕女子，紅紅綠綠，鶯鶯燕燕，玉臂挨著玉臂，香肩擠著香肩，幾乎每人手裡都拿著一把團扇。

這些年輕女子見薛佑齡衣著華貴，相貌俊朗，心中都十分歡喜。

有個大眼睛的姑娘用團扇掩住半張臉，只露出靈動的雙眸，朝薛佑齡暗送秋波。有個身段豐滿的握著團扇一搖一搖，顯出自己的妖嬈風情。熱情一些的掩嘴咯咯笑；靦覥一些的則垂著眸、紅著臉。為了撩撥薛佑齡，當真各顯神通。

「請幾位姑娘把團扇放在桌上。」薛佑齡說道。

姑娘們互相看了看，不明白薛佑齡這是在幹什麼？可既然是客人的要求，且還是個小要求，就沒有拒絕的道理。

一個年紀大些的姑娘帶頭將團扇輕輕擱在桌上。「薛三爺，團扇在這裡。」

於是，剩下的姑娘也都把自己的團扇放在桌上。

八仙桌上橫七豎八放了許多團扇。

「哎呀，我今兒將團扇落在屋子裡，沒有帶出來。」一個身穿煙色紗衫的姑娘輕呼。

「煩勞姑娘去取一下。」薛佑齡道。

這紗衫姑娘輕咬朱唇，楚楚可憐地道：「這……一定要去取嗎？奴家的屋子離這裡有些遠。」

「是的，煩勞姑娘了。」薛佑齡不管紗衫姑娘楚楚可憐的模樣，說得斬釘截鐵。

「哦，那奴家去取。」

紗衫姑娘不情不願地起身，臨走前還朝薛佑齡拋了個媚眼，卻見薛佑齡根本沒在看她，而是在看桌上的團扇。

薛佑齡看完一把，接著看下一把。

有時他露出歡喜的神色，有時露出哀思的神情，有時嚴肅，有時入定，有時若有所思，有時欣喜若狂。

坐在八仙桌周圍的姑娘互相對視著，都從對方的眼裡看到了不明所以。

又過了一會兒，那紗衫姑娘拿著一把團扇走過來。

「薛三爺，團扇拿來了。」

薛佑齡接過團扇。「還煩勞姑娘跑一趟，拿一套文房四寶來。」

紗衫姑娘見薛佑齡又低頭看團扇，一跺腳。「好、好，我去拿，今兒我倒成了跑腿的了。」

不久，紗衫姑娘拿了一套筆墨紙硯過來。

薛佑齡接過筆墨紙硯，將每把團扇上的詩句謄抄下來。其實以他的能力，早已將這幾句詩爛熟於心，但為了以防萬一，他還是抱著一顆虔誠的心，把團扇上的詩句抄下來，準備拿回去仔細品讀。

在怡春院的天字號雅間裡，薛佑齡的周圍坐了一圈衣衫單薄的美貌女子，而他卻在八仙桌上奮筆疾書。

又過了好一會兒，薛佑齡才心滿意足地放下毛筆，站起身，對那七、八個青樓姑娘作了個揖。

「多謝諸位，告辭。」

說罷，他拿著一疊宣紙離開，留下一桌子茫然的姑娘們。

過了一日。

清早，林舒婉一進繡坊大門，就看到有個繡娘走到她跟前，向她行了個福禮。「綠珠多謝林小娘子。」

林舒婉一愣。「謝我？謝我什麼？」

「綠珠是謝謝妳幫董大娘搶下那筆單子。」郝婆婆從旁邊走過來，跟林舒婉解釋。「今兒是董大娘給繡娘們發例錢的日子，因為那批團扇的單子數目大，所以繡娘的繡活就多，所得的例錢也多。」

郝婆婆接著道：「而且託妳的福，這批團扇要比其他繡活賣得貴，董大娘又給繡娘們多發了不少。剛剛董大娘給大夥兒發了例錢，繡娘們都得了不少銀子，心裡歡喜得很呢！」

聽完郝婆婆的話，林舒婉才明白原來今天董大娘給繡娘發例錢了，且因為怡春院團扇的單子量大、單價高，所以計件拿工錢的繡娘們也多得了不少例銀。

林舒婉對綠珠道：「不必謝我，都是妳自己辛苦掙來的銀子。」

「怎地不必謝妳，因為妳的緣故，繡娘們多得了銀子，連我這老婆子也多得了工錢。」

郝婆婆笑道。

「郝婆婆說得是，是該謝謝林小娘子。」綠珠道。

「好了，綠珠妳去做繡活吧。」郝婆婆笑道。

「這就去了。」綠珠應了一聲，轉身回到繡架前。

綠珠剛走，又有一個繡娘走到林舒婉跟前，恭恭敬敬喊了一聲「林小娘子」。「林小娘子，謝謝您。」

林舒婉連聲道：「不必客氣、不必客氣。」

這時，春燕也跑過來，給林舒婉行了一個禮。「多謝林小娘子。」

「真的不用客氣，都是妳們自己辛苦幹活才賺得的銀子。」

林舒婉當時幫董大娘搶團扇單子是為了自己賺錢，畢竟這批團扇一成的價格是落在她的荷包裡。倒沒想到這個舉動，卻無意間也幫助了繡娘們。

現在這些繡娘一個接一個鄭重其事地道謝，倒把她給弄得不好意思了。

「林小娘子，我終於攢夠銀子贖我妹妹了，我這就要去贖我妹妹，回頭再謝林小娘子。」

春燕的聲音脆生生的，透著歡愉，讓人聽了心情也跟著好起來。

她不等林舒婉回答，就歡快地跳過門檻出了門。

「春燕終於可以把她妹妹贖出來了。」郝婆婆說道。

林舒婉看了一眼春燕遠去的背影，回頭問：「剛才春燕說，她要去贖她妹妹是什麼意思？她的妹妹被賣了嗎？」

「唉！這裡的繡娘大多是苦命的女子。」郝婆婆嘆了口氣。「春燕姓盧，他們家裡孩子多，她排行老五，還有個妹妹，比她小兩歲。她家因為窮，養不活這麼多孩子，就把妹妹賣給人家做丫鬟了。」

「春燕的父母賣了自己的孩子？」林舒婉驚道。

「是啊，這賣孩子，哪個父母是情願的？還不是日子過不下去，狠心賣了一個，其他孩子就能養活，春燕的妹妹去做丫鬟，也可以有口飯吃。」郝婆婆說道：「那孩子被賣的時候才十歲，現在已經十三了。」

「這……這孩子真可憐。」林舒婉知道這個時代的父母是有權賣孩子的，窮人沒有錢過日子，賣了一個，剩下的就能活下去，總比一起餓死好。這種事情在這個時代，尤其在災年，十分常見。

不過知道是一回事，遇見是另一回事。十歲的孩子被親生父母賣掉，去一個陌生的地方幹活伺候人，林舒婉聽了，心裡總覺得不是滋味。

「是可憐啊！聽春燕說，她妹妹的主人家不是什麼善良的人家，待她也不好，髒活、苦活都讓她做。春燕和她這個妹妹感情最好，這些年，春燕一直在攢錢，想把妹妹贖回來，她父母也是允了的，畢竟是自己的骨肉，能贖回來一家團聚，自然是好的。」郝婆婆說道：

「春燕已攢了不少銀子，今天一早董大娘發了例銀，春燕正好攢足了錢，這才告了假，歡歡喜喜去贖她的妹妹。」

「原來如此。」林舒婉道。

「希望春燕今兒能順順利利把她妹妹贖回來。」郝婆婆說道。

林舒婉和郝婆婆說了幾句話，便上了二樓。

她做了一個上午的帳，中午時分才下樓，然而大堂裡，繡娘們卻沒有像往常一樣坐在繡架前做繡活，而是圍在一個角落。

林舒婉覺得奇怪，快步走了過去。

眾繡娘看到林舒婉走過來，便讓開了一條道。

「林小娘子。」

「林小娘子來了。」

「是林小娘子啊。」

「嗯。」林舒婉和眾繡娘打了個照面，徑直走到牆角。

春燕站在角落，秀氣的臉上淚痕縱橫交錯，眼角還有眼淚不停湧出，兩隻眼睛通紅，看著十分嚇人。

她雙手捂著嘴，嘴裡發出「嗚嗚」的痛哭聲。

林舒婉心裡咯噔了下。「這是怎麼了？」

郝婆婆道：「春燕沒能把她妹妹贖出來，她的主人家把她轉賣了，還是賣到了勾欄院裡。」

綠珠道：「這主人家忒缺德，好好一個姑娘家，就算要轉賣，也不能賣到那種地方。」

「說是衝撞了主母。」郝婆婆道。

春燕放下嘴上的雙手，通紅的雙眼露出悲哀。「春妮那麼乖巧懂事，怎麼會衝撞主母？」

她閉了下眼，一行淚滑落。「我剛才見到了春妮，根本不是什麼衝撞主母。」

「究竟是怎麼回事？」林舒婉問。

春燕邊哭邊道：「那家的男人見春妮長得好看，就想把她收房納為妾，春妮不願意，那男人就要對她用強的。春妮嚇得大聲喊叫，驚動了主母，主母看到後，一氣之下，就把春妮賣、賣到了勾欄院裡。」

「豈有此理！」

林舒婉心中憤怒，那男人禽獸不如，竟企圖對個十三歲的姑娘施暴。那主母也心思狠毒，明明春妮才是受害人，她卻遷怒春妮，把她賣到勾欄院。

綠珠嘆息。「唉，好好一個姑娘家，進了那種骯髒地方，這一輩子就毀了。」

「春妮……春妮……」春燕嗚嗚咽咽喊著妹妹的名字。

「春燕丫頭，妳先別急，」郝婆婆出言勸道：「妳能從主人家那裡把妳妹妹贖出來，也可以從勾欄院裡把妳妹妹贖出來啊。」

「是啊。」林舒婉點頭道：「春燕，現在最重要的是，趕緊把妳妹妹先救出來。」

春燕搖著腦袋，哭得更厲害。「原本跟春妮主人家說好了，用二十兩銀子贖回春妮，現在春妮被賣到那地方，老鴇要三百兩才肯放人。」

「三百兩！」綠珠倒吸一口氣。

「竟要這麼多銀子。」

「這老虔婆鑽錢眼裡去了，這心定是黑炭做的！」郝婆婆罵道。

林舒婉也吃了一驚，這勾欄院的老鴇怕是好不容易得了個能賺錢的俊秀姑娘，豈會這麼容易放手？不狠狠要一筆銀子，是絕對不會放人的。

春燕哭著，突然轉向林舒婉，撲通一聲跪在地上，還沒等林舒婉反應過來，就給林舒婉磕了個頭。

她抬起頭道：「林小娘子，拜託您救救春妮吧！您斷文識字，主意多，您想想法子吧！」

林舒婉一怔。

一時半會兒的，她能有什麼法子？她穿過來半個月不到，原主的境遇就不用提了，她自己也才剛解決生計問題，開始正常的生活，哪拿得出這麼多銀子救人？

林舒婉看著春燕眸光中閃動著的懇求和希望，只能搖搖頭。「春燕，抱歉，我、我沒有法子。」

春燕眸中的光芒消失，緩緩閉上眼，倒了下去。

「春燕！」

「快，春燕暈倒了！」

「把春燕扶到隔壁廂房去休息！」

眾繡娘七手八腳地把春燕抬出堂屋，林舒婉依舊默默站在原地。

午後，林舒婉一個人在繡坊的小院子裡轉悠。

春燕已經醒了，但她沒敢去看她。

林舒婉心裡悶悶的，有些難過。一個十三歲的姑娘，即將面臨悲慘的命運，她卻幫不上忙。春燕在絕望中向她求助，她也無法給她希望。

林舒婉站在一棵高大的玉蘭樹下，深秋的寒風吹得樹枝瑟瑟抖動，也吹得她身上有些冷。

到底怎麼樣才能救出春妮？

林舒婉回到二樓，沒有打開帳本記帳，而是坐在書案前，托著腮，心裡暗自盤算。

要救出春妮，最簡單直接的法子，就是拿出三百兩銀子，把她贖出來。

然而要賺三百兩銀子非常困難，靠做繡活根本就不可能。

繡活都是計件拿工錢，若單純做繡活，一個繡娘做上一輩子也賺不到三百兩。

林舒婉也想過在單價上作文章。

可繡活的單價是有行情的，手藝好的價格貴些，手藝差的價格便宜些，每間繡坊給出的價格差異不會太大。

靠繡樣創新提高單價？行不通。

這個時代沒有什麼專利權，繡樣是可以模仿的。她想出在繡樣上添加詩句的法子，已經被其他繡坊學去，詩句也已經流傳出去。這就是一竿子買賣，難以長久，就算她現在想出什麼新的創意，也會很快就被人學走。

靠前世所謂的品牌效應，提高單價？

林舒婉托著腮，搖搖頭。

這個時代的人，品牌意識十分薄弱，一些老字號的鋪子雖有，但都是靠以口傳口一點點累積下來的。

等織雲繡坊累積出口碑，再提高單價，黃花菜都涼了。

林舒婉吐出一口氣，想了一下午，還是沒什麼頭緒。

日落西山，已近黃昏。

她把剩下的幾筆帳做完，合上帳本，離開帳房。

沒能想出法子救春妮，林舒婉有些沮喪，跟郝婆婆及眾繡娘打過招呼後，就出了繡坊，準備回家。

誰知才剛出門，就聽到有人喊她。「請問是林小娘子嗎？」女子的聲音十分婉轉動聽。

林舒婉循聲望去，是一個十七、八歲的美貌女子，旁邊還有一頂精緻小轎。

「請問妳是哪位？」林舒婉確定自己沒有見過這個女子，她也確定原主並不認識她。

「林小娘子勿怪，奴家姓蘇，名紅袖，現在在怡春院營生。」蘇紅袖說道。

怡春院不就是訂團扇的青樓嗎？這蘇紅袖應該是怡春院的妓子，看她的穿戴，以及旁邊那頂精緻的小轎，這位姑娘應是當紅頭牌。

「原來是蘇姑娘。妳是來訂繡品的嗎？」林舒婉問道。

「奴家不是來訂繡品的，奴家是專程來找林小娘子的。」蘇紅袖道。

林舒婉蛾眉輕抬。「找我？」

「奴家是為了林小娘子的詩句來的。團扇上的幾句詩婉約柔美，恍若千迴百轉，如珠綴玉，可惜只有殘章斷句。」蘇紅袖給林舒婉行了個禮。「奴家來這裡，是想向林小娘子請教，團扇上那幾句詩，剩下的詩句是什麼？」

她緩緩起身，十分真誠地說道：「奴家愛詩詞，得了這幾句詩，心中歡喜，只苦於沒有全篇。奴家在怡春院的客人們也經常問奴家，剩下的詩句是什麼？只是林小娘子守寡多年，奴家的客人們都是男子，不便前來相問。而奴家是怡春院中的低賤女子，貿然前來，又恐林小娘子責怪。

「奴家為了這幾句詩，輾轉難眠，茶飯不香。奴家猶豫再三，還是想來找林小娘子問一問，還請林小娘子勿怪。」

林舒婉對於這個時代的青樓女子沒什麼偏見。她們多是身世悲慘的可憐人，大多數都是被迫從事這一行的，有的是被賣到青樓，有的是被家裡牽連，充做官妓的。

林舒婉見蘇紅袖說得十分真誠，不忍拒絕，想想左右這幾句詩已經流傳出去，把全詩吟出來也沒什麼，便道：「無妨，我告訴妳就是。」

蘇紅袖當即大喜，又給林舒婉行了個大禮。「林小娘子稍候，奴家的小轎裡備了筆墨。」

於是，林舒婉把剩下的詩句背出來，而蘇紅袖則拿著毛筆，就著牆，把詩句抄下來。

「這幾首詩當真淒婉動人，得了這幾首詩，奴家幾日不吃飯都可以。」蘇紅袖轉向林舒婉。「林小娘子當真有驚世之才，能見到林小娘子，是奴家三生有幸。」

林舒婉見蘇紅袖誤會了，忙道：「蘇姑娘誤會了，這幾句詩不是我寫的，我只是在書上偶然看到的。」

蘇紅袖道：「奴家雖身分低賤，卻十分喜愛詩詞，看過許多，卻從未見過這幾首詩。若這幾首詩是前人所做，早已流傳出去，何至於當世無人知曉？」

「世上書那麼多，總有些書被世人遺漏，現在又恰巧被我看到了。」林舒婉解釋道。

蘇紅袖卻完全不聽林舒婉的解釋。「莫非林小娘子有什麼顧慮，所以才不願承認作了這幾首詩？是了，林小娘子守寡多年，而這幾首詩都是閨怨詩，訴說閨中的寂寞苦楚，所以林小娘子有顧慮。奴家懂了。」

不，妳不懂！

林舒婉在心中大喊，否認道：「蘇姑娘，這幾首詩確實不是我寫的，真是我看到的。」

「其實林小娘子不用顧慮，林小娘子在詩中思念亡夫，訴說閨中苦楚，也沒什麼不妥的。」蘇紅袖說道。

林舒婉好說歹說，蘇紅袖一直不信，固執地認為林舒婉覺得寡婦就是要清心寡慾，不能有閨怨，所以不願承認自己寫了閨怨詩。

直到蘇紅袖離開，林舒婉還是沒能說服她。

看著小轎離開，林舒婉無奈地呼出一口氣。

晚上，林舒婉吃完晚飯，走到家中小院裡，抬頭看著柔和的月色，心裡依舊在盤算著，有什麼法子可以迅速賺到三百兩銀子，救出春妮。

與此同時，怡春院一如往日的熱鬧。

正堂中，一張八仙桌周圍圍坐了幾個男子，每人身邊都坐了一位衣衫單薄的嬌俏美人。

一個紫衫華服男子，醉醺醺地跟周圍幾個同伴說話。

「你們說，今兒那南陽侯府的薛三爺還會不會來？哈哈哈，你們說這薛三爺莫不是不能人道？他經常來這怡春院，對滿屋子美貌姑娘視而不見，就盯著一面面團扇瞅。」

「可不是？京城裡都傳開了，如玉公子薛家老三，以前從不逛青樓，近日卻時不時到怡春院來。來了之後，不看姑娘，只看團扇。依我看啊，這薛老三要麼不能人道，要麼就是喜歡……喜歡……」說話的人朝那紫衫華服男子擠眉弄眼。「那種清秀小倌！」

「嘿，聽說薛老三是沒有侍妾的，就一個貼身小廝前後跟著，你們說會不會那小廝……我還聽說，薛老三把他的妻子休了，因為他那妻室偷人。你們品一品，偷人？還不是因為閨房寂寞，沒人疼啊！薛老三沒妾室，妻子還要偷人，這是為什麼呀？」

另外一人說道：「瞧你們，越說越像這麼回事。薛三爺來看團扇，是為了團扇上的詩句，你們又不是不知道。說起來這詩句還真是上佳之作。呵呵，不過我還是更喜歡看姑娘，又不是書呆子。」

那人說罷，伸手在一旁姑娘的纖腰上摸了一把，惹得那姑娘咯咯一陣嬌笑。

「說起那詩句，我倒想起來了，本來那詩句只有幾句，今兒我倒得了全篇。」另一人一手摟著姑娘圓潤的香肩，一邊說道。

「全篇？快說來聽聽！」

「好啊，我也是今兒從怡春院的姑娘這裡聽來的。這全篇是這樣的——寒蟬淒切，對長亭晚，驟雨初歇。都門帳飲無緒，留戀處，蘭舟催發。執手相看淚眼，竟無語凝噎。念去去，千里煙波，暮靄沈沈楚天闊。多情自古傷離別，更那堪，冷落清秋節！今宵酒醒何處？

楊柳岸，曉風殘月。此去經年，應是良辰好景虛設。便縱有千種風情，更與何人說？」

這人才剛吟完，就聽到一道清潤有禮的聲音。

「煩勞這位兄臺把剛才的詩句再吟一遍。」

幾人聽到聲音，一起抬頭看過去。

其中那紫衫華服男子嚷道：「喲，這不是南陽侯府的薛三爺嗎？今兒又來看團扇了？」

薛佑齡站在幾人旁邊，一身月白色的直裰，腰間綴著白玉，朗月清風，和這幾個醉醺醺的男人涇渭分明。

他不理會紫衫華服男子的調侃，只對那吟詩的男子道：「還請這位兄臺把剛才所吟的詩句再吟一遍。」

薛佑齡態度謙和，倒讓這幾個男子不知所措。

這幾個人雖已喝得半醉，也有些口無遮攔，但到底也是京城有頭有臉的，不好意思繼續拿他說笑。

剛才吟詩的男子輕咳一聲。「……那我就給薛三爺再吟一遍。」

薛佑齡聽完，俊秀的臉上露出幾分壓抑後的激動。他招來一個這裡的管事嬤嬤，取出一個金錁子。「還請這位嬤嬤替我準備紙筆。」

嬤嬤一見到金子，頓時眉開眼笑。「好說、好說，薛三爺吩咐的，老婆子一定辦妥。」

薛佑齡拿到紙筆，在正堂裡找了一張空著的八仙桌，將剛才聽到的詩詞寫下來。

寫完後，他又走到剛才吟詩的那位男子身邊。「這位兄臺，還有其他的全篇嗎？」那吟詩男子又給薛佑齡吟了幾首團扇詩句的全篇。「薛三爺，我知道的都告訴您了。」

「多謝。」薛佑齡拱手一禮，回到八仙桌前，把剛才聽來的幾首詩詞又記下來。

他的坐姿筆直如松，俊朗的五官神情專注，骨節分明的手握著一桿毛筆，手肘懸空於桌上，筆走龍蛇。

這副專心書寫的模樣，惹得大堂中的姑娘們紛紛側目，有幾個姑娘眼底浮現愛慕之意。

薛佑齡寫完後，拿起宣紙便往外走。

紫衫華服男子見薛佑齡要離開，便嚷起來。「喲，薛三爺這就要走了，不看團扇了？」

薛佑齡回了一句。「今日有事，就先告辭了。」

怡春院的團扇他已經看得差不多了，好幾次來，都沒再看到新的詩句。現在他得了全篇，還需看什麼團扇？這幾首就夠他細細品上一陣子了。

第四章

薛佑齡回到南陽侯府，一進聽濤院，侍墨就迎上來說道：「三爺，您回來了，老夫人差人來說，請您一回來就去錦福院，老夫人有事找您。」

薛佑齡頷首。「好，我這就去。」

錦福院的廂房中，薛柳氏斜坐在榻上，柳玉蓮跪坐在她腳邊，給她捶腿。

「娘，侍墨說您找我？」薛佑齡走進廂房。

「佑齡啊，來，坐。」薛柳氏招呼道。

薛佑齡坐到薛柳氏身邊。

「小表哥。」柳玉蓮柔柔地喊了一聲，調整了下跪姿，讓自己的背看起來更直，脖子看起來更修長。

薛佑齡點頭道：「蓮表妹。」

柳玉蓮低下頭，似有嬌羞之意。

「我今兒叫你來，是收到了你大哥的家書。」薛柳氏說道。

「大哥的家書上說什麼？」薛佑齡問道。

「他要回來了。」薛柳氏說道：「三年前，他被皇上指派去北疆戍邊三年，保衛我們大周江山，現在皇上要讓他回京了。

「這三年來，我和你，還有你二哥，母子三人過得也自在。現在你大哥要回來，你大哥這人你也知道，成天板著張臉，回來了怕是不好相處啊。」薛柳氏道。

「娘，您無須擔心，」薛佑齡笑道：「大哥就是為人嚴肅了些，沒有旁的不妥的。」

薛柳氏道：「我看你和你二哥，心裡就覺得熱乎，看到你大哥啊，到底是隔了層肚皮，總有些不自在。好了，我就是知會你一聲，你大哥要回來了，也沒有旁的事。時辰不早了，你早些回去歇息吧。」

「是，娘。」

薛佑齡別了薛柳氏，回到聽濤院。

他當然沒有休息，而是走進書房，點了燈，品讀從怡春院得來的詩詞。

細品之後，薛佑齡大為讚嘆。

這繡坊的林小娘子能寫出這樣的詩詞，讓人心生敬慕。

也不知道這位林小娘子，究竟是怎樣的女子？

清晨，林舒婉收拾妥當後，像往常一樣，去了織雲繡坊。

走到門口，林舒婉聽到附近有爭執的聲音。

她辨認了一下，這爭執聲不是從繡坊裡傳出來，而是從繡坊旁的一間鋪子裡傳出的。

她一時好奇，走到旁邊的鋪子。

聽清楚這爭執聲後，林舒婉心頭突然茅塞頓開。

春妮有救了，她想到迅速賺三百兩銀子的法子了！

林舒婉唇角輕揚，眉眼也舒展開來。

她之前怎麼沒有想到呢？要迅速賺到三百兩銀子，靠繡樣創新是不行的，很容易被模仿。靠品牌效應也不行，在這個時代，口碑要花費極長的時間累積。

然而，她身為一個現代人，有古代人沒有的優勢，那就是技術。

只要做好技術的保密工作，她可以靠前世學來的技術賺銀子。

而這項技術的原料，近在眼前。

這是一家皮料店，發生爭執的是皮料店掌櫃和前來賣皮料的北狄人。

從這二人的爭吵聲中，林舒婉知道了事情的來龍去脈。

北狄草原遼闊，盛產牛羊，每年秋季都會有許多大周的皮草商人到北狄收購羊皮。

大周的皮販子收購羊皮後，對羊皮進行加工，再運到京城，轉賣給京城的皮料鋪子，從中可以賺上一筆不小的差價。

然而，大周商人在北狄收購羊皮時，會極盡所能地壓低價格，許多北狄牧民對大周的羊皮販子十分痛恨。

眼下，這個和皮料鋪子掌櫃發生爭執的，就是一個痛恨羊皮販子的北狄牧民。

不過，一般的北狄牧民雖然痛恨大周的黑心皮販子，但最後還是會無可奈何地把羊皮賣給他們。

而眼前這小個子的北狄牧民卻偏偏不願向皮販子低頭，他竟然自己將一車羊皮，從北狄運到京城。

途中不知遇到多少困難，千里迢迢終於到了京城，誰知這一車的羊皮，京城的皮料鋪子卻都不收。

走到這家皮料鋪子，掌櫃的也不收，這小個子的北狄牧民終於忍不住了，跟掌櫃吵了起來。

可掌櫃不收這北狄牧民的貨，也有他的道理。

京城的皮料鋪子從皮販子手裡買的貨，是已經加工好的羊皮，而小個子的北狄牧民那一車的羊皮都是沒有加工過的，連羊毛都沒有去除，皮料鋪子當然不肯收。

其實北狄牧民也是有土法加工羊皮的，但因為大周皮販子向北狄牧民收購時，都是收購沒有加工過的羊皮，所以這個小個子的北狄牧民就以為，大周的皮料鋪子也是收購沒有加工過的毛皮，哪知運了一整車毛皮過來，卻到處碰壁。

他拖著一車毛皮在京城，到哪裡去加工？眼見這一車皮料賣不出去，連來回的路費都賺不回來，這就急紅了眼。

脾氣一急，他就跟掌櫃吵起來了。

林舒婉走到那氣急敗壞的北狄牧民面前。「這位小哥，不要著急，你這一車羊皮，我全要了。」

「姑娘，妳說真的？」北狄牧民已經碰了一鼻子灰，無法相信突如其來的好運。

「真的。」

林舒婉問了價格，從袖袋裡取出銀子，遞給北狄牧民。「你推著車子跟著我，把這一車羊皮送到隔壁就是。」

北狄牧民接過銀子，歡喜得差點要哭出來。「上天保佑、上天保佑，終於賣出去了！」

他回過神，澄澈的眸子十分真誠。「姑娘，我這些羊皮都沒處理過，連羊毛都沒除。」

林舒婉笑道：「我知道，我要的就是這上好的羊毛。」

北狄牧民把一車羊皮送到繡坊門口，把一袋袋羊皮從車上卸下來，放到繡坊的院子裡。

隨後，林舒婉沒管繡娘們好奇的詢問，徑直上了二樓，去找董大娘。

「舒婉，妳說的是真的，羊毛可以做成衣衫？」董大娘驚訝地問。

「是的，而且這做好的衣衫輕薄保暖又貼身。」林舒婉笑道。

大周朝沒有羊毛紡線技術，更沒有編織毛衣的技術。

到了冬季，有錢人家就穿裘皮或襖子，襖子的夾層裡填著絲絮。貧苦人家就將苞米葉或稻草弄碎，收在襖子的夾層裡。

然而，林舒婉卻知道，羊毛可以剪下來進行手工紡線，手工羊毛又可以用來編織毛衣。前世，她家裡的家族企業做的就是羊毛紡織生意，她因為還在唸書，沒有參與經營，但從小接觸，羊毛紡織的基本知識還是知道的，手工紡線的技術，以及手工編織的基本功都具有。

在古代，想現代化生產是不可能的。不過靠手工，勉強也能把羊毛線紡出來，再把羊毛衫織出來。

只是靠手工的話要費人力，不過這一屋子繡娘，個個都是手巧的，連刺繡都能做，紡羊毛線或織羊毛衫應不是問題。

「輕薄保暖還貼身？」董大娘還是有些將信將疑。

林舒婉蛾眉一抬，也不怪董大娘不敢相信，古人過冬一直是個大問題，每到冬天，就會有很多窮人凍死，富人就躲在屋裡燃炭盆、燒地龍，一旦出門就要穿得十分厚重。

「這可是過冬的寶貝，做出來後，定能賣個大筆錢。」

「大筆錢？一件能賣多少？」董大娘問道。

林舒婉道：「我估計一件五十兩左右。」

「五十兩？」董大娘大驚失色。「那些不值幾文錢的羊毛？」

「不是那些不值幾文錢的羊毛，是那些不值幾文錢的羊毛製出來的衣衫。」林舒婉笑道：「物以稀為貴，如果一件東西不僅稀有且實用，就會讓人為之瘋狂。這羊毛製的衣裳，全大周只有我們有，而且非常適合過冬，就足以讓世人追捧。我們的目標是京城的達官顯貴，一件過冬的寶貝五十兩銀子，相信他們很樂意付這銀子。董大娘，妳若是信我，便試上一試。」

董大娘拍了下書案。「好，那就試試。我雖沒見過妳說的羊毛衣裳，但妳見多識廣，我自是信妳。」自從團扇一事後，董大娘對林舒婉深信不疑。

「董大娘，這羊毛衣裳我也要抽成的，我想抽羊毛售價的四成。」林舒婉說道。

「妳我是自家人，妳董大娘我不說那些彎彎繞繞的，抽四成雖然有些多，但這法子是妳出的，若這羊毛衣裳能賣一件五十兩，妳抽四成就抽四成，妳董大娘我沒什麼意見。」董大娘說道。

「董大娘爽快。對了，還有一事。」林舒婉說道。

「什麼？」

「這羊毛衣裳製好後，最先賺的三百兩銀子，我們都不分成，先給春燕，讓她把她妹妹從勾欄院裡贖出來，行嗎？」林舒婉誠懇地問道。

董大娘抬頭，盯著林舒婉看，沒有說話。

「怎麼了？怎麼這麼看著我？」林舒婉問道。

「我做生意那麼多年，和不少人打過交道，對舒婉妳卻是有些看不明白了。」董大娘說道。

林舒婉蛾眉抬起。「哦？」

「妳的本事自不必多說，剛才妳把羊毛衣衫的價格定得那麼高，又對定價的道理說得頭頭是道，轉眼又跟我提了四成的抽成，我就覺得妳是個會做生意的主兒。怎麼說呢，會做生意的人大多是愛財之人，不愛財也做不好生意。」

林舒婉輕笑一聲。「董大娘是說我是個奸商？」

董大娘忙道：「我可不是在罵妳。可妳偏偏又說，賺了銀子先幫春燕贖她的妹妹。」

林舒婉淡笑。前世爺爺曾跟她說過，行商要做奸商，做人卻不能做惡人。做商人要拚了命，使出渾身本事去賺銀子，但錢賺得再多，也不能讓錢蒙了心。

「我看著不忍，就想幫一幫忙。」林舒婉道。

救人貴在速度，事不宜遲，林舒婉先去木匠鋪子訂製需要的工具，教繡娘們如何進行羊毛紡線和編織。

為了防止技術外洩，她把羊毛手工紡織過程分為五道工序，再把繡娘們分成五組。

她把五道工序分別教給這五組繡娘，再把五組繡娘分隔開來。

這樣一來，每個繡娘就只知道五分之一的技術，可以在一定程度上防止羊毛紡織技術洩漏。

另外，她也對繡娘們進行了保密教育，告訴她們務必對羊毛紡織技術保密，絕對不能告訴其他人。因為這個技術可以給繡坊帶來超額的盈利，繡娘們也可以多得到很多的工錢。

隨後，織雲繡坊就開始如火如荼地進行羊毛紡織。

林舒婉挽起袖子指揮繡娘工作，春燕悄悄走到她旁邊。

「林小娘子，這些羊毛真的可以救我妹妹嗎？」問這話的時候，春燕的大眼睛露出希望之色，神情又有些擔憂。

林舒婉思忖了一會兒，正色道：「春燕，在真正把妳妹妹贖出來前，我也不敢保證一定能救得了妳妹妹。我只能說這個法子應該有用，只是有時候人算不如天算，就怕出什麼意外。」

春燕鬆了一口氣，她給林舒婉行了個禮。「謝謝林小娘子，林小娘子大恩大德，春燕以後給林小娘子做牛做馬。」

林舒婉笑道：「我可不要妳做牛做馬，而且這事還沒有成，現在不用急著謝我。要是萬一不成，妳也不要怪我就是。」

春燕點頭。「林小娘子放心，我不是那些不知事的，就算不成，又怎麼會怪林小娘子？若是真的不成，那也只能怪春妮的命不好。林小娘子，您忙，我去洗羊毛了。」

「嗯，去吧。」

幾日後，大周朝第一件羊毛衣衫做出來了。

林舒婉拿著這件羊毛衣衫仔細檢查了一遍，雖然不是很精緻，但還算齊整，對於這個時代而言，已是驚天之作。
林舒婉拿著這件羊毛衫出了織雲繡坊。
酒香還怕巷子深，羊毛衫出世了，接下來，就要讓世人知曉。
這羊毛衫的目標是京城的達官顯貴，然而她是侯門棄婦，和京城的達官顯貴們扯不上半點關係。
但她知道有個地方是達官顯貴雲集之地。
這不是別處，就是京城第一大青樓，怡春院。
林舒婉帶著羊毛衣衫去了怡春院。
此時正是下午，怡春院還十分安靜。
林舒婉使了銀子，讓守門人向蘇紅袖通報一聲，說織雲繡坊的帳房林小娘子前來拜訪。
守門人拿了銀子進去通報，很快地蘇紅袖便親自走到大門口迎接。
「林小娘子真的是您，那守門的告訴奴家您來了，奴家還不敢相信。」蘇紅袖明顯有些激動。
「蘇姑娘，我有事找妳，妳有沒有地方方便說話？」林舒婉道。
「有，還請林小娘子跟我來。」蘇紅袖說道。
蘇紅繡把林舒婉引到一間廂房。
林舒婉拿出羊毛衣衫，說明來意，她想請蘇紅袖幫忙宣傳一下。

蘇紅袖仔細端詳了羊毛做的衣衫，讚嘆不已。「沒想到世間竟有如此巧妙之物，輕薄細軟貼身，人穿在身上還十分暖和。」

蘇紅袖放下羊毛衣衫，接著說道：「此前林小娘子不嫌棄奴家，把幾首好詩的全篇說給奴家聽。奴家雖然身分低賤，卻也是知恩圖報的。林小娘子，您放心，這麼好的衣衫，我一定為林小娘子多說道、說道，讓那些貴人們都到織雲繡坊買去。」

「那就謝謝蘇姑娘了。」

林舒婉道謝，把羊毛衫留給蘇紅袖，離開了怡春院。

第二天一早，就有侯門世家派婆子到織雲繡坊買羊毛衣衫。

五十兩雪花銀，一文不少。

第一件羊毛衫賣出去了，整個織雲繡坊歡欣鼓舞，原本還有些將信將疑的繡娘這下也徹底信服。

最高興的就數春燕，她跑到林舒婉面前，握住她的手。「林小娘子，我妹妹這回有救了！」

四日後，織雲繡坊靠著羊毛衣衫，賺到了三百兩銀子。

當林舒婉把三百兩銀票塞到春燕手裡時，春燕二話不說，直愣愣跪下，向林舒婉磕了個響頭，接著不等林舒婉反應過來，又猛地站起來轉過身，往屋子外面跑。

林舒婉心中盼望春燕能順利把自己的妹妹贖出來。

春燕走後，林舒婉便回到帳房，開始記錄當日的帳。

約莫過了一個時辰，春燕來到帳房門口，和她一起出現的，還有一個十三、四歲的姑娘。

這姑娘長得和春燕有七分相似，卻比春燕更清秀好看，她的臉上、頸上和手上都有鞭子抽打的痕跡，青一條、紫一條，觸目驚心。

林舒婉心下明白，這應該就是春燕的妹妹春妮。

姊妹二人眼眶都紅紅的，顯然已經哭過。

「林小娘子，我帶著妹妹過來了。我們能進來嗎？」春燕站在門口問道。

「快進來吧。」

春燕拉著妹妹在林舒婉面前跪下，一起給她磕頭。

「快起來，妳們倆快起來！」身為一個現代人，總被人這麼跪著，林舒婉實在不習慣，她連忙把春燕、春妮兩人拉起來。「有什麼話站起來說，跪什麼。」

「林小娘子對我、對春妮有大恩，我和春妮願意做牛做馬……」

春燕的話被林舒婉打斷。「又來了，我可不要妳做什麼牛馬。」

林舒婉轉向春妮，柔聲問道：「妳就是春妮吧？」

「是，林小娘子。」春妮的聲音又輕又細，神情怯怯的。

「不要害怕，妳已經被救出來，再也不會過以前那種日子了。」林舒婉安慰道。

春妮咬著唇，點點頭。「春妮知道自己是林小娘子救的。」

「林小娘子，方才我和春妮經過大堂的時候，遇到了董大娘。」盧春燕道：「董大娘見春妮可憐，已經允了春妮留在繡坊，往後春妮會在繡坊和大夥兒一起製羊毛衣衫。」

「嗯，那就好。」林舒婉道：「過去的事都過去了，現在妳們姊妹團聚，往後就好好地過日子。」

春燕終於救下了自己的妹妹春妮，而春妮也成了織雲繡坊的一員。

另一頭，今日的南陽侯府異常忙碌，闔府上下人人神情慎重。

因為今日南陽侯府有一件大事，三年未歸的侯府主人，南陽侯薛佑琛要回府了。

剛過了午時，南陽侯府中門大開，大門口擠擠挨挨地站了許多人。

為首的是南陽侯府老夫人薛柳氏，其次是二爺薛佑璋、三爺薛佑齡。再後面是南陽侯府有頭有臉的管事，接著才是南陽侯府的大小奴僕。

大門外，侯府老管家伸長脖子，探著前方的情況。

沈重有力的馬蹄聲傳了過來，一隊鐵騎由遠及近。

管家扯開嗓門大喊——

「侯爺！侯爺回來了！」

日子一天天過，天氣也一天天變冷。

繡坊小院裡的廣玉蘭樹早掉光了葉子，光禿禿的樹枝向蒼白的天空伸展，凜冽的寒風襲來，樹枝無力地左右晃動。

院子裡的景象衰敗，但進進出出的繡娘臉上，卻洋溢著歡喜的笑容。

天氣越來越冷，羊毛衣衫就賣得越來越好，現在已是供不應求，只有買不到的，沒有賣不出的。

董大娘和林舒婉賺得盆滿缽滿，連繡娘們的工錢也翻了好幾倍。

繡坊二樓，董大娘的屋子裡，林舒婉和董大娘正在商量事情。

「剩下的羊毛不多了，」董大娘說道：「這麼一大車的羊皮，當初疊得那麼高，這才多久，就要用完了。」

「是啊，我這幾天也一直在想。」林舒婉道：「當初我是湊巧了，才買到一大車羊皮毛料，現在想買卻沒有地方買，京城裡只有加工好的皮料，沒有賣羊毛。」

「哪個皮料鋪子能想到羊毛有這麼大用處？」董大娘道：「這羊毛在京城是沒得賣的，要採買羊毛，只有到北狄去了。」

「北狄？」

林舒婉和董大娘相視苦笑，這年代交通不便，她們兩個女人家要靠自己去北狄，談何容易？旁的不說，這天寒地凍的，只要在路上感染個風寒，就能要去半條命。

「董大娘，我倒有個主意。」林舒婉道：「京城不是經常有商隊去北狄採買皮料嗎？雖然現在已經入冬，去北狄的商隊也少了，不過說不定有商隊為了賺銀子，會冒著寒冬去北狄採買貨物。我們不如找個要去北狄跑商的商隊，請他們代為採買羊毛。」

「這法子倒是可以試試，這些商隊都是慣跑商的，請他們幫忙採買是最合適的。」董大娘點頭應道。

「董大娘，您在京城人頭熟，這事還得要您想法子去找找。」林舒婉說道。

「行，我這就出去打聽，一有消息就告訴妳。」董大娘應道。

兩人合計了一會兒，董大娘便出門去找商隊了。

下午，董大娘一回來，就慌張地去帳房找林舒婉。

「董大娘，有消息了？」林舒婉見董大娘走進帳房，快步迎了上去。

「舒婉，不好了！」董大娘神色慌張。

「怎麼了？」林舒婉見董大娘面色不好，忙問道。

「打仗了！」董大娘急道。

林舒婉聞言，也吃了一驚。「先別急，坐下慢慢說。」

董大娘見林舒婉神色鎮定，心神也慢慢穩住。

她找了一張圈椅，嚥了口唾沫。「剛才我出去打聽商隊的事情，倒真的被我打聽到了，有一支商隊正準備去北狄跑商。我打聽到那商隊的領頭人，就上門去找。」

「後來呢？」林舒婉問道。

「那領頭人告訴我，他們的跑商計劃取消了。」董大娘道。

林舒婉蛾眉一抬。「因為打仗了？」

董大娘忙點頭。「是啊，大周和北狄在邊境打起來了。那領頭的商人說，他們也是剛剛得到消息。」

「竟會這樣……」林舒婉拿起書案上的茶壺倒了一杯茶，遞給董大娘。

董大娘接過茶杯，喝了一大口。「大周朝已經好些年沒打仗了，近幾年都太平得很，怎麼說打仗就打仗，這些北狄人真不是東西。」

「是北狄人先打的？」林舒婉問道。

「自然是北狄人先打的，他們那些蠻子就會搶我們大周的東西，我聽那商隊領頭人說，今年冬天特別冷，北狄日子不好過，很多北狄人沒東西吃，所以就攻打我們大周，想搶我們大周百姓的東西。」董大娘說道。

她又喝了一口茶，抬頭接著道：「聽說這次北狄派出不少兵力，不僅要搶我們大周的東西，還要搶我們大周的地方，想把我們大周北邊的耕地都搶過去。那商隊領頭人說，這可能是一場大仗。唉，妳說，怎麼會這樣？」

林舒婉安慰道：「妳先別急，畢竟戰場在北面的邊境，離京城還遠，說不定那些北狄人打過邊境搶些東西就回去了也不一定。」

「希望是這樣。」董大娘說道：「大周太平了這麼多年，我們老百姓早就習慣了安穩日子，這一聽到打仗，還是大仗，心裡就慌得很。」

林舒婉說道：「國家打仗對百姓總是有影響的，好在戰場離我們還遠，我們這裡應該安全無虞。再說了，我們大周的將士們也一定會把那些北狄人趕出去的。」

「現在也只能這樣想了。」董大娘低聲嘀咕。「唉，怎麼就不能讓人過太平日子？」

「我們擔心也沒有用，還是安心過日子，其他的順其自然就是。」林舒婉道。

「對了，這羊毛怕是買不了了。」董大娘說道。

「罷了，買不到就買不到吧。」都打仗了，誰還會不顧安危去北狄買毛料，嫌命長嗎？

「這樣一來，這羊毛衣衫就沒有原料了。」董大娘嘆道。

「我們把最後一些羊毛用完後，就不做羊毛衣衫了。」林舒婉說道：「左右今年已賺了許多銀子。」

「看來也只有這樣了。」董大娘無奈道。

在這個嚴冬，多年沒有打過仗的大周朝打仗了。

儘管戰場離京城還有上千里的距離，但京城的百姓們早已習慣了太平盛世，打仗的消息一傳來，整個京城人心惶惶，人人神色憂愁，讓京城冬季的蕭瑟景象，也增加了幾分悽苦。

京城裡，流言四起，有人說北狄人集結了三十萬大軍，南下攻打大周。有人說北狄人都是殺人不眨眼，吃人肉、喝人血的惡鬼。還有人說，北狄人的目標是京城，不打到京城不罷休。

南陽侯府德馨書齋中，南陽侯薛佑琛坐在書案前。

他穿著一身玄青雲錦長袍，雲錦質地細膩有光澤，隱隱可見五蝠團紋的暗紋。他神色冷峻，五官稜角分明，深濃劍眉斜插入鬢，不過眉眼凝凍，彷彿覆著一層萬年霜雪。

與往日不同，擺在他面前的不是線裝書，也不是邸報摺子，而是一件衣衫，一件他前所未見、用羊毛製成的衣衫。

薛佑琛盯著案上的羊毛衣衫，鳳眼瞇起，食指習慣性在桌上敲了兩下，不知道在想些什麼。

這時，門口傳來一個聲音。「侯爺，屬下來了。」

「進來。」薛佑琛低沈的聲音響起。

「是。」

門外的衛得遠推開虛掩的房門，走了進去，向薛佑琛抱拳行了個軍禮。「侯爺。」

「得遠，我喊你來，是有事同你相商。」薛佑琛道。

「侯爺請吩咐。」衛得遠是薛佑琛的幕僚，深得薛佑琛的信任，前不久剛剛跟著薛佑琛從邊境守戍回來。

「北邊打仗了，你知道吧？」薛佑琛道。

「知道。侯爺在北境戍邊三年，都沒有發生戰事，沒想到侯爺一回來，就打仗了。」衛得遠道。

「今日早朝，皇上命我統管大周軍需的給養和轉輸。」薛佑琛道。

薛佑琛的聲音波瀾不驚，衛得遠卻是神色一凜，忙道：「侯爺，此事責任重大，軍需的給養和運輸可以決定戰爭的成敗。」

「嗯。」薛佑琛淡淡應了一聲。

「不過想想也是，」衛得遠說道：「侯爺，您剛剛從邊境回來，對那裡的情況最熟悉，且您在朝中威望高，確實是統管軍需的最佳人選。想來皇上也是這麼考慮的。」

薛佑琛問道：「得遠，對於軍需，你有什麼看法？」

衛得遠思索了片刻，說道：「軍需涉及方方面面，其中最重要的是糧食。近幾年大周一沒打仗，二沒災害，年年豐收，各地的糧倉都十分充盈，只要調運得當，就沒有什麼大問題。不過……」

衛得遠頓了一下，接著道：「不過，我大周的將士來自各州各府，其中還有不少是南方人。可北邊今年冬天特別冷，邊境那裡想必已是冰天雪地，可北狄兵卒早已習慣天寒地凍的天氣，但我們大周的許多將士，卻無法適應這種寒冷。只怕這戰場還沒上，就已經凍壞了，這樣的將士還談什麼戰鬥力？」

薛佑琛緩緩吐出一口氣。「這也正是我憂心所在。軍中統一發放的禦寒衣物十分單薄，若沒有戰事，將士們熬一熬，冬天也就過了。但現在卻真要上戰場了，一支被凍得失去戰鬥力的隊伍，一上戰場就是去白白送死。是以，這次軍需給養，最重要的是禦寒。」

「侯爺說得極是，若是禦寒一項壞了，將士們的戰鬥力就壞了，我大周將士恐傷亡慘重，這大周的江山……」

衛得遠說著，看了眼薛佑琛，目露憂色。「後果不堪設想，想來就讓人害怕。」

「嗯。」

薛佑琛沈沈應了一聲，隨後從書案邊緣擺著的一沓摺子上，取下最上面的一本遞給衛得遠。

「你看看，這是我打算明天一早給皇上呈的摺子。」

衛得遠接過摺子打開，迅速看起來。

他看得極快，眸中漸漸出現亮光，看完後，他抬頭道：「侯爺，此法甚妙。邊境將士們的禦寒衣物過於單薄，現在最要緊的是盡快趕製一批禦寒衣物送到邊境。但光靠朝廷下轄的幾家製造局，根本不可能在短時間內製出數量如此龐大的禦寒衣物。若用侯爺的這個法子，這個問題便迎刃而解。」

薛佑琛頷首。「明日早朝，我就把這本摺子呈給皇上，請皇上下旨，命京城所有民間繡坊為朝廷製作禦寒衣物，以備軍需。」

「是，侯爺。」

「其中細節，我再同你商討一下。」薛佑琛道。

隨後，薛佑琛和衛得遠兩人，就朝廷向繡坊訂製禦寒衣物一事，開始討論細節，包括布疋等原料的來源、工錢的計算、完成的時限等等。

兩人商討好後，衛得遠便向薛佑琛行禮告退。「侯爺，屬下告退。」

「等一下，」薛佑琛手指著書案正中擺著的羊毛衣衫，問道：「你是否認識此物？」

「哦，這是羊毛衣衫，不知侯爺是從哪裡得來的？」衛得遠說道。

「我回京後，有官員送的禮。」薛佑琛道：「官員的禮我都退回去了，但是這一件……」

薛佑琛頓了一下。「得遠，你認識？」

衛得遠說道：「屬下也是聽人說的，知道得不多。這叫羊毛衣衫，深得達官顯貴們的追捧，聽說貨很少，有銀子都買不到。屬下只知道這些，旁的就不知道了。」

薛佑琛沈吟片刻。「得遠，你去調查一下這羊毛衣衫的事情，尤其是這羊毛衣衫的來源。」

「是，侯爺。」

又過了一日。

清早，林舒婉收拾妥當，吃完早飯，就別了畫眉，前去織雲繡坊。

一進織雲繡坊的大門，董大娘就迎上來。

「舒婉，妳可來了。」

「怎麼了？董大娘，妳怎麼站在門口？」林舒婉問道。

「我在門口等妳商量事情。」董大娘越來越倚重林舒婉，隱隱有一種把她當主心骨的意思，繡坊有什麼重要的事，她都會找林舒婉商量。

「什麼事呀？」林舒婉好奇道。

「今兒一早，竟有衙門的官差到繡坊來，說朝廷要向全京城的民間繡坊訂製禦寒衣物，以做軍需。我們織雲繡坊也要做禦寒衣物。」董大娘說道。

「看來是因為邊境在打仗，需要在短時間內製出大量的禦寒衣物，所以朝廷才會向民間繡坊訂製。」

林舒婉思忖了一會兒，問道：「董大娘，衙門的人有給布疋之類的原料嗎？」

董大娘說道：「衙門的人都送過來了，都擺在院子裡。差役還說，朝廷會給繡坊工錢，按照市價有一件算一件。只是這訂單要得急，三天內，要我們繡坊製出三百件禦寒衣物。」

「原來如此。」林舒婉說道：「時間確實趕，但這是朝廷派發的任務，就算時間趕也要完成。不如讓繡娘們連夜趕工。」

董大娘也是個伶俐人，只是剛才頭一次碰到衙門派發任務，事出突然，又出人意料，難免有些慌張，聽林舒婉這麼一說，她也冷靜下來。

她想了一會兒。「白天、晚上都做的話，時間至少可以快一倍，倒也勉強來得及。我也得給繡娘們多加些工錢，不能讓她們白辛苦。」

林舒婉點頭。「另外，就算衙門給的時間再短，我們也不能偷工減料，這些禦寒的衣物是要送到戰場上給將士們穿的，是攸關性命的大事。這還是往小裡說，往大裡說，軍需物資關係到打仗的輸贏，萬一大周軍隊輸了，北狄軍長驅直入……」

董大娘臉色一白。「我省得，我省得，妳提醒得是，這事我也得跟繡娘們說道、說道，讓她們一定仔細、賣力著些，千萬不能躲懶，不能偷工減料。」

這天，織雲繡坊所有的活兒都停下來，也不再織羊毛衣衫了，所有的繡娘只做一件事，就是按照衙門的要求，製作禦寒衣物。

到了夜裡，繡娘們都沒有回家，而是留在繡坊內趕製。

整個正堂燈火通明，布疋、針線、絲絮堆得到處都是，繡娘們全擠坐在大堂裡，手裡忙碌著。

林舒婉倒是沒什麼事，不過她也沒有回去，而是留在繡坊裡。

她在門口找了一個路過的賣貨郎，讓他給畫眉帶個口信，這三天，她都會待在繡坊裡，三天後她自會回去，讓畫眉不要擔心。

林舒婉待在繡坊裡，給繡娘們打打下手，比如遞布料、穿針線，整理一下已經做好的衣物。

綠珠接過林舒婉遞來的布料。「林小娘子，您是繡坊的帳房，您的手是拿紙筆的，怎麼能做這些粗活？您快歇著，這些活兒有我們來做就成了。」

林舒婉笑道：「妳們都是頂頂要緊的繡娘，不能把時間浪費在這些雜活上。我手笨，針線活做不好，做做這些雜事還是可以的。」

繡娘們見林舒婉這麼賣力地幫忙，更加不敢怠慢，埋頭縫製衣物。

這日，一直到子時，眾人才在繡坊裡胡亂睡下休息。

第二天一早，大家又都起身，接著幹活。

一連三天，天天如此。

三天後的清晨，當衙門的衙役來收衣物時，織雲繡坊終於按時交出三百件衣物。

衙役們核對數目後，按照市價，給織雲繡坊結算了工錢。

衙役們走後，董大娘在大堂裡大聲道：「大夥兒都辛苦了，今兒大家好好休息，不用做工了。」

說罷，她轉向林舒婉。「舒婉，妳隨我來取銀子，給大夥兒發賞錢。」

「好。」林舒婉應道。

林舒婉跟著董大娘去二樓取了銀子，又和董大娘一起給繡娘們分發賞銀，每人一兩銀子。

繡娘們雖然疲憊，但收到一兩銀子的賞銀時，歡喜的神情溢於言表。

午後，繡娘們就都散了，有的回家，有的在院子裡散步，也有的坐在正堂裡聊天。

董大娘和林舒婉也在大堂裡聊天，隨意說了幾句話後，林舒婉就向董大娘告辭，準備回家。

畫眉還在家裡等她，也不知道她等急了沒有？

林舒婉正要離開，突然聽到院門口有聲音傳來。

「織雲繡坊的東家在不在？我們是衙門的公差！」

董大娘一個激靈，立刻站起身。「他、他們怎地又來了？」

林舒婉道：「去看看。」

「舒婉，妳同我一起去看看。」董大娘說道。

「好。」林舒婉點頭。

董大娘邊走邊往外喊：「在、在，這就來，幾位差爺稍等！」

林舒婉提起腳步跟上去。

董大娘打開院門，門口站著兩個穿著公服的衙役，大概因為天冷，這兩個衙役正不停地搓著手。

見董大娘開門，其中一個衙役就問道：「織雲繡坊的東家在嗎？」

董大娘忐忑不安地回道：「我就是。」

那衙役朝董大娘看了一眼，從懷裡取出一本冊子。

他打開冊子，低頭看了一眼，又抬頭道：「妳就是程董氏？」

「是，請問差爺有什麼吩咐？」董大娘神情緊張。

「今兒全京城的繡坊都把朝廷訂製的禦寒衣物交上來了，這些衣物已經都檢查過。做得好的繡坊要嘉獎，做得不好的繡坊要懲處，織雲繡坊……」

那衙役頓了頓，董大娘的心也提了起來。

「織雲繡坊做得不錯，受到嘉獎。」那衙役道：「我們哥兒倆就是通知一聲，明兒早上去衙門領獎，對了，要妳這個東家親自去領。」

董大娘一顆懸著的心終於落地，聽到這個消息，又覺得十分驚喜。不管數目大小，朝廷的嘉獎都是一份榮譽。

她連聲謝道：「多謝兩位差爺，這天寒地凍的，兩位差爺進來坐坐歇歇腳，喝口熱茶。」

「不了。」兩個衙役擺擺手。「還有許多繡坊等著我們哥兒倆去通知，沒時間歇腳，妳們知道了就好。」

「知道了，明兒一早就去，不耽誤兩位差爺辦差事。」董大娘道。

兩個衙役走後，董大娘轉向站在一邊的林舒婉。「舒婉，是好事啊！」

林舒婉淺笑道：「看來官府也認可我們織雲繡坊了。」

沒想到大周官府辦事效率那麼高，早上才上交的禦寒衣物，吃完中飯沒多久，就已經都檢查好了。

不僅效率高，且還賞罰分明，對品質好的繡坊嘉獎，對品質差的繡坊懲處。這樣一來，如果以後朝廷還要向民間工坊採購，那民間工坊一定更加不敢懈怠。

真是好手段，也不知道是誰的手筆？

南陽侯府德馨書齋內，薛佑琛坐在書案前。

衛得遠站在他面前，向他稟告。「侯爺，禦寒衣物已檢查好、裝上車，馬上就要啟程北上。那些繡坊也按照侯爺的意思，好的嘉獎，差的懲處。現在衙役們正一家一家地通知，讓他們明兒早上去衙門領賞或領罰。」

「嗯。」薛佑琛習慣性地用鼻音應了一聲。

衛得遠見他神色淡淡，不辨喜怒，又道：「另外，侯爺讓我調查的羊毛衣衫一事……」

薛佑琛劍眉一凝。「怎麼？」

「回稟侯爺，這羊毛衣衫出自京城的織雲繡坊。全京城，應該說是全大周，只有這一家繡坊能製作羊毛衣衫，且產出的羊毛衣衫數量極少，許多顯貴富紳想買也買不到。屬下還打聽到，這羊毛衣衫由羊毛製成，羊毛不值錢，可這羊毛衣衫卻要價五十兩。」

衛得遠停了一下，搖搖頭。「侯爺，這織雲繡坊也是夠黑的。」

薛佑琛拿起羊毛衣衫，指節分明的手摩挲了下，指尖的繭子輕輕劃過羊毛衫的表面。

「這羊毛衫質地柔軟，摸著手中生暖，是過冬極好的衣物。況且此物稀有，五十兩銀子，是值這個價錢的。」

「侯爺說得有理，只是五十兩銀子，京城裡普通人家一輩子都賺不到，而這衣衫的原料卻是不值錢的羊毛……」衛得遠說道。

「得遠，民間有句話叫無商不奸，逐利本就是商人的本性。」薛佑琛道。

「把不值錢的羊毛做成羊毛衣衫就賣五十兩銀子，確實能稱得上奸商了。」衛得遠道：「這京城的達官顯貴還搶著要，誰讓全京城只有織雲繡坊一家有呢。據說，有不少繡坊想要打探出製作羊毛衣衫的方法。」

「看來這些繡坊都無功而返了。」薛佑琛說道。

「是啊，侯爺，這織雲繡坊也是厲害，到現在羊毛衣衫的製作方法還沒有流出來，捂著緊得很。」衛得遠道。

薛佑琛看著手裡的羊毛衣衫，鳳眼一瞇。「羊毛衣衫輕薄保暖，若是作為軍中的禦寒衣物，讓將士們都穿上……」

「那自是極好。」衛得遠道：「不過這羊毛衣衫這麼貴，而且數量又稀少……」

薛佑琛將羊毛衫放下，習慣性地用食指在桌上點了兩下。「羊毛衣衫又少又貴，羊毛卻是又多又賤，尤其在北狄和邊境一帶。」

他頓了一下，輕啟薄唇。「稀罕和珍貴的，是這製作羊毛衣衫的法子。」

「侯爺，您是說……」衛得遠遲疑道：「我們可以想法子得到羊毛衣衫的製作方法，然後用低賤的羊毛，製作羊毛衣衫給我們大周將士們穿？」

衛得遠想了想。「這……侯爺，剛才您說無商不奸，這織雲繡坊把羊毛衣衫賣這麼貴，顯然也是個貪財的。要他們交出羊毛衣衫的製作方法，恐怕他們不願意……」

「不願又如何？」薛佑琛淡淡道：「平常時期，他們做他們的生意，旁人不會管。但是非常時期，卻由不得他們。現在邊關烽火連天，我大周將士浴血奮戰，生死一線。而這羊毛衣衫可以保住多少大周將士的性命，甚至可以影響戰局。

「幾十萬將士、千萬百姓，大局之下，他們是奸商也好，有逐利本性也罷，已經容不得他們為了私利，繼續私藏羊毛衣衫的製作法子。」

「侯爺，您打算強行要求織雲繡坊交出羊毛衣衫的製作方法？」衛得遠問道。

「嗯。」薛佑琛用鼻音應了一聲。

「屬下明白了。」衛得遠說道：「說起來，這織雲繡坊還在這次嘉獎的繡坊之列，明日一早，那織雲繡坊的東家會到衙門去領獎。」

「好，你明天就跑一趟衙門，見一見這個織雲繡坊的東家，讓他們把羊毛衣衫的製作方法交出來。」薛佑琛道。

第五章

旭日東昇，又是一日。

林舒婉一進織雲繡坊，就看到郝婆婆正要出門。

「郝婆婆，早。」林舒婉道。

「是林小娘子啊？董大娘一早就出去了，說是去衙門領什麼獎。我也正要出門。」郝婆婆說道。

「您這是要去哪裡？」林舒婉問。

「羊毛差不多用完了，朝廷派發的活兒也做完了，所以董大娘就接了些零散的繡活。昨日下午，董大娘接了個單子，是禾澤街最北面的李家要訂製繡活，他們家姑娘要出嫁了。所以我要去李家拿布疋，也好給繡娘們做活。這幾日繡娘們沒日沒夜地做那些禦寒冬衣，今兒都向董大娘告假，只好由我這個老腿跑一次了。」

「哦，這樣啊，郝婆婆，您歇著，我幫您跑腿。」林舒婉說道：「反正今兒也沒什麼帳要做，我閒著也是閒著，倒不如出去走走。」

「那怎麼好意思？林小娘子您可是帳房先生……」郝婆婆道。

「無妨，就由我去拿布疋吧。」林舒婉淺笑道。

「那就謝謝林小娘子了。」郝婆婆樂呵呵道。
「不客氣。」
林舒婉正要出門，就見董大娘推開院門走進來。
董大娘面色發白，看到林舒婉，立刻握住她的手。「這事情，怎麼一件接著一件？」
林舒婉見董大娘臉色蒼白，訝異地問：「董大娘，妳不是去衙門領獎了嗎？這是怎麼了？」
董大娘握了握林舒婉的手。「我們羊毛衣衫的製作方法被人盯上了！」
林舒婉吃了一驚。「被人盯上了？怎麼回事？董大娘莫急，慢慢說。」
董大娘舔了下乾燥的嘴唇，把事情經過告訴了林舒婉。
「今兒一大早，我去衙門領獎，領好後，我心裡也很歡喜。就在要離開的時候，一個衙役來找我，說是南陽侯的屬下要見我。」
林舒婉眼皮一跳。南陽侯？
不久前，她剛被南陽侯府的三爺薛佑齡休出家門，這會兒就又要跟南陽侯扯上關係了？南陽侯不就是自己這具身體的前未婚夫嗎？而且還是從小定的娃娃親。
「然後呢？」林舒婉接著問。
「然後我就跟著那衙役去見了南陽侯的下屬。」董大娘接著道：「那南陽侯的下屬二十七、八，看上去一點都不像是侯門大院裡出來的，皮膚黝黑，個子高大，看著凶巴巴的，身上帶著戾氣。」

林舒婉心中暗自盤算著，根據原主的記憶，原主從來沒有見過南陽侯薛佑琛這個前未婚夫。

原主從小被關在相府內院中。及笄後，還沒來得及和薛佑琛相看上一眼，就出了她和薛佑齡私通的事情。

她和薛佑琛的婚事不了了之，自然也不用再相看了。

再後來，皇上給薛佑琛派了差事，讓他去戍邊三年。原主嫁進南陽侯府的時候，薛佑琛已經離開京城。

所以，原主從沒有見過薛佑琛。

如今過了三年，她被薛佑齡休出來，算算日子，薛佑琛應該也已經從邊境戍邊回來。

根據剛才董大娘的描述，這個和董大娘見面的人，不像是高門大院裡的僕從管事，倒像是從軍營裡出來的。

這麼看來，此人應該是南陽侯的人，而且還是他從軍營裡帶出來的。

「他為什麼要見妳？為了羊毛衣衫？」林舒婉問道。

董大娘點點頭。「就是為了羊毛衣衫，他讓我交出羊毛衣衫的製作方法。我當時就問了，這羊毛衣衫是我們織雲繡坊所創，怎地就要交出來了？」

「那人怎麼說？」林舒婉問道。

「那人竟說，他早就知道我們不願意，還說我們不願意也不行，讓我們必須交出羊毛衣衫的製作方法，不然南陽侯府會讓我們好看。」董大娘道：「舒婉，妳不知道，那人凶神惡煞，嚇得我心裡發毛。」

「南陽侯是什麼人，那是大周世襲罔替的功勛侯門，他要是看上羊毛衣衫的製作方法，我們怎麼護得了？」董大娘說道：「這羊毛衣衫的製作方法這麼珍貴，多少人都盯著呢，只是旁的人多少有些顧忌，不敢強取豪奪。可南陽侯勢大，就是南陽侯真的要強奪這方法，我們也沒有辦法啊！」

「董大娘的意思是，南陽侯為了私利，要搶奪羊毛衣衫的製作方法？」林舒婉問道。

「是啊，不然還能是為什麼？定是南陽侯看上製作羊毛衣衫的法子，派了個凶巴巴的人，逼我們交出方法。舒婉啊，我當妳是自己人才跟妳說，這些權貴有錢有勢，但心眼都壞得很。」董大娘道。

林舒婉暗道，這個時代不像前世，經常會有關於達官權貴們的新聞報導，網路上也有很多消息。在這個時代，平民百姓對於侯門權貴或朝廷裡發生的事，幾乎一無所知。

是以，董大娘不知道薛佑琛是怎樣的人，林舒婉也不知道。

林舒婉心中暗道，莫非這南陽侯真是那種為了私利，仗勢欺人、強取豪奪的人？

「再後來呢？」林舒婉接著問。

「我就跟那南陽侯的下屬說，我雖然是織雲繡坊的東家，但對羊毛紡織技術不是很清楚，創出這羊毛紡織技術的是我們繡坊中的其他人。」董大娘說道：「那南陽侯的下屬就讓我回來弄清楚羊毛衣衫的製作方法，明日一早再去衙門告訴他，他會在衙門等我。」

董大娘的說法並不是什麼推託之詞，而是確實如此。

董大娘和林舒婉分工，董大娘負責管理，林舒婉負責技術，所以董大娘對羊毛衣衫的製作方法只是有所了解，並不是非常清楚。那南陽侯的下屬大約也是看出這點，所以才允了她回來。

董大娘嚥了口唾沫。「舒婉，那人還說，如果明天上午沒有在衙門見到我，就要我們織雲繡坊好看……妳說該怎麼辦？」

「這……」林舒婉一時也沒有主意。「董大娘先別急，左右要到明天上午，這事我們再合計合計。」

「舒婉，妳主意多，妳想想，若實在不行，就把羊毛衣衫的製作法子交出去。南陽侯勢大，我們都是普通老百姓，若是那南陽侯真的想對付我們，那就像輾死一隻螞蟻那麼簡單。我們把方法交出去，雖說以後不能再靠羊毛衣衫賺錢，但好歹有安穩日子過。」董大娘說道。

「這樣吧，不如妳先進繡坊休息，我先去李家把布疋取回來。不管如何，繡坊的生意還是要繼續的。」林舒婉道：「一路上，我也可以好好想想。」

「好，我先進去喝口水，妳在路上想想，等妳回來，我再跟妳合計合計。」董大娘說道。

禾澤街離織雲繡坊所在的織雲巷不遠，林舒婉走了小半刻鐘就到了禾澤街。相比織雲巷，禾澤街要熱鬧很多，兩旁的鋪子一家挨著一家，路上行人雖不至於摩肩接踵，也是來來往往，絡繹不絕。

然而，林舒婉只顧著走路，對街邊鋪子裡琳琅滿目的商品視而不見。其實她也喜歡逛街，但心裡有事，也沒心思往旁邊的鋪子瞧上一眼，心裡一直盤算著交出羊毛紡織技術的事。

突然，一匹飛奔的高頭駿馬出現在她的視線裡，她抬眼一看，竟有人在街上縱馬疾馳。馬蹄聲又急又響，馬蹄下塵土飛揚，路上的行人紛紛躲避，林舒婉也準備躲到一邊。正要提步時，她眼角餘光瞥見兩個孩童竟在街道中央玩耍。

這兩個孩童約莫四、五歲，紮著童髻，在街道中央打鬧得正歡，完全沒有意識到即將面臨的危險。

林舒婉嚇了一跳，這兩個孩子若是被飛奔的馬蹄踩到，只怕要血濺當場，小命不保。眼看駿馬就要衝過來，千鈞一髮之際，林舒婉幾乎下意識向街道中央跨出一步，一伸手拽住那個離她近的孩子，迅速往回退了兩步。

但是，街道中央有兩個孩童，林舒婉只有一個人，情況緊急，她只來得及拉一個，另一個卻是怎麼也來不及救的。若是她遲上一瞬，別說救出另一個孩童，只怕她和那兩個孩童要一起完蛋。

林舒婉心裡又急又無奈，拉著一個孩童，退到街邊，閉上了雙眼。

她不敢看即將發生的慘劇。

過了幾息，耳邊馬蹄聲越來越遠，也沒有人慘叫或驚呼，一切似乎都恢復到尋常。

林舒婉心中詫異，這才緩緩地抬起眼皮。

一睜眼，她沒看到街上的情景，卻看到一個男人立在她面前。

這男人十分高大，她的目光正對著他齊整嚴謹的對襟領口，以及領口上方的喉結。他雖高大健碩，卻不顯魁梧，胸口玄青色錦袍隱隱可見飽滿而流暢的肌肉線條。

她抬頭，見他劍眉鳳目，五官分明，神情十分威嚴。

他並沒看她，而是側轉著頭，看向那匹越跑越遠的駿馬。

在他的身邊站著一個小童，另一邊站著一個男子，約莫二十七、八，皮膚黝黑。

這膚色黝黑的男子說道：「幸虧您救得及時，不然這小子就沒命了。」

林舒婉聽了這話，心下明白，是眼前的男人救了她來不及救的另一個孩童。

薛佑琛朝那飛馳離開的駿馬瞇了瞇眼，這才轉過頭。

他目光略過林舒婉，朝她牽著的小童看了一眼，又低頭看向自己身邊的小童。「你們家住哪裡？我送你們回去。」

薛佑琛不問還好，這一問，兩個小童似乎突然從驚嚇中回過神，又見薛佑琛冷峻威嚴的神情，竟嚇得哇哇大哭。

「娘親——我要娘親——」

「娘親——」

「嗚嗚——」

薛佑琛一怔，看著兩個掉金豆子的小娃娃，一時不知怎麼應付，他看向身邊的衛得遠，衛得遠明顯也是不知所措。

「這……」衛得遠上得了戰場、寫得了文書，可是對付小孩，一點經驗也沒有。

他清了清嗓子，刻意放輕聲音。「不用哭了，你們已經得救，你們住在哪裡？我送你們回家。」

衛得遠一說話，兩個小童哭得更厲害，鼻涕、眼淚一起掉，哭喊聲又尖又細，震耳欲聾。

薛佑琛下巴緊繃的線條不由抽了一下。

林舒婉走到旁邊的鋪子，買了兩只竹編小老虎。

隨後，她走到兩個孩子面前蹲下，讓自己的目光與兩個孩童的眼睛平視。她柔聲細語道：「你們看，竹老虎好不好玩呀？」

薛佑琛這才終於注意到林舒婉。一般世家女子舉手投足都有講究，他還是第一次見到一個女子這樣毫不猶豫地當街蹲下。

他目光下垂，正好落在林舒婉的背影上。

她在腦後綰了個簡單的婦人垂髻，用銀簪固定。髮髻旁露出細緻的耳朵，耳珠潔白粉嫩，上面沒有任何飾品。

她穿著淺絳色的粗布襖子，款式簡單，是尋常百姓常穿的款式，因為下蹲的姿勢，背面的襖子扯得有些緊，勾勒出纖細的腰身。

看到這裡，薛佑琛不禁挪開目光。

林舒婉把兩只竹老虎捏在手裡左右晃動。「搖搖擺擺走過來嘍。」

兩個孩童果然被竹編的小老虎吸引了注意，兩雙圓溜溜的眼睛盯著林舒婉手裡的竹老虎，抽抽搭搭。

林舒婉微微一笑。「小老虎不喜歡哭哭啼啼的娃娃，只想和不哭的娃娃玩。你們誰要是不哭了，我就把小老虎送給誰，好不好？」

兩個孩童點點頭，抽泣的聲音迅速變小，只過了幾息，剛剛哭的淚珠子還掛在臉上，他們就已完全停止哭泣。

他們伸出小小短短的手。「竹老虎能給我了嗎？」

「我想要竹老虎。」

「竹老虎來和你們玩了。」林舒婉把兩只竹老虎放到兩個孩子的手心。

兩個孩子拿到竹老虎，眼睛亮亮的，在手裡把玩起來。

林舒婉見這兩個孩子終於露出笑容，才問道：「你們的娘親呢？」

原來這兩個孩子是一對堂兄弟，他們倆的父親一起合開了一家鋪子。他們倆的母親一邊看鋪子，一邊看孩子。

剛才他們兩人在街邊打鬧，不知不覺就走遠了。

「你們家的鋪子在哪裡？」林舒婉問。

「就在禾澤街和織雲巷的路口。」一個孩童道。

「倒是離這裡不遠。」薛佑琛道：「我送你們回去，免得再走丟，或者遇到歹人。」

兩個孩童聽到薛佑琛說話，連忙往林舒婉身上靠。

林舒婉摸摸兩個孩童的垂髻，安撫他們，接著站起身，轉向薛佑琛，抬頭道：「我跟你們一起去吧。」

薛佑琛這才見到林舒婉的相貌，竟發現她生得很好看，膚如凝脂，蛾眉杏眼，尤其是一雙眼睛，秋水瀲灩。

她站在他面前，落落大方。

「好。」薛佑琛點頭。

林舒婉一左一右牽著兩個孩童的手，走在前面。薛佑琛和衛得遠並肩走在後面。

薛佑琛的目光又不由自主地落在林舒婉的背影上。

一身素淨的襖裙，難掩姣好的身姿。走路時，纖搖擺動。

她牽著兩個小童，踏在青石板路上。這畫面有雅致的韻味，又有世俗的溫暖，像一首溫情款款又欲語還休的詞令。

看到這樣的畫面，薛佑琛鐵一般堅硬的心，也似乎化開了一個角。

禾澤街離織雲巷很近，不多時，三大兩小就轉到禾澤街和織雲巷的交界處。

那裡果然有一家雜貨鋪，鋪子門口有兩個婦人正翹首尋著什麼。

她們一看到林舒婉一行人，便立即衝過來，一人拉起一個孩子的胳膊。

「壯生，你帶著堂弟跑到哪裡去了？不是讓你們在門口玩，怎地一會兒就跑沒影了？下次再這麼亂跑，看娘不打斷你的腿！」

「鐵娃，幸好你們回來了，嚇死娘了，我和你伯娘差一腳要出來找你們了，這要是丟了，讓娘怎麼活？」

兩個婦人見到自己的孩子回來，又是氣得罵，又是鬆了一口氣。

林舒婉把剛才發生的事情跟兩個婦人說了一遍，又囑咐了一句，看鋪子的時候也留心著孩子。

兩個婦人十分慚愧，對林舒婉和薛佑琛謝了又謝。

看著兩個小童跟著各自的母親回了鋪子，林舒婉便打算重新回禾澤街，去李家拿布疋。

她轉過身，正想跟薛佑琛和衛得遠打聲招呼就走，卻見衛得遠指著織雲巷的深處。

「那院門上掛著的匾額寫著織雲繡坊，」衛得遠轉頭對薛佑琛道：「爺，您看，那不就是那個賣羊毛衣衫的繡坊？」

薛佑琛順著衛得遠所指的方向看去。「嗯。」

「這繡坊看著普通，門面也不起眼，誰能想得到卻是極能賺錢的？」衛得遠嗤道：「這些生意人，重利逐利，賤買貴賣，追求一本萬利，不勞而獲。」

薛佑琛眺望著織雲繡坊的招牌，神色淡漠，只有鳳眼微瞇。

林舒婉見這不知姓誰名誰的黑皮膚男子，對著織雲繡坊的招牌指指點點，還對羊毛衣衫的買賣大放厥詞，心生不滿，不禁回道：「此言差矣，生意人賺銀子並非不勞而獲，他們也是很辛苦的。生意人賺錢靠的是雙手和頭腦。」

衛得遠當即對林舒婉道：「剛才見妳救小童，還以為妳是個心善的好人，怎麼竟然幫商人說話？就說這織雲繡坊，一件羊毛衣衫要價五十兩，不知道的還以為是金子、翡翠做的，還不能說貪心至極？」

林舒婉見這男子說起織雲繡坊一臉嫌惡，似乎織雲繡坊做了什麼見不得人的事，有些生氣。「這話說得好沒道理，就拿這織雲繡坊來說，一件衣衫五十兩銀子，這買賣不是強買強賣，而是自願交易。既是自願交易，就說明羊毛衣衫值這個價。若不值這個價，買的人還是傻子不成？一個願賣，一個願買，公平合理，用不著無關人等置喙。」

衛得遠一時不知如何反駁，窘在那裡，思量該怎麼回應。只是還沒想出應對的話，卻聽眼前的女子又道：「生意人做買賣靠雙手、靠頭腦，沒什麼不對的。若說不勞而獲，倒是有些侯門權貴，利慾薰心，為了一己私利，欺壓百姓。」

衛得遠一愣。

薛佑琛也是微怔，他倒是第一次被人當面說侯門權貴，仗勢欺人。

他下巴緊繃的線條抽動了下。

林舒婉說完，也自覺無趣。剛才一路上，她滿腦子都是南陽侯要織雲繡坊交出羊毛衣衫製作方法的事情，這會兒碰到有人無理指責織雲繡坊，不禁說了幾句關於侯門權貴的事。

現在想想，世人觀念不同也是常有的事，她實在沒必要跟不相干的人多費口舌，也沒必要說服一個不認識的人和她想法一致，況且說了也沒用。

林舒婉道：「兩個小童已經送到，既然沒有別的事，我就先走了。」

薛佑琛點頭。「就此別過。」

林舒婉朝薛佑琛點了下頭便離開了，她重新走回禾澤街，去李家拿布料。

衛得遠和薛佑琛還站在原地。

「侯爺，之前見這女子救人，我還當她是個心善的，不想她竟幫著商人說話，可見不是個好的。」

衛得遠見周圍沒人，便恢復了「侯爺」的稱呼。薛佑琛不喜歡在人前暴露自己的身分，所以出門在外時，不讓衛得遠喊他「侯爺」。是以，剛才林舒婉在場的時候，衛得遠只喊一聲「爺」。

薛佑琛道：「剛才那女子所言也在理。商人逐利是真，公平交易也是真，此事要一分為二來看待。你因為早年的遭遇，對生意人有些偏見。」

「是，侯爺。」衛得遠抱拳行了軍禮。

「至於剛才那女子……」薛佑琛頓了一下。「先回侯府吧，耽擱了不少時間。」

「是，侯爺。」

薛佑琛想起剛才在禾澤街見到的一幕。

一匹飛馳的馬眼見就要撞到兩個小童，路上的行人都大驚失色，驚呼著四處躲避，而剛才那女子不假思索，往街道中央一跨，伸手一拉，救了一個小童的性命。

他見到這一幕，便立刻躍起身，衝到街中央，將另一個小童抱到街邊放下。

若那女子不是好人，那這世上絕大多數人都是惡人了。

心善、果斷、迅速，缺一項，就救不了這小童的性命。

薛佑琛鳳眼一瞇，沒想到民間倒還有這樣的婦人。

林舒婉離開後，便把剛才的事拋諸腦後，因為還有一件要緊事等著她解決。

南陽侯逼她們交出羊毛衣衫的製作法子，她究竟該如何應對？

她一路走、一路想，沿著禾澤街走到最北面，去李家取了布疋，又一路走回織雲繡坊。

回到繡坊時，她心裡也有了方向。

她上了二樓，找到董大娘。「董大娘。」

「舒婉，快進來，」董大娘把林舒婉拉進屋子。「我一直在琢磨南陽侯的事情，到現在也沒什麼主意。」

「董大娘，明兒衙門那裡，我也一起去。」林舒婉說道。

「好啊，妳跟我一起去，我心裡也踏實一些。」董大娘道：「舒婉，妳可有什麼打算？」

「現在只能見招拆招，明兒一早，我們一起再去會會那個南陽侯府的人。」林舒婉說道：「我們儘量護住羊毛紡織技術，不讓他奪去。若是那南陽侯的人定要搶奪羊毛紡織技術，那我們就好好跟他談談交換條件，爭取最大的利益。至於怎麼談，我再好好想想。」

「就怕他們真的仗勢欺人，不跟我們談……」董大娘憂心道。

「別擔心，再不濟就先把羊毛紡織技術交出去。」林舒婉道：「雖說這是下策，但是……董大娘，妳之前說得沒錯，南陽侯勢大，真要對我們做什麼，我們是敵不過的。對我們而言，沒什麼比平安更重要。」

「沒錯。」董大娘點點頭。

入夜，月色如水，透過窗戶傾瀉到屋內。

南陽侯府德馨書齋中，薛佑琛坐在書案前，看著手中的邸報。

他神色冰冷，鳳眼如同萬年寒潭，周身散發著威嚴而冷峻的氣息，整個書房的空氣也像凍住似的。

衛得遠站在一邊，不敢說話。

良久，薛佑琛輕嘆一口氣。

衛得遠這才問道：「侯爺，前線怎麼樣？」

「我大周將士因為天氣寒冷，戰鬥力減弱，北狄人以少勝多，一場仗敗了，失了一塊地。」薛佑琛道。

「上次那批禦寒衣物已經在路上了，不日就會到達邊境。」衛得遠道：「侯爺不必過於擔心。」

薛佑琛沈默了一會兒。「羊毛衣衫的製作方法怎麼樣了？」

衛得遠答道：「回稟侯爺，織雲繡坊的東家說，她不是很清楚羊毛衣衫的製作方法，創出這方法的另有其人。屬下讓她今天回去問出製作方法，明天一早送到衙門。」

「另有其人？」薛佑琛問道。

「此事屬下也已經調查清楚了。」衛得遠說道：「創出羊毛衣衫製作方法的，確實不是織雲繡坊的東家，而是織雲繡坊的帳房。」

「這帳房是什麼人？」

「這帳房是個寡婦，只有十八、九歲，人稱林小娘子。」衛得遠道。

薛佑琛的食指在桌上敲了兩下，沈吟片刻後道：「明日我同你一起去衙門。」

「侯爺，您要親自去？」衛得遠驚訝。

「事關重大，不可等閒對待。」

第二日一早，林舒婉跟著董大娘去了衙門。

兩人一到衙門，就有衙役接待她們。「是織雲繡坊的？妳們跟我到偏廳去。」

路上，董大娘心神不定，憂心忡忡地小聲道：「舒婉，怎麼辦？我心裡覺得慌。」

「不用怕，兵來將擋，水來土掩，沒什麼事的。」林舒婉安慰道。

「我心裡還是發怵……」董大娘道。

「到了。」衙役回頭。「妳們倆別嘀嘀咕咕的。」

「是、是。」董大娘連連點頭。

那衙役站在偏廳門口，向門裡恭恭敬敬地稟報。「侯爺，織雲繡坊的人到了。」

董大娘一驚，拉起林舒婉的手，小聲道：「南陽侯……南陽侯也在裡面。」

林舒婉也一愣，沒想到南陽侯竟親自來了，她竟要以這種方式會會原主的前未婚夫。

「讓他們進來。」門裡傳出一個聲音。

「這聲音我認得，就是那南陽侯的屬下。」董大娘悄聲道。

林舒婉點了下頭，心裡訝異。

奇怪，她怎麼也覺得這聲音耳熟呢？

衙役回過頭，向林舒婉和董大娘使了個眼色，示意她們倆進去。

兩人對視一眼，相繼跨過門檻，走進偏廳。

進屋後，董大娘戰戰兢兢地給薛佑琛和衛得遠行禮。

林舒婉卻是愣了愣。這偏廳主位上坐著的，竟是昨日救小童的那個男人。而他旁邊站著的，正是那個對羊毛衣衫買賣加以指責的黝黑男子。

難怪她覺得這聲音耳熟，原來她昨天才剛跟這聲音的主人發生過爭執。

只是……南陽侯……竟是這男人。

昨日他救下一個孩童，應該不是惡人，怎麼又會為了私利，逼迫織雲繡坊交出羊毛衫的紡織技術？

薛佑琛看到林舒婉，也是微怔。

站在他面前的兩個女子，一個戰戰兢兢向他行禮，另一個落落大方和他平視。

他的目光不由落在林舒婉身上，劍眉微微上挑。

衛得遠見到林舒婉更是詫異，怪不得這女子昨日會為織雲繡坊說話，原來她就是織雲繡坊的人。

他朝林舒婉瞪了一眼，轉向董大娘。「織雲繡坊的東家，製作羊毛衣衫的法子帶來了嗎？」

董大娘不知道如何應對，低著頭，悄悄把目光投向林舒婉。

對於董大娘的不知所措，林舒婉很能理解。董大娘這輩子也就跟衙役這樣的官差打過交道，現在面對的是侯門權貴，嚇都嚇得動不了，更不用說應對了。

林舒婉便替董大娘回答。「我清楚製作羊毛衣衫的方法，董大娘帶我來，就是把方法帶來了。」

衛得遠說道：「原來是妳。既如此，妳便把製作方法說出來吧。」

林舒婉斟酌了一下，向薛佑琛行了個禮。「侯爺，您若是喜歡羊毛衣衫，織雲繡坊給您送上幾件即可，不用大費周章取得製作方法，再找人來做。」

薛佑琛頓了頓，轉向衛得遠。「得遠，你沒有告訴她們，我為什麼要這製作方法？」

「屬下沒有說，屬下以為就是說了，她們也不肯給的……」衛得遠的聲音在薛佑琛淡漠的目光中噤了聲。「屬下知罪。」

「一會兒自己去領罰。」薛佑琛道。

「屬下遵命。」

薛佑琛轉向林舒婉。「林小娘子？」

林舒婉蛾眉一抬，薛佑琛竟然用「林小娘子」來稱呼她，這是她在織雲繡坊的稱呼，看來薛佑琛已經打探過織雲繡坊了。

她在薛佑琛臉上仔細打量，他除了表情嚴肅了些以外，並沒有任何異常，應該不知道她的真實身分。

想到此，林舒婉心裡大定，她不卑不亢答道：「正是民婦。」

「妳可知道大周邊境正在打仗？」薛佑琛問。

林舒婉不明所以。「聽說了。」

「實不相瞞，我需要這羊毛衣衫的製作方法，其實和邊境的戰事有關。」薛佑琛的嗓音低沈醇厚，像多年陳釀的好酒。他語氣平靜，向林舒婉解釋。「北邊天氣極寒，而今年比往年更冷，我大周將士不似北狄人，不習慣寒冷天氣，因此戰力減弱。最近的戰役，我大周將士傷亡慘重，而這羊毛衣衫是極好的禦寒衣物，原料又十分便宜。」

林舒婉恍然大悟，原來薛佑琛是為了邊境的戰局，才想要她的羊毛紡織技術，並不是為了私利。

她倒是誤會他了。

只一息時間，林舒婉便拿定主意。

她朝薛佑琛平靜深邃的鳳眸望過去，朗聲道：「好，我這就告訴你們製作羊毛衣衫的方法。」

見林舒婉這麼痛快就答應了，薛佑琛不禁道：「林小娘子，一旦告訴我羊毛衣衫的製作方法，我便會找人大量製作，這製作方法便會流傳出去，織雲繡坊就不可能再靠羊毛衣衫賺銀子了。」

林舒婉淺笑道：「沒有羊毛衣衫，還可以靠其他方法賺銀子。我們有手有腳有腦子，織雲繡坊不會沒生意做，我也不會沒飯吃。」

「林小娘子好志氣。」薛佑琛長年波瀾不興的眸光透出一層淡淡的欣賞之意。

「侯爺也是為了大周的將士們著想。」林舒婉接著道：「我把羊毛衣衫的製作法子交給侯爺，從小地方來說，織雲繡坊會有錢財的損失，可從大的來說，卻能救下眾多大周將士的性命，怎麼看也是筆划算的買賣。所以，我自願交出羊毛衣衫的製作方法。」

薛佑琛點點頭。「好。」

林舒婉勾勾唇。「不過我也有條件。」

薛佑琛劍眉幾不可見地微抬。「說來聽聽。」

「幾日前，衙門給我們繡坊派發了製作禦寒冬衣的任務，織雲繡坊因為做得好，得到了嘉獎。現在織雲繡坊要獻出羊毛衣衫的製作法子，是不是也要嘉獎嘉獎？」林舒婉道。

「林小娘子說得有理，確實應該給賞銀。」薛佑琛道。

「不要賞銀。」林舒婉搖搖頭。

「那妳要什麼？」

「還請侯爺公布織雲繡坊為了大周將士，獻出羊毛衣衫的製作方法。另外，」林舒婉福了福。「能不能賞賜織雲繡坊一塊御賜的招牌？」

薛佑琛的食指在官帽椅的扶手上點了兩下。「御賜的招牌可以讓織雲繡坊身價倍增，若是得了御賜招牌，織雲繡坊就不再是一間普通的繡坊，而有了天家的背景。」

林舒婉亭亭立在屋子中央，平靜地看著薛佑琛。

不錯，有了御賜的招牌，織雲繡坊就不再是普通的繡坊。有了天家背景，旁人就不敢輕易招惹，對織雲繡坊便有了一層保護。而且有了這個名號，生意會更好，價格也會相應提高。

薛佑琛沈吟片刻。「公布織雲繡坊獻出羊毛衣衫的製作方法自然可以。至於御賜的招牌，我只能答應妳會盡力促成此事。」

「有侯爺這句話就行了。」林舒婉笑道：「這裡有沒有筆墨？我把羊毛衣衫的製作方法寫下來。」

「得遠，」薛佑琛吩咐道：「讓人拿文房四寶來，再抬一套桌椅。」

「是。」

衛得遠領了命，走出屋子。

不多時他便回來了，他的身後跟著四、五個衙役，捧筆墨的捧筆墨、拎椅子的拎椅子、端書案的端書案。

幾個衙役進屋後，迅速拾掇一番，在這偏廳擺好一套書案、椅子，再在書案上放好筆墨紙硯。

「林小娘子請。」薛佑琛道。

林舒婉坐到書案前，攤開宣紙，從筆筒裡選出一枝細羊毫，一邊思索，一邊落筆。

薛佑琛並未就此離開，他的目光落在林舒婉的身上。

纖纖玉手握著一桿細羊毫，筆端輕觸宣紙，書寫時不疾不緩。

她低著頭，一絲碎髮落在光潔的額頭上，和無瑕的肌膚形成鮮明對比，襯得青絲更加烏黑，皮膚更加白皙。

他見過不少世家女子，巧笑嫣然的、端莊行禮的。然，眼前的女子卻不一般。

她神情專注，奮筆疾書，認真得彷彿是貢院裡的考生。

一個念頭不經意閃過薛佑琛的心間，原來女子認真書寫時，也可以這般好看。

意識到自己的想法，薛佑琛心裡微驚，匆忙別開目光。

林舒婉每天都在教導繡娘們，對紡織技術已爛熟於心，因此寫起來也是快。不多時，她就把製作羊毛衣衫的流程都寫下來。

她吹乾墨跡，拿起這幾張寫滿字的宣紙，走到薛佑琛面前遞給他。「侯爺，寫好了，請您過目。」

薛佑琛接過宣紙，手指刻意避開林舒婉捏著紙張的手，但她青蔥似的手指卻不可避免地進入他的視線內。

薛佑琛目光在紙上一掃，這一手娟娟清秀的字，著實讓人驚豔。

他鳳眼微抬，朝林舒婉掃了一眼，又繼續低頭看紙上的內容。

他看得極快，看完後，轉頭吩咐衛得遠。「得遠，讓周行洪進來。」

「是。」

薛佑琛放下手中的宣紙，對林舒婉解釋。「周行洪是我大周製造局的管事，對織布製衣十分有經驗，日後會負責羊毛衣衫的製作。我讓他過來看看，他要是有什麼看不明白的地方，就讓他請教妳。等他徹底學會製作羊毛衣衫的方法，我便會讓他立刻動身北上。」他的聲音很低沈，彷彿平靜的大海。

林舒婉見薛佑琛雖然面無表情，但話說得很有禮貌，並沒有高高在上的倨傲，便應道：「不敢當，我一定知無不言。」

說話間，衛得遠帶了一男子進來，這男子約莫四十歲，身材又矮又瘦，站在高大的薛佑琛面前，對比十分明顯。

不過他雖瘦小，卻不虛弱，看著精瘦能幹。

「老周，這是織雲繡坊羊毛衣衫的製作方法，你仔細看看，若有什麼不明白的，就問這位林小娘子。」薛佑琛道。

「是，侯爺。」

周行洪畢恭畢敬地接過宣紙，看得很仔細。

起初，他眉頭蹙起，目露不解，突然眉心舒展，露出恍然大悟的表情。接著，他又露出疑惑的神情，隨後又豁然開朗似的眉眼舒展。

看著看著，周行洪漸漸露出讚嘆之色，嘴裡也發出極輕的「嘖嘖」聲。

再後來，他臉上呈現出壓抑過後的興奮，就像若不是因為薛佑琛在場，他就要大聲叫好一般。

又過了一會兒，周行洪臉色突然一變，他盯著宣紙，似乎想到什麼，臉色發白。

他似乎心有不甘，將幾張宣紙從頭開始看，看完一張，輕嘆口氣，搖搖頭，再看一張，還是輕嘆一口氣。

第六章

衛得遠見周行洪這副模樣，指著林舒婉，面露不悅。「周管事是紡線製衣的行家，他看妳寫的東西，又是嘆氣，又是搖頭，定是妳寫的東西有什麼不對勁。妳是不是故意寫錯？」

薛佑琛手一擺，阻止衛得遠繼續說下去。「得遠，不得妄加指責。」

林舒婉懶得搭理衛得遠，目光直接越過他，看向周行洪。「周管事，敢問這羊毛衫的製作方法有什麼不妥的？」

周行洪趕緊道：「衛將軍，您誤會了，這羊毛衫的製作方法並無任何不妥。相反地，這方法極妙，竟然可以將羊毛製成保暖輕便的衣衫，可以說是變廢為寶、點石成金。老朽不才，還是第一次見到如此神奇的方法，竟然失態了。」

衛得遠疑惑地問：「既然是好法子，那你為何連聲嘆氣？這也不怪我誤會。」

說到這裡，周行洪又嘆了一口氣。

「這羊毛衣衫的製作方法是難得一見的珍貴法子，可惜對我們大周軍需，卻沒什麼幫助。」

薛佑琛不由眉心微蹙。「此話怎講？」

「回侯爺，」周行洪道：「一件羊毛衣衫從剪羊毛、洗羊毛、曬羊毛、紡線、整理、編結、拼接，一道道工序十分複雜。光說這編製就要人一針一針編出來，費時費力，堪比刺繡。偶製出幾件、幾十件出來，當然不成問題，但在邊關的將士數以萬計，等製出數量如此巨大的羊毛衣衫，怕為時已晚。」

薛佑琛緩緩靠向椅背，雖然依舊沒什麼表情，但兩腮的肌肉明顯動了動，英挺的劍眉也染上幾分失望。

他垂下鳳眸，不想在眾人面前露出憂心的神色。

大周將士們不僅要對抗凶殘的北狄軍人，還要抵禦北方的極寒天氣。他們在冷冽的寒風中受凍，還要為保衛身後千萬百姓，浴血奮戰。

戰事不利，大周將士傷亡慘重，在他看到的陣亡將士名錄中，就有不少是他熟悉認識的。他也心知在這名錄外，有更多將士消失在戰場，連姓名都不能留下。

皇上命他統管軍需，禦寒是重中之重，原以為這羊毛衣衫會成為大周將士保暖的法寶、大周取勝的利器，可如今……

薛佑琛背脊直挺，卻靠在官帽椅的椅背上，雙眸低垂，沈默不語。

屋裡極為安靜，聽了周行洪的話，大家都知道意味著什麼。

林舒婉自然也是知道的。

羊毛手工技術費工費時，像織雲繡坊這樣的民間小繡坊，一天只能生產幾件而已。就算是朝廷組織的生產，產出的數量也有限。

這個時代是冷兵器時代，打仗主要靠人，如果只有少數人穿上羊毛衫，對戰局的影響可以忽略不計。

至少要有一定數量的將士穿上這種保暖輕便的羊毛衫，那戰鬥力的提高才有意義。

想要生產出大量的羊毛衣衫，就要提高效率。

林舒婉想了一會兒，倒是慢慢有了主意。

技術解決不了的問題，還可以靠管理。

屋子裡的寂靜，被林舒婉清脆的聲音打破了。

「我這裡有個法子，不知道行不行？」

薛佑琛睜開眼。「林小娘子但說無妨。」

林舒婉點頭。「有一種法子叫做流水線。」

在現代，流水線作業已是司空見慣，但在古代卻是前所未見的。

在歷史長河中，流水線作業從無到有，再到迅速普及，成為現代製造業不可缺少的管理模式。正是因為千千萬萬的實例證明它很好用，也很管用。用得好了，效率可以提高好幾倍。

薛佑琛劍眉輕抬，疑惑道：「何為流水線？」

「顧名思義，就是像流水一樣生產，將整個羊毛紡織工序分到最細……」

林舒婉站在薛佑琛面前，將流水線的大致方法說出來。

她的聲音清澈動聽，條理清晰。薛佑琛將眸光放在她身上，凝神細聽。

待林舒婉說完後，周行洪大讚道：「這真是世間難得的妙法！」

林舒婉道：「這是大致的意思，詳細的我還是寫下來吧。」

薛佑琛點了點椅子的扶手，回憶剛才林舒婉說的話，凝神思考片刻，輕聲重複周行洪的話。「世間難得的妙法。」

他抬頭。「如此就有勞林小娘子了。」

「不必客氣。」林舒婉應道：「我這就去寫。」

她轉過身，正要往書案的方向走，就聽到背後薛佑琛的聲音傳來。

「林小娘子。」

林舒婉轉回身，迎面就見薛佑琛深邃的鳳眸正望著她。

薛佑琛遲疑了一瞬，才決定問出口。「方才林小娘子說，妳之所以願意獻出羊毛衣衫的製作方法，是因為這是筆划算的買賣。現在，林小娘子願意獻出流水線的法子，又是為何？甚至沒有提到嘉獎一事。」

他接著道：「畢竟妳若不說，沒人會知道這個法子，妳大可以私藏。」

林舒婉蛾眉微抬，她不知道薛佑琛為什麼會問這個，不過她問心無愧，便實話實說。「人人都是人生父母養的，有的人卻為了國家百姓，冒著生命在邊關衝鋒陷陣，不管是將領，還是最普通的士兵，都是值得尊敬的人。一個法子可以救很多將士的性命，我私藏來做什麼？賺錢嗎？」

林舒婉搖搖頭。「不是所有的商人都是利慾薰心，只顧賺錢，沒有良心。」

薛佑琛看著林舒婉，像是要探究到她的靈魂裡。

看了幾息，他輕點了下頭，聲音依舊波瀾不驚。「好。」

說完，他停了一下，又加了一句。「也不是所有侯門權貴都是利慾薰心，只顧一己私利的。」

這話是林舒婉昨天說的，那時她不知道他是誰，還誤會他為了私利而搶奪羊毛衣衫的製作方法。

現在聽薛佑琛這麼說，林舒婉不禁莞爾一笑。

薛佑琛的唇角也往上勾了勾，弧度極淺。

「侯爺，說起來這流水線的法子是我臨時想出來的，我得一邊想一邊寫，可能要花上一點時間。」這流水線的法子，她還要一邊回憶，一邊思考，一邊寫成文字，肯定寫得很慢。

「大概要多久？」薛佑琛問。

「若是詳細寫的話，少則一、兩個時辰，多則三、四個時辰，」

「好，辛苦林小娘子。」

林舒婉重新回到書案前，攤開一張新的宣紙，一邊思考，一邊落筆。

薛佑琛對周行洪道：「老周，你先退下，等林小娘子寫好後，我再喚你。」

周行洪退下後，薛佑琛轉向董大娘。「織雲繡坊的東家，妳坐吧。」

董大娘早已被廳內這一連串的變故嚇壞了，她一直立在原地一動沒敢動。

薛佑琛讓她坐，她也不知如何應對，喏喏稱是，在離門最近的角落找到一把椅子坐下。也不敢大咧咧，屁股只坐了椅子的一個角。

「得遠，」薛佑琛吩咐。「去取些邸報來，我就在這裡看。」

林舒婉在寫關於流水線的細節，董大娘忐忑地坐在角落裡，衛得遠則站在旁邊隨時候命。

薛佑琛坐在主位上，手裡拿著一份邸報看著。

他偶然抬頭，視線便投在林舒婉身上。只見她握著一桿細巧的羊毫，小幅而迅速地移動著。她神情專注，旁若無人，彷彿沈浸在「流水線」中，忽視周圍的一切，包括他在內。

薛佑琛收回目光，繼續看邸報。

過了一會兒，在他抬頭之際，又朝林舒婉看了一眼。這時，林舒婉已把筆擱到一邊，杏眼盯著宣紙，全神貫注，像是在思考什麼問題。

薛佑琛心道，自己就坐在她的不遠處，她卻視他如無物。

以他的身分地位，又是這樣的性子，在他面前，一般人總會有所顧忌，不會那麼旁若無人，尤其是女子，要麼更加謹慎，要麼花樣百出。而她，眼裡、心裡卻只有手裡的紙筆，這也是他見過的第一人了。

薛佑琛又繼續看邸報，偶爾抬眼時，目光總能恰巧落在林舒婉身上。他所看到的都是她專注的神情，或是靈巧推動筆桿的玉指。

幾份邸報看完，前方戰事膠著，大周處於下風，沒有什麼起色。

薛佑琛朝窗外看了看，不知不覺竟然已經中午了。

他朝衛得遠輕聲吩咐。「得遠，去備些茶水和精緻可口的糕點。」

不一會兒，衛得遠帶著幾個衙役，端著糕點、茶壺和茶杯進來。

衙役們把幾盤糕點擱在薛佑琛旁邊的茶几上，又倒好茶水，隨後退了出去。

薛佑琛掃了一圈茶几上的糕點，卻沒有拿起來吃，而是端起一個盤子和一杯茶，走到林舒婉的書案前。

林舒婉正在奮筆疾書，視線中突然出現一盤精緻的糕點，又見雲錦五蝠暗紋的廣袖，以及指節分明的大手。正是這隻手把盤子擺在她的案頭，還沒有來得及拿開。

林舒婉順著手向上看，是薛佑琛稜角分明的臉和深邃的鳳眸。

「這是給我的？」她指了指書案上的糕點。

「本該請小娘子用膳的，只是事情緊急，為了節省時間，只能委屈林小娘子，以糕點代替。」薛佑琛道。

林舒婉朝盤子裡的糕點瞅了瞅，各色糕點都做得十分精緻，看著就軟糯可口。再聞聞，有一股淡淡的香甜，可謂色香味俱全。這樣精緻的糕點不是普通鋪子裡出來的，也不是普通百姓家能做的。

既然薛佑琛在這裡，這糕點肯定不是一般的糕點。

林舒婉本來寫東西寫得專心，現在被這些糕點勾出了饞蟲，突然覺得餓了。

「好啊，那謝謝侯爺了。」林舒婉道。

「不必客氣。」薛佑琛看到書案上幾張宣紙已經寫得密密麻麻，旁邊還有一沓寫錯的廢棄宣紙，他低聲說道：「多謝。」

「嗯？」林舒婉蛾眉一抬，看向薛佑琛。

薛佑琛真誠地道：「多謝妳獻出羊毛衣衫的製作方法，以及流水線的法子。」

林舒婉嫣然一笑，明眸閃著瀲灩的波光。「不必客氣，況且我是把這法子獻給大周的將士們，不是交給侯爺一人的。」

「嗯。」薛佑琛長年覆了霜雪的眉眼，也似乎在一瞬間有融化的跡象。他薄唇動了動，又輕聲道：「多謝。」

林舒婉笑了笑，拿起一塊糕點放到嘴裡，瞬間滿嘴香甜。

見林舒婉開始吃糕點，薛佑琛便回到座位上。他讓衛得遠也端了幾塊糕點給董大娘，又讓衛得遠自己也拿幾塊。

一屋子的人，就在偏廳裡用糕點當午飯。

吃完後，林舒婉又繼續寫她的「流水線」。

她擔心這個時代的人對流水線一無所知，寫得太籠統，旁人看不懂，便寫得十分詳細。她還把羊毛紡織技術和流水線管理方法結合在一起，又增加了工作量，是以，等她寫完的時候，已是夕陽西下。

柔和的陽光將冬日蒼白的天空映成暖色調。

薛佑琛見林舒婉將厚厚一沓宣紙給他遞來，一低頭，入眼的就是娟秀的蠅頭小楷，以及青蔥般的玉指，指甲未染蔻丹，卻修剪得整整齊齊，素淨可愛。

他心中浮起一股前所未有且不可名狀的感覺。這感覺又很快沒了蹤影，不知是消散開來，還是沈入心底。

他接過宣紙時，還是刻意避開了她的手指。

薛佑琛道：「妳寫的這些，老周需得費些時間研究一番。我讓老周今天夜裡連夜看完，若是有什麼不明白的，明日可能還要再煩勞林小娘子解釋解釋。」

「好的。」林舒婉點點頭，表示沒問題。

「時辰不早了，不如我讓衙門給林小娘子和繡坊東家備飯菜？」薛佑琛道。

「不用、不用，我家裡人還等著我回去吃飯。」林舒婉道。

董大娘也連忙站起來推辭。

「那好，我派馬車送妳們回去。」薛佑琛道。

林舒婉見窗外天色漸暗，眼看就要入夜，她和董大娘兩個女人走夜路怕不安全，且衙門離織雲巷還有些距離，便答應下來。

隨後，薛佑琛便命人安排馬車，將董大娘送回織雲繡坊，也把林舒婉送回家。

夜已深，南陽侯府疊翠院。

正屋裡，薛佑琛正要洗漱、更衣。

他對身邊的小廝雲信說道：「雲信，把我那件羊毛衣衫取來。」

雲信是疊翠院裡伺候薛佑琛的小廝。原本疊翠院有大丫鬟伺候薛佑琛，但隨著薛佑琛年紀漸長，丫鬟們的心思也活絡了，薛佑琛便覺得厭煩。

有一次，疊翠院的一個大丫鬟趁薛佑琛不備，爬上他的床，他惱怒，便把疊翠院大部分的丫鬟都打發走了，只留下幾個粗使丫鬟和老嬤嬤，以圖個清靜。正屋裡，也只喊了個小廝伺候，便是雲信。

雲信剛剛端了盆熱水，聽到薛佑琛吩咐，立刻放下手裡的活兒。「小的這就去取。」

雲信從七斗大櫃中的最下層取出羊毛衣衫，捧到薛佑琛面前。「侯爺，羊毛衣衫在這裡。」

薛佑琛伸手接過衣衫，指尖瞬間傳來毛茸茸、軟綿綿的觸感。

他沒有猶豫，兩三下套上羊毛衣衫，整個身子立刻熱起來。

此前，薛佑琛曾穿過一次，當時他就覺得這羊毛衣衫非常保暖，所以才想要讓大周邊關的將士們都穿上。

至於他自己，後來就把羊毛衣衫束之高閣，沒有再穿。一來他身體健壯，不畏寒冷。二來這幾日，他大部分時間都待在南陽侯府的德馨書齋裡處理公務，書齋中燒了上好的銀絲炭，非常溫暖，只消穿上件褙子，連襖子都不用穿。

今晚不知怎的，他突然就想再穿一穿這羊毛衫。

他穿著羊毛衣衫，走到正屋外的書案前坐下。

「雲信，我過一會兒再歇息。」薛佑琛道。

「是，侯爺。」雲信立刻退到角落裡，一聲不響地站著，就像個隱形人。

雲信知道自己主子的性子，喜歡清靜，所以在主子不喊他的時候，他必須當個隱形人。不過他本來就是個沈默寡言的人，當隱形人毫無難處。他也心知主子正是看上他這點，才讓他做他的小廝。

薛佑琛坐在書案前，手裡拿著林舒婉白日寫的「流水線說明」。

今日傍晚，林舒婉離開府衙後，薛佑琛立刻命人將「流水線說明」謄抄了一遍。

他給周行洪的是謄抄本，而林舒婉的手寫稿卻被他自己帶回來。

薛佑琛將厚厚一沓手稿，一字一字、一頁一頁，仔仔細細看下來。

這字娟秀整齊，看著賞心悅目，而其中的內容更是讓人讚嘆。

薛佑琛越看越驚豔，越看越入迷，看到重要的地方便拿起筆批注，偶爾換成硃砂圈畫。

疊翠院燒了地龍，非常暖和，薛佑琛穿著羊毛衣衫，不一會兒就覺得熱，額頭上不知不覺已沁出一層薄汗。

「雲信。」薛佑琛抬起頭。

「是，侯爺。」雲信這個隱形人又似突然出現般應聲。

「這地龍燒得太旺，讓人減小些。」薛佑琛道。

「是。」

雲信二話不說，立刻走出屋子，但他心中卻十分狐疑，地龍每日都是這樣燒的，侯爺怎地今日覺得燒得太旺？若是覺得熱，脫下羊毛衣衫就是，哪有穿著厚衣服又嫌熱的？還是說，那羊毛衣衫穿在身上十分舒服，所以侯爺不想脫下，卻要讓地龍燒得小些？不過侯爺的命令，他自是不敢置喙。況且侯爺心思縝密，不比常人，他一個小廝也猜不到。

過了一會兒，地龍燒得小了，薛佑琛才覺得舒服許多。

第二日一大早，早朝過後，薛佑琛去給老夫人薛柳氏請安。

屋子裡，薛柳氏坐在榻上，背靠在錦繡靠墊上；柳玉蓮坐在薛柳氏旁邊，一雙手輕輕捶著薛柳氏的腿，裘嬤嬤則立在一側伺候著。

薛佑齡坐在榻邊的圈椅上，正在給薛柳氏請安。

眾人看到薛佑琛進來，起身的起身，行禮的行禮，連薛柳氏也站起來，笑道：「佑琛來了啊！」

「是，佑琛給母親請安。」

「誒，快坐吧。」

「是，母親。」

薛佑琛在薛佑齡旁邊的圈椅上坐下，眾人也重新回到原來的位子。

薛柳氏坐回榻上，在坐下的一瞬，她眼眸迅速閃過厭惡和不甘，但又很快消失不見。

「佑琛啊，我剛才還在跟佑齡說呢。」薛柳氏對薛佑琛道：「你們兄弟三人，除了佑璋屋子還有幾個人，疊翠院和聽濤院的後院都空著。佑琛啊，你到現在還沒成家。至於佑齡，以前內院裡還個夫人……算了，不提也罷。

「我說你和佑齡年紀也不小了，總不能老是這樣，連個伺候的人都沒有。成親是大事，不急於一時半會兒，但後院裡找幾個人伺候，卻是應該的。我想著，在府裡找幾個模樣周正的，安排到你院子裡。」

「不必。」薛佑琛答得簡短。

薛柳氏看著薛佑琛嚴肅淡漠的臉，眼中的厭惡與不甘又浮起。

她迅速壓下，轉頭看向薛佑齡。「佑齡啊，你後院也空著，娘給你找幾個好看的，你看看有沒有入眼的？」

薛佑齡沒有回覆薛柳氏的話，他的目光正盯著薛佑琛的對襟領口，那兒露出一小片羊毛衣衫的領子。

「佑齡，你說呢？」薛柳氏又問了一遍。

薛佑齡這才回過神。「啊？喔，娘，不用了。」

薛柳氏正要再說什麼，薛佑琛就站起身。「兒子還有事，就先告退了。」

「那你去忙吧。」薛柳氏客氣地笑著，笑意不達眼底。

薛佑琛離開後，薛柳氏轉向薛佑齡。「佑齡啊，什麼不用，你都多大了，屋子沒個人怎麼行？你大哥我是管不了的，其實我也不想管，剛才也就是隨口一提，他不要就不要。你可是我親生的，我這當娘的怎會不操心？你聽娘說……」

「娘，」薛柳氏的話被薛佑齡打斷。「今日我還有事，明日再來給娘請安。」

說罷，薛佑齡起身，急匆匆出了屋子，追著薛佑琛的腳步而去。

「哎，佑齡，你這孩子……」

薛佑齡迅速走出屋子，他走得極快，腰間的玉珮隨著他的步子，迅速來回擺動。

終於，他在迴廊追上薛佑琛。

「大哥，留步！」薛佑齡道。

薛佑琛轉身。「三弟。」

「大哥，我看你領口處露出羊毛衣衫的領子，大哥外衫裡面穿的可是羊毛衫？」薛佑齡問。

「是。」薛佑琛答道。

「大哥，據我所知，這羊毛衣衫出自京城的織雲繡坊，十分難得，我一直想要一件，卻買不到。」薛佑齡說道：「大哥，你若是買得到，佑齡有個不情之請，佑齡想請大哥幫忙買一件。」

薛佑琛道：「現在這羊毛衣衫確實很難買到，不過昨日織雲繡坊的林氏已將羊毛衣衫的製作方法交給我，我會命人大量製作，以充軍需。到時，羊毛衣衫的製作方法世人皆知，相信很多繡坊都會製作羊毛衣衫，也很容易買到。過幾日，你自行去買就是了。」

薛佑齡怔了怔，說了一句和羊毛衣衫無關的話。「大哥，你見過林小娘子？」

「是的。怎麼問起這個？」薛佑琛狐疑道。

薛佑齡嚥了幾口唾沫，猶豫再三，在薛佑琛淡漠的目光中，終於問出口。「小弟是想問問，既然大哥見過林小娘子，那林小娘子是怎樣的女子？」

怎樣的女子？

薛佑琛劍眉一攏，嚴厲地道：「胡鬧！你一個男子，竟打探一個寡婦？不知禮數！」

薛佑齡的臉頰漸漸憋出一層紅雲，他自詡飽讀詩書，謙恭有禮，竟被自己大哥說不知禮數。但他也自知理虧，他一個男人打聽一個寡婦是怎樣的女子，也確實不應該。

薛佑齡紅著臉道：「大哥教訓得是，是佑齡的不是。」

「還有別的事嗎？」薛佑琛問。

「沒有了，不耽誤大哥忙公務。」

薛佑齡離開的腳步有些慌亂，他一向恪守禮節，光風霽月，此時心底的小心思卻暴露在陽光下，讓他羞愧又慌張。

薛佑琛看著薛佑齡的背影，心中暗道，他離開京城三年，這南陽侯府都成什麼樣了？三弟之前敏而好學，謙恭有禮，現在竟然打聽起寡婦的事情。

而他的二弟薛佑璋更加不堪，竟當街策馬疾馳，要不是他和林小娘子救了那一對孩童，必會發生慘劇。

南陽侯府本是世襲罔替的功勛侯門，若是真的出了事，那南陽侯府便真的是仗勢欺人，欺壓百姓了。

這兩天他一直忙著邊關軍需之事，尤其是羊毛衣衫的事，還沒有來得及處理家務，看來整頓家風，刻不容緩。

薛佑琛下令命薛佑璋去薛家祠堂罰跪，讓他在薛家祖宗牌位前靜思己過，跪滿三日才能起來，三日內只給水和少量粗糧。

確定薛佑璋已經在祠堂跪好，薛佑琛才離開南陽侯府，帶著衛得遠去了京城府衙。

一到府衙，周行洪就向薛佑琛稟告。

「侯爺，昨日織雲繡坊給的流水線作業說明，小的已仔細研究過了，小的確認此法可行，用了這個流水線的方法，我們用相同的人數，可以多製出幾倍的羊毛衣衫。

「只是小的愚鈍，林小娘子寫的一些細節，小的還不是很明白，就怕有什麼關鍵處沒弄清楚，影響流水線的功效，從而影響戰局。事關重大，小的不敢託大。」

「嗯。」薛佑琛轉頭對衛得遠道：「你去織雲繡坊請林小娘子到衙門來一趟。」

「是，侯爺。」

「備上馬車。」薛佑琛聲音沈沈。「恭敬著些。」

接著他又對周行洪下令。「老周，你先退下，等會兒林小娘子來了，我再喚你。」

「是，侯爺。」

約莫過了半個時辰，林舒婉被接到衙門。

她跟著衛得遠走進偏廳。

還是昨天的那間，連書案、椅子，以及上頭擺著的筆墨紙硯都還在。

見林舒婉進來，薛佑琛從主位上站起來，大步流星走到她面前站定。「林小娘子，關於那流水線說明，老周還有些地方不是很清楚，煩勞林小娘子為他解釋解釋。」

林舒婉點頭答應。

薛佑琛並未吩咐衛得遠去喊周行洪，而是從懷中取出一沓宣紙，正是林舒婉昨日寫的手稿。

「還有一件事，需要煩勞林小娘子。」薛佑琛把這沓手稿遞給林舒婉。

林舒婉接過手稿，掃了一眼，見手稿上多了不少批注，這些批注也是用小楷寫的。與她清秀的筆跡不同，這些字蒼勁有力，透著一股堅毅，顯然是男子的字跡。

手稿上還有不少地方，用紅色硃砂圈了出來。

她只匆匆看了幾眼，就看出這些硃砂圈出的地方都是重點和關鍵。而那些批注也理解得十分正確，還提出自己的見解，獨到而深刻。

顯然，這份手稿被人仔細研讀過，而這研讀之人的理解力和分析能力都超乎常人。

正這麼想，林舒婉就聽薛佑琛在她耳邊道：「林小娘子，妳的手稿我昨夜連夜看過了，做了些批注。還有三處，我也覺得應做一下批注，只是不知道該如何落筆，想請林小娘子幫忙下批注。」

「好的，哪幾處？」

「林小娘子請坐，我指給妳看。」

林舒婉點點頭，拿著手稿往書案走，薛佑琛則跟在她身後，不遠不近。

林舒婉坐到書案前，把做了批注的手稿擺在書案上。「哪三處需要批注？」

話音剛落，她就見薛佑琛修長而略粗糙的手指伸到她面前，在手稿上點了一下，隨後翻了幾頁，又點了一下。

一共點了三處。

林舒婉快速流覽這三處，確實都是關鍵，如果能仔細解釋一下會更易於理解。

她選了一枝細小羊毫，開始寫了起來。

薛佑琛見她落筆，便離開書案，往主位走。

走沒幾步，他回過身，又默默挪回書案邊。

林舒婉眼角餘光瞥見黝棕色的雲錦衣料，她知道薛佑琛又走回來了，也不以為意，手不停筆。

薛佑琛微俯著身，看林舒婉寫字。

昨天，他是遠遠地看她寫，這回卻是在近處看。

她的指尖靈巧不凡，因為用力握筆，指甲壓成了粉色，顯得更惹人憐愛。

筆尖輕輕落下，只有筆尖處的細小羊毫觸到宣紙，一筆一畫寫得如一首曲子般帶著韻律。

薛佑琛竟看得有些癡了，只覺得那一筆一畫皆落在心裡，輕輕地，畫得他心癢。

「寫好了。」

一個沒注意，眼前的女子已經擱下筆，仰起頭，他來不及退開，便直直對上她的杏眼。

此時，兩人離得極近，林舒婉坐在座位，仰著頭；薛佑琛站在她身邊，半俯著身，低著頭。

兩人都是一怔。

一瞬間，薛佑琛看到女子鬈翹生動的睫毛，以及細膩無瑕的肌膚。

他似乎還感覺到女子細細軟軟的氣息吹到他臉上，似乎還有幽幽香氣鑽入他鼻尖。

林舒婉瞪大了眼，她沒想到薛佑琛竟然低頭看她寫，她這猛一抬頭，便是薛佑琛盡在咫尺的俊顏，以及墨色的眸子，眸子裡倒映的是她愣愣的模樣。

不知道是不是因為他氣質威嚴，氣場又凌厲，林舒婉覺得她突然觸及到的男人氣息，像是要將她包圍。

林舒婉眨了下眼，迅速往後退。

薛佑琛也瞬間回神，輕咳一聲，站直了身。

然而，他並未離開，而是從筆筒裡取出另一枝細巧的毛筆，蘸了硃砂，在剛才林舒婉寫的批注上畫了幾道圈。

林舒婉一看，都是重點。

圈好後，薛佑琛把幾張剛剛新添了批注的宣紙拿起來，吹乾墨跡，再把這幾張宣紙和其他宣紙小心翼翼地疊好，放入懷中。

「回頭我找人把注解版的流水線謄抄一份，再讓老周帶到邊關去。」薛佑琛轉向衛得遠。「得遠，去把老周喊過來。」

周行洪進來後，又問了林舒婉幾個問題，都是操作層面的問題，遠不及薛佑琛的批注深刻。

薛佑琛定立在一邊，看著林舒婉和周行洪一問一答。

少時，他鳳眼垂下，心中回想剛才和林舒婉四目相對的情景，以及那一瞬間他明顯感受到的心跳加速。

那是他面對皇上詢問時，或被指派重要職責，甚至收到緊急軍情時，都不曾有過的。

恍若沈寂萬年的心突然鮮活過來。

他不是愚鈍之人，此刻心中已明瞭這意味著什麼。

林舒婉很快就跟周行洪解釋清楚了。

隨後，薛佑琛便又派馬車將林舒婉送回織雲繡坊。

這天下午，織雲繡坊迎來了御賜匾額。

董大娘臨時雇了幾個身強力壯的漢子，把御賜匾額掛到繡坊小樓的屋簷下。

有了御賜匾額，一間民間繡坊突然變得氣派非常，把其他什麼五層大院的繡坊、百年老字號繡坊，統統壓了下去。

當天，織雲繡坊就接到了好幾個單子。

那些客人向織雲繡坊下了訂單後，還回去跟自己的親戚朋友炫耀。

「我們家姑娘嫁人，繡活是找織雲繡坊做的，織雲繡坊你們知道不？他們的招牌是皇上賞賜的，還收過衙門的嘉獎。他們家的繡工可真是好啊，我們家姑娘嫁人，要用就得用好的。」

「今兒，我從織雲繡坊那裡定了幾身衣衫，沾沾御賜匾額的光。想不到活了一輩子，還能去有御賜匾額的繡坊定衣衫。」

董大娘一口氣接了許多單子，林舒婉也很歡喜。

當初，她曾想過給織雲繡坊建立品牌效應，但是經過一番思考，覺得不可行，所以作罷。

如今，因為這塊御賜匾額，倒是打響了織雲繡坊的名號。

林舒婉回到帳房，記了幾筆帳，就見董大娘出現在帳房門口。

「舒婉，我有事找妳商量。」

林舒婉迎出去，把董大娘拉進屋子。「什麼事呀？」

董大娘在圈椅上落坐，林舒婉則坐到董大娘的旁邊。

「舒婉啊，還不到一個月就是年關，我思量著給繡娘們發些銀兩，也好讓大夥兒回去置辦些年貨。之前我們繡坊禦寒衣物製得好，衙門給的賞銀不少。」

董大娘接著道：「還有啊，我們的羊毛用完了，今年的羊毛衫生意就算結束了。這羊毛衫賺的銀子，除了救春妮的那三百兩，一直留在帳上沒有動過。現在也該把這些銀子結算一下。對了，按照之前說的，妳抽四成。」

林舒婉應道：「好的，聽董大娘的安排。」

「這是一件事。」董大娘道：「還有一件更重要的事，我們繡坊得了御賜招牌，一下子來了許多訂單。繡坊的生意眼見越來越好，可我們繡坊地方小，繡娘也就這麼幾個，這生意怕是做不來。

「想當初，為了拿張訂單多不容易，就說那怡春院的團扇單子，那戚老鴇言而無信，把我氣壞了，幸虧妳想到法子，才把單子搶回來。」

董大娘嘆了口氣。「現在單子都來了，這送上門的生意，我們若是因為人手不夠而接不了，恁的可惜，所以我想著，乾脆我們多招些繡娘，再把隔壁的鋪子也盤下來。說起來，我們隔壁的鋪子已經空了許久。」

「妳是說妳想擴張繡坊？」林舒婉訝異道。

「這只是一個想法，我最主要想同妳說的也不是這個。」董大娘道。

「那是？」林舒婉疑惑，董大娘一直是個心直口快的，到底什麼事讓她繞了一圈，還沒有說出口。

董大娘加快語速。「我是想說，若是繡坊擴張，我一個人管不過來，我想要找個人和我一起管理繡坊……我想來想去，最合適的人，遠在天邊，近在眼前。」

林舒婉指著自己，訝異道：「董大娘是說我？」

董大娘笑道：「妳有本事，對繡坊的事務又了解，這御賜的招牌也是妳為我們繡坊爭取來的，不是妳還能是誰？」

聽到董大娘的提議，林舒婉有些驚訝，但也不免心動。

她正思考著，又聽董大娘說道：「我沒有子女，男人又死了十年，孤家寡人一個，開這間繡坊，就是為了賺點銀子，好讓自己的日子過得好些、體面些。舒婉，我也知道妳沒什麼家人、親戚可以倚仗，既然如此，不如我們娘兒倆合夥，一起做這繡坊的營生。

「說句真心話，妳的本事，我清楚得很，和妳一起做生意，我能賺的銀子和現在比，只會多，不會少。而且以後有什麼事，我也能找妳商量，不用總是一個人承擔。」

董大娘抬頭看著林舒婉。「妳是個有本事的，旁的不說，就說在衙門的時候，我都嚇得一動不敢動了，妳還能和那侯爺應對自如，到底是大戶人家出來的。我也知道，妳會到繡坊做帳房，只是一時迫於生計，說不定妳根本看不上我們這間小小的繡坊。

「這事我是猶豫再三才跟妳提的，就怕妳另有打算。若妳不願意，到時不免尷尬。」

林舒婉恍然大悟，原來董大娘是怕她拒絕後，關係尷尬難處，所以才慎重開口。

她道：「董大娘過譽了，我也是碰巧罷了。我在繡坊待了這麼久，早就把自己當成繡坊的人，承蒙董大娘不嫌棄，這麼好的事情，我有什麼好不答應的？」

說罷，她從懷裡取出一沓銀票。剛才朝廷給織雲繡坊送御賜匾額時，也賞了她銀子作為嘉獎。

她在衙門獻出羊毛紡織技術的時候，並沒有要賞銀，只要求朝廷公開織雲繡坊的善舉，並要了御賜匾額。但衙門還是給了林舒婉賞銀，嘉獎她獻出羊毛紡織的技術。

賞銀數目龐大，足有三百兩。

她把這些銀票塞給董大娘。「董大娘，這事我應下了。既然是合夥，就要交分子錢，這三百兩便是我交的分子錢。」

「妳願意，那就太好了！」董大娘看著那一沓銀票。「至於合夥的細節，我原本想著等妳答應後，再同妳慢慢商量。現在既然妳說了，那咱們就定下來。這三百兩銀子當真不少，盤下旁邊那兩層樓的鋪子，還有多餘的。舒婉，妳就以這三百兩銀子作為分子錢，以後所有的營收，我們都五五分帳。」

「好。」林舒婉笑道：「就這麼辦。」

當日，林舒婉和董大娘就把合夥經營的事情敲定下來。

隨後，兩人將羊毛衫賺的銀子結算一下，董大娘又給繡坊的繡娘們發了銀子。

繡娘們都是缺錢的主兒，這會兒發了銀子，且數目還不少，大家都很開心。

這天傍晚，林舒婉把做羊毛衫生意賺到的四成銀子帶回家。

畫眉見到這麼多銀子，驚呼道：「這……小姐，您竟賺了這麼多銀子，就算在侯府，您也從來沒收過這麼多銀子呀！」

林舒婉蛾眉一挑。「這些都是自己賺的銀子，和旁人給的不一樣。」

「可不是？」畫眉笑道：「小姐，時辰不早了，咱們吃晚飯吧。」

「對了，畫眉，快過年了，咱們家裡也要採買些年貨。明兒我同妳一起上街買東西吧。」

林舒婉成了繡坊的東家，織雲繡坊也要進行擴張，她以後有得忙了。她思量著，趁織雲繡坊還沒正式開始擴張，趕緊上街，把過年該買的東西都買好。

「小姐得空？」畫眉問道。

「現在還抽得出空，明天一早，我就同妳一起去街上。」林舒婉點頭。「出門路過織雲繡坊的時候，我進去同董大娘知會一聲，妳在門口等我一會兒。」

畫眉圓眼一彎，笑顏如花。「好呀，婢子還從來沒有跟小姐一起逛過街市呢！」

第二日清晨，林舒婉推開屋門，院子裡竟是白茫茫一片。

地上、門上、屋簷上、樹枝上都是厚厚一層雪，晶瑩剔透。放眼望去，纖塵不染。

隔壁屋子探出半個身子。「小姐，那麼厚的積雪，昨夜應是下了一夜的雪。沒想到我們小院的雪景這麼好看，像蓋了層白毯子，婢子都忍不住踩上去。」

林舒婉莞爾。「該踩還是要踩，別忘了，今兒我們還要上街呢。」

「欸。」畫眉點點頭。

兩人吃完早飯，拾掇妥當，便手挽著手，相攜走出院門。

經過織雲繡坊，林舒婉進去和董大娘打了聲招呼，隨後就高高興興地去街市了。

最近的街市就是禾澤街，林舒婉不是第一次到禾澤街，但之前因為有事，沒有好好逛過，算起來這倒是她第一次真正逛古代的街市。
逛了一會兒，林舒婉和畫眉兩人手裡都提滿了東西。
兩人都覺得腿痠，便決定找個地方歇歇腳。
正好路邊有間小麵館搭了個棚子，棚子裡擺了幾張八仙桌和條凳。現在不是吃飯的時辰，棚子裡空無一人，倒是裡頭傳出陣陣麵香。
「我們去那棚子裡歇歇腳，左右現在沒什麼風，我們一邊歇腳，一邊看街景。」林舒婉指指那棚子。「我聞著這麵真香，可惜已經吃過早飯，再吃一碗麵也吃不下。不如我們叫一碗，兩個人分著吃？」
畫眉欣然應道：「好啊，婢子的饞蟲也被這香味勾出來了。」
兩人說著走到棚子下，夥計立刻出來迎客。
兩人點了一碗麵，在棚子裡坐下。
這時一輛馬車進入林舒婉的視線，這馬車車軸寬闊，車輪高大，車壁刻著精緻的紋樣，車門、車窗都掛著厚重的靛藍「福」字紋錦簾。
林舒婉也不以為意，只當是哪家達官顯貴的馬車路過。
然而，馬車車廂裡，男人修長的手指撩開靛藍錦簾一角，沈靜的鳳目將棚子裡的景象盡收眼底。

第七章

「麵來嘍！」夥計端了一碗麵上桌，又轉身回麵館裡忙活。

「小姐，這麵真香啊！」畫眉道。

林舒婉看著眼前的麵。「是香，不過我們怎麼分著吃呢？」

「小姐，您等會兒，我去跟店家再要一副碗筷。」

畫眉說完，便起身進了麵館。

街上有些嘈雜，喧鬧的聲音掩蓋住棚頂竹竿因為搖晃而發出的嘎吱聲。

棚子裡，林舒婉獨自一人等著。

那棚子四角用四根粗壯的竹竿撐著，頂上也用竹竿當梁，再鋪上一層稻草，可以遮擋日頭。下雨、下雪時，也可以遮擋雨雪。

這竹棚搭得也算牢固，如果沒什麼特殊情況，是不會出問題的。

可恰巧昨夜下了一夜雪，一夜的積雪覆在棚頂，竹竿撐不住，棚子也開始搖晃。

林舒婉頭一次逛街，正看街景看得起勁，完全沒注意到竹棚已然搖搖欲墜。

啪！

一聲清脆巨響，林舒婉一扭頭，一根支撐頂棚的竹竿竟攔腰截斷，棚頂失去重心，傾覆而下。

林舒婉一驚，猛地站起，拔腿就往棚子外跑，只是兩條腿的速度，自然比不過棚頂墜落的速度。

眼看棚頂就要落下，林舒婉心裡驟涼。她才剛穿越來要過上好日子，就要慘遭變故了嗎？

然而想像中的劇痛沒有出現，眼前閃過一道巨大的陰影。

腰間一緊，天旋地轉。

速度太快，林舒婉看不清眼前的景象，只覺得自己翻滾了好幾圈。

待停下來時，她發現自己趴在地上，確切地說，是趴在一個男人的胸口上。

掌心下就是男人的胸膛，衣料極好，柔軟細膩。隔著衣料，更能感受裡頭裹著的肌肉飽滿硬實。

她竟然逃過了一劫。

林舒婉仰起頭，看見近在咫尺的臉龐，頓時怔了怔。

薛佑琛平躺在地上，地上有不少石子，這麼躺著並不舒服，何況他剛才為了護住林舒婉不讓她受傷，手和小臂多次在地面磨擦，現在應該已經血肉模糊了。

不過，他卻不想起來。

她柔軟的身子壓著他，隔著冬衣也能感覺到她玲瓏有致的身段。

他在她的頭頂深深吸了口氣，竟有幽幽髮香。
冬日寒冷，他竟覺得有些熱了。
溫香軟玉在懷，地上的石子硌人又算什麼？放在她腰上的手，竟也捨不得鬆開。
「侯爺？」
他回過神，一低頭，看見她瞪大的水眸。
「嗯。」他喉結滾了滾，低沈的嗓音應了一聲。
林舒婉手腳並用，從薛佑琛身上爬起來。
懷裡頓時一空，他才一個躍身從地上站起來。
這時畫眉和那麵館的夥計跑了過來。畫眉急得眼圈都快紅了，仔細確認林舒婉有沒有受傷。
「這位小娘子沒事吧？」夥計著急地道。
「我沒事，是這位……」林舒婉本想說這位南陽侯，但話說到一半就停住了。
上次衛得遠當著她的面，稱呼薛佑琛為「爺」，而不是「侯爺」，可見薛佑琛不想讓太多人知道自己的身分，那她也不必點破。
她改口道：「這位爺救了我。」
「那就好、那就好，虧得沒事，要不然我這麵館可就作孽了。」店家道。
這時一個人從旁邊的馬車上下來，正是薛佑琛的小廝雲信。

雲信小跑著過來，看清眼前的情景後，默默站在一邊當隱形人。

林舒婉走到薛佑琛面前，真心道謝。「謝謝你救了我，要不然我真不知道會怎麼樣。」

「不客氣。」

薛佑琛說罷，從懷中取出一瓶藥遞給她。「這是外傷藥，我雙手都受了傷，自己上藥不太方便，若妳願意，可否幫個忙？」

林舒婉接下傷藥。「當然可以。」

聽林舒婉答應，薛佑琛心中欣喜，他指了下倒塌的竹棚道：「這裡雜亂，我的馬車就在旁邊，不如去車上？」

林舒婉看了眼路邊停著的高大馬車，點頭道：「好。」

雲信站在旁邊，將兩人的對話聽進耳裡，心中腹誹。什麼叫自己上藥不方便，難道他這個小廝不能幫忙？

可心中質疑，也不能宣之於口，他默默跟在薛佑琛身後。

在薛佑琛和雲信身後兩步外，林舒婉和畫眉並肩跟在他們後面。

畫眉在林舒婉耳邊小聲嘀咕。「那人是男子，上他的馬車……」

林舒婉小聲回答：「他們有兩個人，我們也有兩個人，又不是孤男寡女，算不得逾越。再說我又不是高門大院的貴女，只是個普通百姓，誰管這個？」

畫眉又道：「那男子要您幫他上藥，這種伺候人的活兒，怎能讓您做，還不如婢子替……」

林舒婉搖搖頭。「他剛剛救了我，我心存感激，幫他上藥是應該的，有什麼好忸怩的？若是讓妳去，如此託大，實在不妥。」

林舒婉見畫眉咬著唇，欲言又止，便問道：「畫眉，妳究竟怎麼了？」

「沒什麼，就是、就是他雖然救了小姐，但我們卻不認識他，也不知道他是不是個好人，這樣貿然上他的馬車，心裡覺得慌。」畫眉道。

「哦，妳說這個啊，我認識他的。」

「真的？他是誰啊？」

林舒婉朝前瞥了一眼，確認前面的人聽不見她和畫眉說話，才湊到畫眉耳邊，用極輕的聲音道：「南陽侯。」

畫眉驚訝地張大嘴，正要驚呼，林舒婉連忙扯了下她的袖子，在她耳邊接著道：「噓，小聲些，他不知道我的身分，妳謹慎些，別露餡兒了。」

畫眉趕緊用雙手捂住嘴，小雞啄米似地點頭。「欸、欸，婢子記住了。」

兩人相繼上了薛佑琛的馬車。

馬車十分寬敞，就是坐四個人也不顯得擁擠。

「林小娘子請坐。」薛佑琛道。

林舒婉找了個軟凳坐下，薛佑琛則坐到她的對面，兩人之間隔了一張茶几。

薛佑琛把雙手擱到茶几上，林舒婉看了看他的手。
男人的手很大，手指修長，可雙手手背都被粗糙的地面磨破了皮，整個手背幾乎找不到一塊好皮，滲著血，還有沙礫嵌在裡面。
林舒婉看著心驚，這有多疼？
她抬眸看薛佑琛，見他眉眼沒什麼變化，彷彿受傷的不是他。
林舒婉既是感激，又是歉意。「抱歉。」
軟軟的聲音像羽毛般劃過薛佑琛的心。
「無礙，只是皮肉傷。」薛佑琛的聲音越發低沈。「有勞了。」
茶几上多了一盆清水和一塊帕子，是雲信端上來的。
林舒婉用帕子沾了清水，一手用指尖壓住薛佑琛的手作為支撐，另一隻手握著帕子，清理他手背上的傷口。
指尖相觸的一瞬，薛佑琛一頓。
大約因為天氣冷，她的指尖也帶著涼意，滑膩而冰冷，讓他身子的燥熱得到緩解。
薛佑琛垂下眸，壓下心中熱意。
再抬眼，仔細看著林舒婉的臉。她垂眸，正認真地看著他的手。白皙的肌膚比外頭的積雪還要無瑕，兩頰的紅潤比春日的桃花更粉嫩。
一顆石子落到他萬年不見波瀾的心湖。

心跳加速的感覺又來了，薛佑琛在心裡嘆口氣。

林舒婉幫他清理好傷口，給他的手背上了藥。「侯爺，藥上好了。」

「小臂上還有一些傷。」薛佑琛捲起袖口。

廣袖被挽起三寸，露出一截小臂。

男人的手臂粗壯結實，蜜色的肌肉曲線十分明顯。

雖手臂也受了傷，不過和手背相比要好很多。大概因為有衣袖的保護，只有幾條淺淺的刮痕。

林舒婉沒有二話，同樣用帕子清理傷處，上了藥。

「好了。」林舒婉道：「皮膚擦傷挺嚴重的，尤其是手背，幸好你有帶傷藥，可以及時止血。」

「在回京城前，我一直在邊關戍守，有隨身帶藥的習慣，如今回京，習慣改不了。」薛佑琛說著把袖子放下。「多謝。」

「不用謝我，上藥而已，倒是我該謝謝你救了我。」林舒婉道。

今日他救了她，免她受劫，是個大恩情，他日她得想法子回報。不過他身為南陽侯，位高權重，應該也沒有什麼地方需要她幫忙的。來日方長，此事也只能以後再說。

林舒婉感謝的話說得真心實意，薛佑琛心裡有些不是滋味，看著她的杏眼，發現她眼裡只有赤誠的感激。

「今兒也巧了，辛虧你經過。」林舒婉道。

「南陽侯府就在附近，這禾澤街是我出入的必經之地。」薛佑琛道：「方才是我散朝後準備回府，途經禾澤街時恰好看到妳。」

「原來是這樣。」原來她住的地方在南陽侯府附近，難怪上次也在禾澤街碰到他。

她被休出南陽侯府時是昏迷著的，不知道自己的住處離南陽侯府是遠還是近。原主嫁進南陽侯府三年，在侯府裡生活艱難，也不知道侯府附近的街名。

「侯爺公務繁忙，我也不敢多耽擱了。」林舒婉打算告辭。

「接著逛街市？」薛佑琛問。

「今日不逛了。」林舒婉道：「要不是侯爺，我就要被竹棚壓頂了，這會兒先回去休息，一會兒還要去織雲繡坊。」

「林小娘子方才受驚，左右已經在馬車上了，便由我送妳回去吧，也免得妳走雪地。」薛佑琛道。

林舒婉想想自己剛才嚇得腿軟，雪地又確實有點難走，這裡離她住的地方也不遠，便點頭應下。

街上人多，雪地鬆軟，車輪便駛得慢，車廂慢悠悠地一搖一晃。

林舒婉默默坐在車廂裡，薛佑琛也不說話，只偶爾將目光往林舒婉的方向一掃，看她一眼再收回目光。

過沒多久，馬車就駛到林舒婉家門口。
林舒婉和薛佑琛道別，帶著畫眉下了馬車。
兩人剛走到門口，就聽到身後傳來急促的腳步聲。
「林小娘子留步。」
林舒婉轉身，就見薛佑琛立在她面前。
他身形高大，她視野所及都是他健碩的身子。
「這個妳拿著暖手。」
薛佑琛手裡捧著一個暖爐，往林舒婉手裡一塞。「這是我馬車上備著的，我通常不怎麼用。林小娘子手涼，用它正合適。」
林舒婉低頭看了一眼手裡的暖爐。暖爐小巧精緻，上面雕了折枝玉蘭的圖樣，捧在手裡，立刻傳來一陣暖融之意。
不過，她剛剛才麻煩人家送到家門口，這會兒又要送她暖爐，實在不好意思。
「這怎麼……」
推辭的話還沒有說出口，薛佑琛已轉過身，走向馬車。
林舒婉向前小跑兩步，終是追不上他。
薛佑琛跨上馬車，車輪緩緩滾動起來。
車廂裡，薛佑琛挑開車簾一角，看著站定在馬車邊的林舒婉，凌厲冷峻的眉眼瞬間泛起柔和之意。

林舒婉和畫眉進了屋。

「婢子給小姐倒杯茶，小姐壓壓驚。」畫眉拿起桌上的茶壺倒了杯茶，遞給林舒婉。

「還好南陽侯救下小姐。對了，您說和南陽侯認識，您和南陽侯很熟悉嗎？」

林舒婉接過茶杯，啜了一口。「見過幾次，說不上熟悉。我知道他是誰，他不知道我是誰。怎麼了？」

畫眉咬了下唇。「也不知道婢子是不是看錯了，在馬車車廂裡，南陽侯看了您好幾眼，喔，您在給他上藥的時候，他也盯著您看。婢子覺得南陽侯似乎對小姐……有那種心思。」

林舒婉微怔，朝桌上的手爐瞟了一眼，腦子裡迅速閃過在地上翻滾時，那個結實的胸膛。

「小姐，旁觀者清，婢子越想越覺得南陽侯看您的眼神透著不一般。」畫眉說道：「那您對南陽侯有沒有……」

林舒婉擱下茶杯，正色道：「畫眉，不可能的事，何必費神？一個是侯門權貴，一個是市井婦人，再說我之前的身分還是南陽侯府的棄婦，哪裡可能？」

倒不是她妄自菲薄，而是這個時代本就講究身分和門第，她也從未想過改變這個時代，更不要說投入什麼感情。

「話說回來，」林舒婉道：「南陽侯看著冰冷，其實也是個仁慈的，剛才又出手救我，妳猜得對也好，錯也罷，不管如何，我總是心存感激。」

「小姐，婢子懂了。」

林舒婉拿起茶杯，想了會兒。「剛被休出南陽侯府時，我們幾乎活不下去，好不容易日子越來越順，我只想好好地過生活。」

她唇角上翹，微笑道：「如今我已是織雲繡坊的東家，織雲繡坊要擴張，正是可以大展拳腳的時候。南陽侯府也好、林相府也罷，是達官顯貴之所在，也是複雜之地，現在我不想同他們扯上關係，也不想因為別的事情，攪亂我們的日子。」

畫眉點點頭。「小姐，婢子明白了。」

第二日清晨，林舒婉像往常一樣收拾妥當，同畫眉道別，準備出門去繡坊。

誰知才剛拉開院門，就看見門口停著一輛馬車。這馬車眼熟得很，正是昨日薛佑琛送她回來的馬車。

林舒婉心裡覺得奇怪，薛佑琛的馬車為什麼會停在她家門口？

這時，馬車門簾被掀開，高大的身影出現在門口，接著長腿一跨，下了馬車。

「侯爺？」林舒婉訝異道：「你怎麼在這裡？」

薛佑琛大步流星，來到林舒婉面前。「我散朝後，就到這裡來尋妳。」

「你在等我？」林舒婉問。

「早朝散得早，怕貿然敲門太過唐突，便在門口候了一會兒。」薛佑琛低頭，見面前的佳人一雙秋水般的眸子怔怔地看著自己，裡頭露出驚訝之色，他便覺得不枉此行。

「讓侯爺久等了。」林舒婉道。

「也沒有多久。」

「你來找我有什麼事嗎？」林舒婉問。

「昨日在禾澤街上，妳走得匆忙，在那麵館落了一些東西。」薛佑琛道：「我給妳送來了。」

昨天林舒婉和畫眉在街上採買了不少年貨，後來她們提著東西去了麵館，之後竹棚倒塌，這些年貨便也不見了。

林舒婉想著這些東西應該是丟了，沒想到竟失而復得。

「這些東西都被壓在竹棚下，你是怎麼拿到的？」林舒婉好奇地問。

「麵館的人在清理竹棚時發現的，我正巧路過看到，就帶了過來。」薛佑琛道。

「這麼巧啊！」林舒婉道。

「嗯。」他沒有告訴她，在竹棚倒塌前，他親眼見到她們提著許多東西，進了竹棚。事後，他特地去了一趟麵館，尋到她落下的東西。

哪裡總有那麼巧？

「雲信，」薛佑琛吩咐。「把東西都給林小娘子送進院子裡。」

「是，侯爺。」

雲信雙手提著許多東西，從馬車上下來，送進院門。

畫眉聽到動靜，連忙從屋裡出來，接過雲信手裡的年貨。

她拿著東西往屋裡走，走到一半回頭，看向門口的林舒婉和薛佑琛，見兩人一個高大威嚴，一個窈窕動人，站在一起，好似一幅畫。

她不由嘆了口氣。

「煩勞侯爺跑這一趟。」林舒婉道。

薛佑琛道：「對了，老周已經把羊毛衣衫的製作方法和流水線的法子帶到邊關了。」

「這麼快？」

「事關戰局，自然越快越好，一路上跑壞了好幾匹馬。」薛佑琛道：「老周已用飛鴿傳書，將羊毛衣衫的製作情況告訴我了。妳有沒有興趣知道詳情？」

林舒婉蛾眉微挑，笑道：「我當然想知道。」

薛佑琛的唇角幾不可見地微微上勾。「林小娘子這是要去繡坊？」

「是啊。」林舒婉應道。

「門口也不是說話的地方，今兒天氣晴好，我現在得空，不如我送妳一程，我們邊走邊說？」薛佑琛道。

林舒婉思考了一瞬，便應了下來。

這兩項技術在這個時代應用得如何，她十分好奇。

而薛佑琛說得沒錯，門口不是說話的地方，可他一個男人，請他進家門，在這個時代也是不合規矩的。

薛佑琛的提議考慮得十分周全。

「走吧。」薛佑琛道。

兩人並肩走在織雲巷。

「老周到了邊關後，將未出戰的將士們安排到一家大院中。那大院極大，原屬於當地一個富紳，後來起了戰事，富紳往南逃了，那大院便空著，正好用來製作羊毛衣衫。」

薛佑琛的聲音很低沈，這般緩緩道來，分外好聽。

「邊關雖在打仗，但有將士們保護，老周還是從北狄牧民那裡以極低的價格買到了羊毛。」薛佑琛接著道。

「北狄牧民願意賣給大周將士？」林舒婉問。

「將士們都喬裝打扮成普通大周人，就算沒有喬裝，北狄牧民也會願意賣的。邊關打仗，兩國幾乎斷了生意往來，再加上天氣寒冷，北狄牧民的日子也不好過，只要能掙到錢，大部分牧民都願意賣，況且北狄人也不知道羊毛的用處。」薛佑琛道。

「打仗受苦的總是普通百姓，哪兒都一樣。」林舒婉唏嘘道。

「嗯。」

「那羊毛衣衫是不是用流水線的法子製的？」

「已經按照妳寫的流水線說明，將羊毛衫的製作步驟分成幾十道工序。」薛佑琛接著道：「老周給我飛鴿傳書的時候，才剛開始製羊毛衣衫，到底製得如何，還要等他下一次給我傳信。」

織雲巷不比禾澤街，是一條幽靜的巷子，兩人並肩而行，低聲說話，也能聽得很清楚。

突然，林舒婉臉頰一涼，緊接著，額上又是一涼。

她抬起頭，天空中竟飄起毛毛細雨。

「下雨了，」林舒婉道：「本來還說今天比昨天暖和得多，還以為是個好天氣，沒想到下了雨，幸虧雨不大。侯爺，你不用送我了，我這就跑去繡坊，你也快回馬車吧。」

說罷，林舒婉朝薛佑琛擺了下手，提起裙襬就要往前跑。

跑沒兩步，這綿綿冬雨突然變大，啪嗒啪嗒直往下掉。轉瞬間，小雨變成大雨，雨水連珠成線，直往人身上落。

林舒婉的臉上已是濕漉漉一片。

她抹了把臉，暗道一聲「晦氣」，加快腳步往織雲繡坊的方向跑。

突然，一個高大的身影擋在她面前。

「披在身上，」薛佑琛道：「快些。」

林舒婉低頭一看，是薛佑琛剛剛還穿在身上的裘皮大氅，不知什麼時候，被他脫下拿在手裡。

「這裘皮大氅不怕水，披在身上擋雨，臘月裡淋雨會得傷寒。」薛佑琛催促道。

「那你……」林舒婉遲疑了一瞬，抬頭看到他深邃的眸子凝視著自己。

「左右沒有多少路，我送妳到繡坊門口，妳再把大氅還我就是。」薛佑琛道：「快些披上。」

「好。」林舒婉不再猶豫，接過大氅往自己身上一披，雙手交握住披風的對襟，把自己從頭到腳緊緊裹住。

大氅把她和外面的雨簾隔開，她頓時渾身一暖。

她扭頭。「快走吧。」

裘皮大氅裹得緊，林舒婉兩側的視線受到遮擋，她看不到旁邊的薛佑琛，只能看到他玄色皂靴錯落地行走在青石板路上，激起水珠飛濺。

他的步子很穩、很大，頻率卻不快，林舒婉明白他是故意放慢步調候她。

兩人走了一會兒，就到了繡坊門口。

薛佑琛髮髻全濕，玉冠上滴滴答答地淌著水，水滴從額頭滴到劍眉，將眉毛全打濕，鬢角的髮絲也黏在耳前。

林舒婉解下大氅，遞給薛佑琛。「多謝。」

薛佑琛將大氅展開，甩到自己背上。「那我走了。妳快些進去，外頭冷。」

林舒婉點頭，推開院門。

她扭過頭，見薛佑琛正在不遠處，隔著雨簾望著她，看到她轉頭看他，他微微頷首。

林舒婉也朝他點了下頭，回過身，進了繡坊。

一踏進繡坊門檻，郝婆婆便過來招呼她。

「林小娘子來了啊！外頭下雨，妳身上有些濕，要不要換身衣裳？免得著涼可就不好了。」

「可不是，這臘月裡天氣冷，林小娘子還是換身衣裳吧。」綠珠走過來，應和道：「林小娘子，妳在繡坊裡有備用的衣衫嗎？若是沒有，就穿我的，我在繡坊裡備了衣衫。我跟林小娘子的身量差不多，林小娘子應該可以穿。」

「是啊。」郝婆婆道：「林小娘子，妳就換上綠珠的衣衫吧，免得受涼。還有啊，董大娘在找妳，她讓妳來了就去找她，妳換好衣衫記得去董大娘那裡。」

「好。」林舒婉應道：「綠珠，謝謝妳了。」

綠珠笑道：「不謝、不謝，林小娘子可是大夥兒的財星，客氣什麼？」

林舒婉換上綠珠的衣衫，上了二樓找董大娘。

「董大娘，郝婆婆說妳找我？」林舒婉道。

「是啊，快來看看。」董大娘拉著林舒婉進屋，指著桌上攤開的宣紙。「舒婉，這是我寫的告示，妳看看如何？」
林舒婉走過去，指著標題唸道：「招繡娘？」
「是啊。」董大娘道：「昨兒又接了不少訂單，眼見繡娘就要忙不過來，我打算今兒就開始找繡娘。這不，我一早就寫了布告，妳看看有什麼問題？」
林舒婉掃了一遍布告，布告上的內容和當初招帳房的幾乎一樣，就是把帳房兩個字改成了繡娘。
「董大娘，」林舒婉道：「這布告沒什麼問題，不過我想再寫一張細節，到時候貼在這張布告旁邊。」
「自然可以，妳現在也是繡坊的東家，不用這般客氣。」董大娘道：「妳是不是有什麼新鮮法子？」
「有一些。」林舒婉道：「借一借董大娘的筆墨。」
「都在案上呢。」董大娘道。
林舒婉選了枝筆，開始寫起來，沒多久便寫好了。
董大娘探過身，唸道：「繡娘若是完成的繡活多，會有額外的獎勵。完成得越多，獎勵得越多，年底還另有獎賞……每個月都有額定的日子沐休，不用告假……除了招繡娘外，還要招幾個擅繡工、專門檢查的繡娘，保證每件繡活都沒有差錯……」
林舒婉一臉笑咪咪。

「這些妳董大娘以前沒聽說過，看著對繡娘頗好。」

「對繡娘好，對繡坊也好。」林舒婉笑道。因為家裡的關係，她前世對經營生意有不少了解，這會兒正好可以拿來用。

「好，舒婉，妳的法子總是不會錯的。」董大娘信任地道。

董大娘找了個繡娘，把招人的布告和林舒婉寫的細節一塊兒貼在院子門口。

東方泛白，又是新的一天。

清晨，林舒婉準備出門去織雲繡坊，一打開院門，竟和昨天一樣，門口停了輛馬車。

這馬車林舒婉早已認識，正是薛佑琛的馬車。

林舒婉微怔。

在她愣神之際，薛佑琛已下了馬車，大步朝她走來。

「侯爺？」林舒婉有些驚訝。

他怎地又來了？

「我下朝了。」說話間，薛佑琛高大的身軀已站在她面前。

林舒婉不禁抿了下唇。

他下朝了，該回的是南陽侯府吧？

「侯爺，今日到訪是為了……」她問道。

「自然是有事來找林小娘子。」薛佑琛正色道：「有兩件事。」

林舒婉聞言，不禁脫口問：「兩件事？」

「嗯。」薛佑琛頷首，深邃的雙眸閃爍了幾下。

「是哪兩件事？」林舒婉問。

「一件是關於羊毛衣衫的，今日一早，我又收到老周的飛鴿傳書，想著林小娘子一直都想知道羊毛衣衫的製作情況，所以前來告知。」薛佑琛道。

「這倒是煩勞侯爺親自跑一趟。其實如果羊毛衫的製作沒出什麼岔子，侯爺不用一收到信就告訴我情況，能隔一段時間告訴我就很好了。」林舒婉道。她不是軍中或朝中要員，不需要那麼及時的情報。

薛佑琛垂了下眸，沒有回答，卻說道：「這只是一件事。」

「那另一件事呢？」林舒婉問道。

「現在我得空，不知道林小娘子是否有空？」薛佑琛問道。

林舒婉蛾眉輕抬。

「那日我和林小娘子在禾澤街救下一對孩童，那兩個孩童看上去受到不小的驚嚇。也不知道這兩個孩童現在如何？」薛佑琛道：「能碰巧救下他們，也算是緣分。那日見兩個小童對林小娘子頗為親暱，若是林小娘子願意的話，我想請林小娘子同我一起去看望他們。」

薛佑琛望著林舒婉，等著她的回答。

他關心兩個孩童不假，不過以他的身分，只要派個人去問一聲就是，何須親自跑一趟？他親自過來，不過是為了眼前的人兒罷了。

林舒婉聽了薛佑琛的建議，暗自琢磨。

當時她雖然已經安撫好這兩個孩童，但小兒易驚，碰到這樣的事情，容易產生心理陰影。那她就去看看，若是有什麼也可以幫忙；若是沒有需要幫忙的，那說明兩個孩童沒事，自是再好不過。

左右就在織雲巷和禾澤街的交界口，她就先去看望這兩個孩童，再去織雲繡坊。

這麼想著，林舒婉便應下。「我這會兒有空，一起去看看吧。」

薛佑琛靜如湖水的眸子閃過一絲喜色，轉瞬又消散不見。

「走吧。」林舒婉道。

「稍等。」

薛佑琛說完就返身回了馬車。

須臾，他從馬車上下來，手裡拿了一串竹編玩偶，都是小兒喜歡玩的。

林舒婉嫣然笑道：「侯爺是有備而來啊。」

薛佑琛劍眉微挑。「我也是跟林小娘子學的。」

「走吧，羊毛衣衫的事情，我同妳邊走邊說。」薛佑琛拎著一串玩偶，提步向前。

幽靜的織雲巷往來行人不多，只偶有三三兩兩的人走過。

兩人並肩走在巷中，一步步踩在石板路上，發出有節奏的腳步聲。

「羊毛衫製作很順利，」薛佑琛道：「製作流程分成幾十個步驟，每個人只需要完成一個小步驟。有些步驟必須在前一個完成後才能繼續，而有些步驟則可以同步進行。因此，第一批羊毛衫一天就製作出來了。」

「正是這個理。」林舒婉道：「第一批做出來的羊毛衫怎麼樣？」

「將士們比不得繡娘們手巧，而且剛剛開始學會製作羊毛衣衫，做出來的羊毛衫沒有織雲繡坊的好。不過這也無妨，只要保暖就行。」薛佑琛道：「邊關的將士們也不會在意這羊毛衣衫是否好看。」

「只要保暖就可以了。」林舒婉點點頭。「而且每人只負責一小步驟，相信將士們很快就會熟悉自己的步驟，以後就會做得又快又好。」

兩人說了幾句話，就走到了織雲巷和禾澤街路口。

林舒婉一看，這路口的雜貨鋪今天竟然紅燈籠高懸，鋪子的幾處還貼了「喜」字，看來是要辦喜事。

兩人走進雜貨鋪，上前詢問。

看管雜貨鋪的是那兩個孩童的娘，也就是那一對妯娌，兩人一見到林舒婉和薛佑琛，便立刻放下手中的活計，迎了出來。

「原來是兩位恩人啊，快進來坐坐！」兩妯娌中年紀小的說道。

年紀大的也道：「是啊，進來坐！」

林舒婉和薛佑琛便被妯娌倆迎進屋子。

「我們今日來是想看望兩個孩子的。」林舒婉笑道。

「哦，壯生和鐵娃啊，他們在後頭玩呢，你們先坐會兒，我去喊他們。」年紀小的婦人說完，便樂呵呵地離開，去喊兩個孩童。

年紀大的婦人則留在鋪子裡，一邊看鋪子，一邊陪林舒婉和薛佑琛。

林舒婉指著門口的喜字，問道：「你們家近日在辦喜事呀？」

那年紀大些的婦人道：「不是近日，是今日。今天啊，我們小姑子出嫁。我們兩人大清早就到鋪子裡，幫這些在曬的果脯翻個身，要不然賣相壞了就賣不掉了。弄好後，就要打烊回去幫忙。」

「原來今天妳們家辦喜事呀！」林舒婉道：「那我們來得巧，還可以沾沾喜氣。」

「賢伉儷才是貴人、是福星，我們壯生和鐵娃都是因為碰到你們才保住小命的！」

聽到「賢伉儷」二字，薛佑琛劍眉微微上揚，喉結也滾了滾。鳳眸垂下，掩去其中歡喜。

他沒有辯駁，認為同不熟識的人辯駁沒有什麼意義。

他沈默著，卻聽林舒婉的聲音在耳邊響起。

「呵呵，這是誤會，我們不是夫妻。」林舒婉道。

那婦人一愣，頓時臉上泛紅。

聽林舒婉這麼說，她才意識到面前的兩人，一個衣著華貴，一個衣著普通，顯然不是一家的。

之前她只是看兩人男的俊朗、女的嬌美，就誤以為他們是夫妻，沒想到竟鬧出烏龍。

婦人面色尷尬。「喔、喔，是我弄錯了，兩位勿怪。」

「無妨的，誤會而已。」林舒婉道。

婦人見林舒婉落落大方，倒也安下心來。

薛佑琛面上線條卻是緊繃，看著只是嚴肅冷淡，實際心裡卻是別有滋味。

林舒婉和那婦人正說著話，突然聽到孩童清脆稚嫩的聲音。她轉頭一看，正是那兩個被他們救下的孩童。

兩個孩童沒了那日被嚇呆的模樣，臉上笑容燦爛。

他們看到林舒婉，立刻喊道：「姨姨，我娘說妳是來看我們的！」

林舒婉見這兩個孩子模樣伶俐，目光澄澈靈動，便安下心來。孩童天真，這副活潑健康的樣子不會有假，看來沒留下什麼心理陰影。

「是啊，我來看看你們。」林舒婉笑道。

林舒婉受到兩個孩童的熱情對待，相較之下，薛佑琛就受到了冷遇。

薛佑琛輕咳一聲，說道：「我帶了些竹編玩偶給你們玩。」

兩個孩童站在林舒婉身邊，眨巴著眼朝薛佑琛看去。

兩雙烏溜溜的小眼睛看著薛佑琛手裡的竹編玩偶，眼裡都寫著「真喜歡，真想玩，真想要」。

他們盯著玩偶看了一會兒，又去看薛佑琛，只一眼，又連忙往林舒婉的方向靠。

看到這情景，林舒婉不由失笑。

薛佑琛在邊關戍邊三年，身上總是帶著股軍人才有的凌厲，且他本身還是個嚴肅清冷的性子，不討小孩喜歡也是自然。

薛佑琛無奈地把手裡提著的一串玩偶遞給林舒婉。

林舒婉接過玩偶。「喜不喜歡呀？」

「喜歡。」

「是那叔叔買給你們的，你們拿去玩吧。」林舒婉笑道。

兩個孩童這才歡天喜地地接過玩偶。

「還要兩位破費，真是太不好意思了。」旁邊的婦人和那兩個孩童道：「壯生、鐵娃，還不說謝謝？」

兩個孩童甜甜地對林舒婉道：「謝謝姨姨。」

說完又站定，小心翼翼地看著薛佑琛。「謝謝叔叔。」

「嗯。」薛佑琛還是一副硬邦邦的模樣。「不必客氣。」

同兩婦人和孩童道了別，林舒婉和薛佑琛離開了雜貨鋪。

兩人又並肩往回走。

薛佑琛轉頭，但見林舒婉白皙的肌膚中透著健康的紅暈，腦中想起剛才雜貨鋪那婦人的一句「賢伉儷」，喉結不由微動。

他轉回頭，垂下鳳眸，緩緩道：「據我所知，林小娘子的亡夫已故去多年。」他行事果斷，不喜拖泥帶水，既然心意已經明確，那該說的就要說，不必拖拖拉拉。

林舒婉一怔，不由轉頭看他。

似乎感受到林舒婉的視線，薛佑琛也看向她。

林舒婉便見一雙修長的鳳眸凝視著她，深邃得好似要把人吸進去。

男人低沈的嗓音帶著一絲溫柔，格外動聽。「不知林小娘子……」

話未完，恰巧一陣「啪啦」的鞭炮聲，將薛佑琛最後一句「有沒有再嫁的打算」掩沒。

「是那家雜貨鋪子在放鞭炮。」林舒婉轉過身指著剛才離開的雜貨鋪。「他們家裡今天辦喜事，在自家鋪子門口也放個鞭炮，喜慶喜慶。」

「嗯。」薛佑琛也轉過身，遠遠望著那雜貨鋪。

窗上貼了一對「喜」字，分外顯眼。兩個婦人面帶笑容站在門口，一串炮仗在地上炸得震天響。

一串鞭炮燃完，一個婦人又燃了另一串鞭炮，震耳欲聾。

林舒婉捂著耳朵，對薛佑琛道：「侯爺，我們繼續走吧。」

「嗯。」薛佑琛頷首。

兩人又轉回身，繼續往前走。

薛佑琛偏過頭，見林舒婉雙手捂著耳朵，心中嘆氣。

剛才他說的話被鞭炮聲蓋住，她定然沒有聽到。現在她又捂著耳朵，他再說什麼，她又如何能聽到？

看來要再找時機了。

鞭炮聲終於結束，織雲巷又歸於寧靜，兩人也走到了織雲繡坊的院門。

見林舒婉把捂著耳朵的手放下，薛佑琛心道，現在鞭炮聲已停，她又迎面對著自己，正是說話的好時機。院門就在眼前，若此時不說，她進了繡坊，又會錯過了。

薛佑琛終於又開口。

「林小娘子。」

「侯爺？」

「妳有沒有再嫁的打算？」

林舒婉一怔，隨即淺淺一笑。「沒有。」

古代的男人多會納妾，去青樓喝花酒也是光明正大的風流韻事，她對這個時代的男人和婚姻，沒有太多期待。

她不想與人共事一夫，也不想一輩子困在內宅中，因此嫁給這個時代的男人，她完全沒有想過。

薛佑齡看著林舒婉風輕雲淡的淺笑，眸光一黯。

林舒婉指指繡坊的院門。「繡坊到了，我這就進去了。」她朝薛佑琛擺擺手，推開院門。

薛佑琛垂下鳳眼。「好。」

第八章

林舒婉跨進繡坊大院，便徑直步入大堂。

一進大堂，就見許多陌生的繡娘坐在繡架前做繡活。

林舒婉一眼看過去，她們都在繡同樣的花樣：一朵牡丹花。

「郝婆婆，」林舒婉走到郝婆婆旁邊。「這些都是想來我們繡坊當繡娘的嗎？」

「可不是？」郝婆婆笑道：「招人的布告一貼出去，就有人看到，很快就傳出去了。妳寫的那些細節，是大家沒聽說過的，也是別家都沒有的。京城裡不少繡娘聽說後都覺得好，就趕過來試試。」

「重賞之下必有勇夫，我們開的條件好，繡娘們自然都會想來。」林舒婉道。

「是啊，我們繡坊有御賜招牌，也算是有些名聲。再加上條件開得好，繡娘們自然想過來。」郝婆婆湊近她，壓低聲音。「這裡還有幾個是錦月繡坊過來的。錦月繡坊是京城最大的繡坊，繡工是出了名的好，連宮裡的娘娘們都會在錦月繡坊訂製衣裳呢。」

「她們怎麼都在繡牡丹花？」林舒婉問道。

「因為想到我們繡坊當繡娘的娘子太多了，我們繡坊招不了那麼多人，所以董大娘讓她們一人繡一朵牡丹，都是一樣的繡樣，誰繡得好，就決定用誰。」郝婆婆解釋道：「牡丹花形繁複，色澤濃豔，是最考驗繡工的。」

「原來如此。」林舒婉不懂繡花，聽了郝婆婆的話，才知原來董大娘用最難繡的牡丹花考校繡娘，用以挑選。

她朝那些繡娘手裡看，針線恍若有了靈魂，上下穿梭極為靈巧，朵朵牡丹在她們手裡緩緩現出豔麗姿容。

林舒婉不禁對古代的女紅讚嘆不已。

冬日暖陽從東方昇起，又是新的一日。

薛佑琛下了朝，坐著馬車，又去了織雲巷。她沒有再嫁的打算，總比已有再嫁之人好。現在沒有，說不準哪天便會有。

馬車在織雲巷緩緩行駛。

平常這個時候，織雲巷應是十分幽靜的，然而此刻，薛佑琛卻聽到一陣嘈雜的吵鬧聲。仔細聽辨，聲音竟來自林舒婉的小院門口。

「秦嬤嬤，妳怎麼又來了？」

「妳這小蹄子怎麼說話的？我可是奉了夫人之命來看妳們的！」

「不稀罕。」

小院中，畫眉睜大圓眼，瞪著秦嬤嬤。

秦嬤嬤嚷起來。「不稀罕？我還不稀罕來呢！脾氣倒挺大，還當妳的主子是林相府的大小姐，還當妳自己是林相府的大丫鬟？呸！」

她從袖袋裡取出幾錠銀子。「夫人說了，現在是冬天，怕妳們餓死、凍死。妳們死了也就死了，別死了還連累相府被人說道。這裡是三兩銀子，拿去吧。」

「妳……」畫眉氣得語塞。

「秦嬤嬤啊，」林舒婉走過來，拿起秦嬤嬤手中的銀錠。「這是給我的？」

「是啊，還是大小姐識抬舉。」秦嬤嬤抽臉冷笑。

「我記得上次跟秦嬤嬤說過，讓老爺、夫人記住他們說的話，我不是林相府的大小姐，也不是林相的女兒。」

說完，林舒婉把幾錠銀子往秦嬤嬤身上砸過去。

「哎喲！」秦嬤嬤吃痛，往後退了一步。

林舒婉冷聲道：「現在還是那句話，我現在不是林相府的大小姐，也不是林相的女兒。」

「這……」

秦嬤嬤噎住，捂著自己發痛的肩膀。她自詡能言善道，現在竟不知道說什麼反駁。

林舒婉沈著聲音，緩緩道：「拿起銀子，離開這裡，日後也莫要讓我看到妳。」

秦嬤嬤見林舒婉立在院子中央，眉眼精緻，泰然自若，那股沈穩大氣，透著上位者的威嚴，彷彿讓她看到當年秀宜郡主的影子。

她咬了下牙根。「好、好，妳們如此不識抬舉，我這就回去告訴老爺和夫人！」

林舒婉頷首。「好好地，把我剛才的話，告訴老爺、夫人。」

秦嬤嬤跺著腳，她想不出應對的話，對林舒婉也心生怯意。畢竟當慣了奴僕，看到主子的氣勢，自然便心生怯意。何況眼前的林舒婉，和當年的秀宜郡主這般相像。

她彎腰撿起地上的銀子，氣呼呼地走了。

「小姐，這婆子欺人太甚，真是氣死婢子了！」畫眉朝秦嬤嬤啐了口唾沫。

林舒婉笑了笑。「以後不用再受她的氣了。不過是個跳梁小丑罷了，生氣的模樣可不好看。」

「小姐說得是，為這樣的人生氣不值得。」畫眉道。

「時辰差不多了，」林舒婉道：「我也該出門了。」

林舒婉和畫眉道別，轉身走出院門。

她腳步一頓。

薛佑琛正站在院門的對面望著她。

轉瞬之際，薛佑琛已經大步走到她面前。

「林相府大小姐？」他問。

「那都是過去的事了。」林舒婉淡淡道：「侯爺今日來是為了何事？」

「老周又有飛鴿傳信來。」

「侯爺，其實我也不需要那麼及時知道消息。」林舒婉道。

「左右我已來了，邊走邊說？」薛佑琛低頭望著林舒婉的眼睛，彷彿想用目光探進她的靈魂深處。

「好。」林舒婉點頭。

兩人踏上織雲巷的石板路，發出「咯吱咯吱」的聲響。

「老周說，今天將士們更熟練也更快了。」薛佑琛道：「第一批製出來的羊毛衫已經送達戰場。」

織雲繡坊很近，兩人說著便到了繡坊門口。

「侯爺，到了。」林舒婉道。

「嗯。」薛佑琛應了一聲，看她推開院門，走進繡坊，再關上院門。

女人的身影被雙福面木門隔離，他的視線盯在門環上，整個人定在那裡，心中卻是驚濤駭浪，五味雜陳。

原來她是林相府的大小姐、秀宜郡主的女兒，是曾經和他訂親的女子。

人海茫茫，兜兜轉轉，他又同她相遇，為她心動，莫非是天定的緣分？

這門親事他自小就知道，原是他的父母和秀宜郡主定下的。後來，他父母早亡，秀宜郡主也不幸亡故，這門親事便不常被人提起。但他總是認的，只待兩人到了年紀，便可完婚。

後來她和薛佑齡私通被人發現，此事一出，她是必定要嫁薛佑齡的。
他作為先前的未婚夫、後來的大伯，身分尷尬，對於她和薛佑齡之間的事，莫說深究，避嫌還恐不及。
她和薛佑齡之間到底是怎麼回事，他自是不知道的。
在她嫁到薛家前，他便奉旨北上，戍邊三年。
他曾經以為，他和她不必在府中相見，也免了相處時的尷尬。
而他回來的時候，她已被休出府去，原因也是私通。是以，他們做了三年的大伯和弟媳，卻是不曾相識。
至於被休的理由……私通？
他以前不認識她，再加上身分尷尬，所以根本沒有在意，更沒有細想。但現在想來，說她私通，他是不信的。
他能有今天的權勢，心智不比常人，對於識人也有自信。
林舒婉目光澄澈，同他相處時大方得體，為人正直，又怎麼可能做出這種事情？
他雖是男子，但後宅中陰私的事很多，他也不是不知道。
薛佑琛一直站在院門口，直到聽見幾個女人的聲音才回過神。
「這前面就是織雲繡坊了？這巷子這麼小啊。」
「別看這巷子小，織雲繡坊是有御賜招牌的，招繡娘的條件好得很，其他繡坊都沒有。

聽說很多繡娘想進織雲繡坊，我們想去，人家還不一定要我們。」

「左右到了，就進去碰碰運氣。」

「是啊，快走。」

薛佑琛在這幾個女子走到織雲繡坊門口前，迅速離開。

回到南陽侯府後，薛佑琛喊來心腹仲子景。

「子景。」薛佑琛坐在偏廳主位。

「是，侯爺。」仲子景道。

「幫我查一個人。」薛佑琛道。

仲子景追隨薛佑琛多年，專司情報一職。不管是在薛佑琛守戍的三年，還是回京後統管軍需的這幾個月，仲子景都為薛佑琛收集了不少情報。

「是。」仲子景拱手道。

「幫我查一查織雲繡坊的帳房林小娘子。」薛佑琛道。

仲子景怔了怔，他為薛佑琛調查過敵軍、收集過軍情，但是查一個女人，卻是從未有過的。

「這林小娘子是林相府的大小姐，」薛佑琛接著道：「查一查她從被發現和薛佑齡有私情開始，一直到現在的所有經歷。」

仲子景按下心中狐疑，拱手應道：「是。」
對於仲子景這樣專門收集情報的人來說，林舒婉的經歷並不難查，當天晚上，他便收集到林舒婉的種種。
「侯爺，這本詩集如今在文人間頗為流傳，雖然詩集上並未寫明著作者，但據世人所傳，這本詩集裡的詩詞都出自織雲繡坊的林小娘子之手。」仲子景道。
薛佑琛接過仲子景遞過來的詩集，隨意翻看起來。
「據說林小娘子被休出南陽侯府後，生計沒有著落，便去織雲繡坊當帳房，這詩集就是在她當帳房不久後，寫在繡樣上的。」
「生計無以著落？」薛佑琛瞇了下眼。
「是的，侯爺。」仲子景抱拳行了軍禮，肯定道。
「那她和薛佑齡被撞破有私情一事？」薛佑琛問。
「也探到了一些消息。林相才華出眾，也喜歡文采好的後生晚輩，他在府中辦酒宴，邀請不少青年才俊。三爺文采好，頗有些名聲，自然也在邀請之列。」
仲子景稟報道：「在酒宴中，三爺因醉酒不適離場休息，不久後，被林家的下人無意中發現，他正和林大小姐共處一室，躺在一張榻上。」
薛佑琛眉心斂了斂。「被下人發現躺在一張榻上？」
「正是。被發現後，兩人都矢口否認，都說自己是冤枉的，是被陷害的。」仲子景道。

薛佑琛鳳眼微微眯起，食指習慣性地在扶手上敲了敲。

這種事情被人親眼看到，喊冤也沒什麼用，旁人不會相信。何況就算真的被人冤枉，女子名節已毀，誰又管妳是不是被陷害的。

仲子景繼續道：「後來在侯府，林大小姐又被人撞破與人私通。經探聽，那時林大小姐面如死灰，不言不語，倒是她的貼身丫鬟一直在旁邊大喊冤枉。」

薛佑琛又敲了敲扶手。

「老夫人屏退眾人，審問了林大小姐，隨後三爺便將林大小姐休出了府。林相府沒有把林大小姐接回府，而是送到織雲巷的小院中。林大小姐生活無以為繼，所以出來做帳房。這本詩集以及羊毛衣衫，都是林大小姐在織雲繡坊所為。」

薛佑琛沈吟片刻，才道：「知道了，你先下去吧。」

仲子景在退開的時候，眼微抬，看了薛佑琛一眼，又迅速收回目光。

他十分疑惑，不知主子為何要調查以前的弟媳，而這弟媳之前還同他有過婚約。

這林小娘子究竟有什麼特別之處？

他默默退出偏廳。

薛佑琛卻沒有離開，而是繼續看詩集。

他一隻手的手指抵住線裝書的書脊，讓書冊展開，另一手擱在扶手上，鳳眸專注地看著書頁。

南陽侯府是功勛世家，薛佑琛身為南陽侯，必須披起盔甲，去邊關戍守。然論文采，他亦是相當出色，看到詩集裡的詞句，便立刻被吸引了。

裡頭道盡女兒家春閨寂寞，思念良人的哀怨和情思。

薛佑琛心中暗道，這些俱是她被休不久後寫的詩，她為何會寫這樣的詩？

他立刻起身，回了疊翠院。

進了院門，小廝雲信便迎上前。

「雲信，我有事問你。」薛佑琛把雲信帶到廂房。「我離開京城這三年，你是否都在府中？」

雲信道：「回侯爺，侯爺離開三年，小的都守在疊翠院，打理疊翠院的大小事務。」

「嗯。」薛佑琛道：「既然你在府裡，可知這三年來三爺和三夫人相處如何？」

雲信愣了愣。「小的聽說三爺和三夫人相處得不是很好。」

「怎麼相處不好？」薛佑琛問道。

「小的聽說不是很親密……至於其他的，」雲信搖搖頭。「小的不是很清楚，小的守在疊翠院，聽濤院的事小的沒怎麼打聽，只是偶爾聽一耳朵，實際怎麼回事就不知道了。」

薛佑琛見雲信說不出個所以然，便擱了下手。

他這個小廝沈默寡言，不惹是生非，當初他也是看上這點，才讓雲信做他的小廝。因此問雲信聽濤院的事，雲信不知道也是常情。

薛佑琛想了想，又道：「去喊蘇嬤嬤過來。」

雲信應了一聲便出去了。

不久後，他把蘇嬤嬤帶進廂房。

蘇嬤嬤原是薛佑琛生母，也就是老侯爺原配身邊的管事嬤嬤，薛佑琛生母亡故後，也一直在侯府當管事嬤嬤。

雖然她如今在侯府的地位，遠遠不如薛佑琛生母在世的時候，但也是個有頭有臉的管事嬤嬤。

「侯爺。」蘇嬤嬤給薛佑琛福身。

薛佑琛坐在榻上一抬手。「蘇嬤嬤起身吧。我今日喊蘇嬤嬤來，是想問問聽濤院的事。」

「是。」蘇嬤嬤半彎著腰，恭恭敬敬地回答。

她以前的主子老夫人已去世多年，如今她還能在侯府有一些體面，全仰仗眼前的南陽侯。若不是現在的老夫人對侯爺有所顧忌，她這個前老夫人跟前的管事嬤嬤，早就不知被排擠到哪裡去了。

侯爺有話要問她，不管是為了侯爺，還是為了自己，她都要知無不言，言無不盡。

「蘇嬤嬤，我不在侯府這三年，三爺和三夫人相處如何？」薛佑琛道。

「三爺和三夫人？」蘇嬤嬤愣了愣，隨後便絞盡腦汁回憶著三爺和三夫人的點點滴滴。

「回侯爺，三爺和三夫人相處得不好。老奴聽說，自從三夫人入了門，三爺就不睡正屋，而是宿在書房裡。」蘇嬤嬤道：「平日三爺對三夫人幾乎不聞不問。三夫人不受寵，聽濤院的下人眼裡便也沒這個主子，聽濤院裡的人除了三夫人的陪嫁丫鬟，沒有誰把她當成正經主子。」

蘇嬤嬤一邊回憶，一邊道：「有一回，老奴看到聽濤院的管事嬤嬤拿了一只金手釧，那管事嬤嬤告訴我這是三夫人賞賜的，三夫人讓她幫忙去府外弄一點好的點心來。老奴聽說，三夫人平日的吃穿用度都被下人們剋扣，想來是因為這樣，才會用金手釧打點管事嬤嬤來換吃的。」

薛佑琛眉心蹙了起來。「三爺不管？」

「這府裡上下，沒有誰從三爺嘴裡聽過三夫人的名字。要是三爺會管，下人們哪敢這麼猖狂？」蘇嬤嬤道：「還有一件事，老奴也不知道真或假，畢竟是人家夫妻間的事……」

薛佑琛問道：「蘇嬤嬤但說無妨。」

「老奴聽說，三夫人在府裡三年，三爺和三夫人從沒有圓房，連元帕都沒有收上來。」蘇嬤嬤道：「雖說這是三爺和三夫人夫妻間的私事，外頭的傳言未必準確，不過聽濤院上上下下那麼多下人，若是三爺和三夫人圓過房，定會被人知曉，而且元帕也必定會交出來。依老奴看，三爺和三夫人怕是真的沒有圓過房。」

聽完蘇嬤嬤的話，薛佑琛心頭震驚，更是震怒。

他強穩心神，忍著心中怒意。「知道了，妳退下吧。」

「是。」蘇嬤嬤福了福身，自己把知道的、聽說的全都交代清楚了，便安心地告退出去。

薛佑琛坐在榻上，太陽穴青筋凸起，周身散發著寒氣。

雲信躲在一邊，大氣不敢喘。

什麼閨怨詩？分明是血淚詞！

哪個女子嫁人後，能受得了三年的不聞不問？丈夫視若無睹，生活受到苛待？

不管出於什麼原因，她嫁到薛家後，對生活也有過期待吧？也希望和丈夫琴瑟和鳴吧？畢竟薛佑齡也是溫潤如玉，一表人才，她也希望能和他一起生活的吧？

誰知等來的卻是夜夜獨守空房，無人相伴。

薛佑齡……好好一個女子嫁給他，就算不是出於自己所願，也不能這般對待她，連生活都困頓，吃穿用度都要靠用財物打點下人，才能改善一二。

三年讓人獨守空閨，蹉跎年華。

薛佑琛快步走出疊翠院，用疾步排解心中憤懣。

「大哥，留步！」

鵝卵石路上，薛佑琛被喊住。

他回頭一看，正是他的好弟弟薛佑齡。

「大哥，」薛佑齡踱步而來，步履優雅。「那日你同我說的果然不錯，除了織雲繡坊外，錦月繡坊也可以買到羊毛衣衫了。今日我已買到，羊毛衣衫果然名不虛傳，柔軟暖和。這織雲繡坊所創的羊毛衣衫，真是造福世人啊。」

薛佑琛眉心一斂，冷聲道：「你可知這羊毛衣衫是何人所創？」

薛佑齡道：「大哥上次就告訴我了，是織雲繡坊的林小娘子。」

「那你可知林小娘子是誰？」薛佑琛問。

「大哥為何要這樣問？」薛佑齡疑惑道：「是織雲繡坊的帳房，寫得一手好詩，文采斐然，聰慧過人。據我所知，她是個寡婦，丈夫已亡故三年。哦，據打探，她現在已是織雲繡坊的東家。」

薛佑琛下巴線條緊繃。「你還在打探她的消息？」

薛佑齡心中暗道，上次他向薛佑琛打探林小娘子的消息，薛佑琛對他多有斥責。雖說他一個男子打探一個寡婦，確實於禮不合，只是他越品味那些詩詞，對林小娘子的敬慕之情便越重。他實在忍不住，才又去打探一番。

薛佑齡心生慚愧，也不為自己辯解，直接承認。「確實如此，佑齡此舉有失妥當了。」

薛佑琛道：「既然知道自己舉止失當就該罰，罰你禁足七日，盡思己過。」

薛佑齡驚訝。「大哥要罰我禁足？」

薛佑琛道：「長兄如父，父親亡故多年，薛家又沒有分家，你行為舉止不妥，德行有虧，我代替父親罰你有何不可？」
「這倒並無不可。」薛佑齡道。只是他沒想到，他打聽了一下林小娘子，薛佑琛就真的罰他。
「還有何事？」薛佑琛問。
「沒有旁的事了。」薛佑齡道。
薛佑齡回到聽濤院後，便自行禁足。此事他理虧在前，薛佑琛是他大哥，的確有資格罰他。左右禁足七天，他不出聽濤院就是。
他在小廳中，拿起一本線裝書隨意翻看。既然不能出去，他這幾日便好好看看書，也可以全心全意溫習功課。
書沒翻幾頁，就聽門口小廝喊他。
「三爺，老夫人來了。」
說話間，薛柳氏的聲音已經傳了進來。「佑齡，娘聽說你被禁足了？」
薛佑齡起身。「娘，您來了。」
薛柳氏帶著心腹袁嬤嬤走進屋。「我聽說你被你大哥罰了，就來看看。究竟是怎麼回事？好端端的，罰你禁足做什麼？」
「沒什麼。」薛佑齡道。
「都禁足了怎麼會沒什麼？究竟是什麼原因？」薛柳氏追問。

「娘，此事您莫要再追問了，大哥罰我也有罰的道理，我禁足便是，也可以趁此機會好好看看書。」薛佑齡道。

「唉，我之前就說過，你大哥回來後，我們娘仨就不得自在了。」薛柳氏道：「要是你大哥沒回來就好了。」

「娘，是我自己舉止不妥，大哥罰得沒有錯。」薛佑齡道。

「你還幫著你大哥說話！」薛柳氏道：「你大哥不在時，我們娘仨是什麼樣的？現在呢，處處要受你大哥箝制，府裡大事要經他過目，小事也受他影響，你和你二哥還被他罰。」

薛柳氏沈著臉。

薛佑琛不在的時候，整個侯府都聽她薛柳氏的，現在她處處都要顧及薛佑琛。然而，薛佑琛是原配所出，和她隔了層肚皮。

薛佑齡搖頭道：「娘，大哥有大哥的道理，再說大哥總是要回來的。」

「唉！」薛柳氏暗嘆一口氣。「罷了、罷了，那你看書吧，我去看看你二哥。」

南陽侯府景蘭院。

「佑璋，你的膝蓋還疼嗎？」薛柳氏關切地問。

薛佑璋半躺在榻上，褲管捲起，露出紅腫的膝蓋。

屋子裡地龍燒得熱，儘管薛佑璋穿得單薄，面色還是因為身上發熱而泛紅。

「疼！跪了三天能不疼嗎？」薛佑璋道：「大哥也不知道從哪裡得來的消息，說我當街縱馬，就讓我去跪祠堂，還一跪跪三天。這哪裡是對待親弟弟，分明是對待仇人！」

「這大冬天的跪三天，你大哥也忒狠心了，也不知道會不會落下病根？」薛柳氏手指撫過薛佑璋的膝蓋。

薛佑璋疼得齜牙咧嘴。「娘，別碰、別碰，還疼著呢！」

「好、好，娘不碰，真是可憐見地。」薛柳氏心疼道。

「娘——」薛佑璋一個二十一、二的男人，拖長了音跟自己的娘撒嬌。

薛柳氏只是不住安慰，誰讓薛佑璋是她千盼萬盼來的頭一個孩子，是她的心頭寶。在薛佑齡出生前，他也是她唯一的孩子，那時她幾乎要把他寵到天上去。

薛佑齡出生後，她雖然也疼愛薛佑齡，但畢竟有兩個孩子分了心，對薛佑齡反而沒有對薛佑璋那般寵得厲害，而薛佑璋早已被嬌寵壞了。

「佑璋，疼在你的膝蓋，也疼在娘的心窩裡。」

丫鬟端了一盆熱水過來，要給薛佑璋擦拭紅腫的膝蓋，薛柳氏拿過帕子道：「我來，妳出去吧。」

薛柳氏用帕子蘸了熱水，給薛佑璋輕敷膝蓋紅腫處。

「嘶！」薛佑璋痛得倒吸了口氣。「娘輕著些。」

「好、好，輕著些。」

薛柳氏咬牙道：「真是豈有此理，你大哥一回來，就在府裡作威作福。我跟你三弟說，你三弟話裡話外的還幫著你大哥。要是你大哥沒回來就好了，我們娘仨也不會像現在這樣。」

「您說的是啊，您說那北狄人為什麼出兵那麼晚呢？要是早上半個月就攻打大周，大哥就要留在邊關打仗了。」薛佑璋嚷道：「這打起仗來刀劍無眼的，說不準大哥就死在那兒了。」

薛佑璋毫不顧忌地接著道：「要是大哥真死在邊關也好，我也不用受一遭罪。對了，我還可以繼承南陽侯的爵位，也可以嘗嘗當侯爺的滋味。」

聽到薛佑璋所言，薛柳氏心裡一驚，立刻左右張望，好在屋裡只有她的心腹裘嬤嬤一人，剛才端盆子的那個丫鬟已經出去。

至於裘嬤嬤，她是信得過的。

「什麼你大哥死啊死的，你這孩子，就是不懂事亂講話，要是被有心人聽去可還得了？」薛柳氏道。

「我就是這麼一說。」薛佑璋道：「大哥命硬得很，又不是我咒他兩句，他就能真死了。這侯爵的爵位我是一輩子不可能的，過過嘴癮還不行嗎？」

「行行行，你以後別說就是了。」薛柳氏好言哄道。

薛柳氏又待了一會兒，才離開景蘭院。

臥房中，裘嬤嬤伺候薛柳氏洗漱、更衣。

「佩如。」薛柳氏道。

「老奴在。」裘嬤嬤應道。

「剛才在景蘭院裡，佑璋的胡言亂語，妳絕不能說出去。」薛柳氏正色道。

「老夫人放心，老奴省得。」裘嬤嬤道：「二爺性子耿直純真，他也就是這麼隨口一說，老奴要是說出去，被人聽去，那可就不得了了。老奴明白，二爺說什麼，老奴一隻耳朵進，另一隻耳朵出，早就不記得了。」

「好，妳是個忠心的。至於佑璋剛才說的話，他雖是無心，我卻覺得有幾分道理。」薛柳氏白皙的臉上突然露出陰狠。

薛佑璋的話像一把鑰匙，將她心裡陰暗角落裡的惡鬼放了出來。

「老夫人的意思是……」裘嬤嬤壓低嗓音，湊到薛柳氏面前。

薛柳氏盯著拔步床的帷幔，眼神陰毒。

「若是他死了，哪有這麼多事？佑璋也是老侯爺的嫡親血脈，為什麼就不能承爵？若是不能承爵，就算是嫡子，分家後也是南陽侯府的旁支，幾代之後，便是南陽侯府嫡支的遠親。」

「老夫人您說得是啊。」裘嬤嬤道。

「佑璋和佑齡都是我身上掉下來的肉，我自是要把最好的東西捧到他們面前。佑璋為長，爵位應該是他的，有佑璋這個親哥哥照應著，佑齡的日子便也不會差了。」薛柳氏道。

「老夫人您拳拳慈母心，二爺、三爺若是知道了，定會十分感動。」裘嬤嬤道。

「不用他們知道。」薛柳氏道：「我是他們的娘親，就由我替他們除去絆腳石。若是有什麼報應，衝我來就是。」

「老夫人，您打算怎麼做？」裘嬤嬤問道。

薛柳氏想了一會兒。「在吃食上作文章？不行，疊翠院有小廚房，他的吃食都是從小廚房出來的，疊翠院防護得滴水不漏，院中有不少是他從軍中帶出來的親信，本領了得。想進小廚房在吃食裡動手腳，談何容易？只怕還未成事，就被抓個現行。」

「侯爺平日經常去德馨書齋處理公務，您不如去書齋給他端些補湯，在補湯裡動手腳。」裘嬤嬤提議道。

「我從未給他送過補湯，若貿然前去，只怕他會心生懷疑。況且他又不是體弱之人，何時吃過什麼補湯？就怕他心生警覺。」薛柳氏搖頭。

「在馬車上動手腳呢？」裘嬤嬤又問。

「妳也不是不知道，他常用的馬車有專人看管，連車夫都是他指派的。」薛柳氏又搖頭。

「佩如蠢鈍，想不出什麼法子了。」裘嬤嬤道。

「不是妳蠢鈍，我兒的障礙要是那麼容易就除去，我又為何直到今日，才下定決心除掉他？」薛柳氏道：「佑璋的膝蓋都腫成了那樣，說什麼當街縱馬？在街上騎馬怎麼了？在街上騎馬的世家子弟又不止他一人，再說又沒出什麼事。」

「可不是？二爺身子金貴，何曾受過這樣的苦？」裘嬤嬤道。

薛柳氏陰沈著臉，想了許久。「一時半會兒也想不出什麼法子。」

「老夫人，總會有法子的。」裘嬤嬤道。

「嗯，也不急於一時。」薛柳氏道：「妳先伺候我休息吧。」

「是。」裘嬤嬤把帕子在溫水裡浸濕、擰乾，再仔細攤開。「老奴先給老夫人淨個面。」

薛柳氏閉著眼任由裘嬤嬤伺候著，心裡發著狠。

她一時沒想出用什麼法子弄死薛佑琛，然而一旦起了這個念頭，她心裡便有一條毒蛇蜿蜒爬行。

夜已深。

薛佑琛站在窗前，手背在身後，抬頭看窗外玉蘭樹梢上掛著的圓月。

明日下了早朝，他再去織雲巷同她好好說一說。告訴她，他的所思所想、所念所求。

另一頭，林舒婉已經洗漱好，正準備睡覺。

「小姐，這次咱們買的銀絲炭真不錯，炭盆裡燒了這麼幾塊，整個屋子都暖和了。」畫眉道：「我再去添幾塊，就夠燒一晚上了。」

「嗯。」林舒婉應道。

畫眉往炭盆裡丟了幾塊銀絲炭，回到林舒婉旁邊，咬了咬唇。「小姐，有幾句話，婢子不問，心裡堵得慌。」

林舒婉笑道：「有什麼話就問，妳我還講究什麼？」

畫眉道：「小姐，婢子看南陽侯是對您起了心思的，今兒早上，他知道您是誰了，您說他是怎麼想的？您又是怎麼想呀？」

林舒婉一笑。「畫眉，我看妳咬嘴唇咬了這麼久，還當是什麼要緊事，原來是因為這個。他怎麼想的，沒什麼打緊。至於我怎麼想的，畫眉，我沒花心思去想這個，繡坊要擴張，我明兒要去看看旁邊的鋪子。」

畫眉眨巴了下眼。

「好了，時辰不早了，早些睡吧。」林舒婉道。

「是。」畫眉點點頭，吹熄了燈，退了出去。

第二日，薛佑琛上朝時，被皇上指派了一項差事。

隴北一帶地形複雜，又曾有北狄人出沒，近日有大批糧草經過隴北，需要薛佑琛親自到場坐鎮，指揮軍隊，保護糧草通過隴北地帶，直到抵達前方寬闊之地。

皇上將任務指派給薛佑琛，讓他馬上出發，抵達隴北駐軍所在。

散朝後，薛佑琛便立刻回府集結手下，包括衛得遠和仲子景等人。

另一頭，薛柳氏正在用早膳，裘嬤嬤經通報後走了進來。

「佩如，一把年紀了，怎地還風風火火的？」薛柳氏道。

「老夫人，侯爺要離京了。」裘嬤嬤道。

「什麼？」

薛柳氏驚訝，對左右伺候的婆子、丫鬟使了個眼色。「妳們都下去吧。」

下人們紛紛退下，小廳中只餘薛柳氏和裘嬤嬤。

「老夫人，皇上指派了任務，要侯爺北上坐鎮指揮，幾日後再回來。」裘嬤嬤道。

薛柳氏心裡失望，幾日後還是會回來的。

裘嬤嬤道：「這會兒侯爺正命人收拾行裝，命廚房製作乾糧。」

「我知道了。」薛柳氏沒什麼興致，隨意道。

突然，她坐正身子。「妳說他命廚房製作乾糧？」

「是啊。」裘嬤嬤說道。

「哼！」薛柳氏冷哼一聲。「真是老天助我。疊翠院的小廚房做得了精緻菜餚，卻做不了幾日的乾糧，只能由大廚房做，卻給了我一個好時機。」

「老奴懂了。」裘嬤嬤說道：「大廚房不比小廚房，人又多又雜，想做手腳要容易很多。」

「佩如，」薛柳氏道：「此事還需要妳去辦。」

「老夫人放心。」裘嬤嬤道。

「妳就這樣……」

林舒婉收拾妥當後，便打算去織雲繡坊。

她拉開院門，見門口空蕩蕩的，前幾日天天都來的馬車並未出現。

她沈默了一瞬，心中竟出現意料之外的不習慣。

幾息過後，她便將這些許不習慣拋諸腦後，高高興興地去了織雲繡坊。

今日，她和織雲繡坊隔壁鋪面的東家約好，要去看一看隔壁那間前店後院的鋪面，若是不錯，就把這鋪面盤下來，把它和織雲繡坊之間的牆打通，用以擴張，新招的繡娘也可以安置在新鋪面裡。

她到織雲繡坊後，在二樓做了一會兒帳，看時辰差不多了，便去了隔壁。

南陽侯府的準備工作已經完成，屬下都已到位，馬匹都被牽了出來，乾糧、衣物都已打包好。

薛佑琛一腳踩在馬鐙上，用力一蹬，長腿跨過馬背，穩穩坐上馬鞍。

「上馬！」一聲令下，擲地有聲。

「是！」整齊劃一地應答。

一對騎兵從南陽侯府出發，往北城門行進。

為首的是南陽侯薛佑琛，他一身甲冑，上身筆直地坐在馬鞍上，彷彿一把出鞘寶劍，露出寒光，氣勢凌厲又帶著上位者的威嚴。

他身後跟著十幾個甲冑青年男子，個個高大魁梧，健碩強壯，一看都是身手不凡的練家子。

薛佑琛騎著馬，轉到禾澤街。禾澤街是從南陽侯府到京城北門的必經之路。

由於是在街市，薛佑琛騎得不快，他拉著韁繩，控制著馬速。

他突然扭頭而望，那個方向是織雲繡坊的所在。算算時辰，她現在應該已在繡坊裡了，或許在記帳，或許在寫詩詞。

他本打算今天散朝後去找她談一談。但在朝堂上接到皇上的委任，戰局緊迫，他必須立刻出發。是以，他回府做好準備，便即刻上馬啟程，根本沒有時間去找她。

然而走到這裡，薛佑琛又忍不住想去找她，告訴她他的想法。

轉念之間，他還是決定暫時不去。畢竟他要同她說的話，不是一、兩句可以說清楚的。

與其匆匆忙忙，說得不清不楚，還不如等到得空慢慢說。
好在他此次離京少則三、四日，多則五、六日而已。
正思量著，薛佑琛突然聽到一聲巨響，是重物落地的聲音。
「侯爺，衛統領從馬上掉下來了！」
薛佑琛一拉轡繩，掉轉馬頭一看，衛得遠仰面躺在地上，雙眼睜著，並沒有昏迷，然而他全身似是有氣無力般。
衛得遠見薛佑琛看他，以手撐地，勉強站起來，虛弱道：「侯爺。」
「怎麼了？」薛佑琛問。
衛得遠抱拳。「侯爺恕罪，今天早上集結的時間趕，屬下怕來不及，就沒用早飯，方才在馬上頭暈無力，便摔了下來。」
薛佑琛頷首，他這個部下跟隨他多年，英勇善戰，有勇有謀。邊關三年，雖沒有大宗戰事，但偶爾和北狄人摩擦時，衛得遠從未失利過。
不過薛佑琛也清楚，衛得遠有個毛病，晨起若是不吃東西，便容易頭暈。
薛佑琛語氣嚴肅。「知道自己的毛病，便注意著些。」
「屬下知錯。」衛得遠道。
薛佑琛從繫在馬鞍上的包裹中取出一塊烙餅，遞給衛得遠。「快吃了。」
衛得遠道：「屬下自己帶了乾糧。」

「不必再翻包裹，別耽擱了時辰。」薛佑琛下令道。

「是，侯爺。」衛得遠接過烙餅，大口吃了起來。

衛得遠身體健壯，方才只是因為晨起飢餓，一時不支，吃了東西，很快就恢復過來。

一張烙餅只剩下一小塊，衛得遠打算迅速把最後幾口吃完，然後上馬歸隊，卻突然覺得腹中劇烈絞痛。

突如其來的劇痛讓他說不出話，額頭瞬間出現一層薄汗。

「啊……」

他疼得跌倒在地，發出痛苦的呻吟。

薛佑琛一驚，立刻下馬，疾步走到衛得遠身邊。「怎麼了？」

難得衛得遠腹中劇痛，頭腦還算清楚，他咬緊牙根忍痛，指著丟在地上、染上塵土的一小塊烙餅，口齒不清地輕吐出聲。

「毒……」

林舒婉在隔壁鋪子裡兜了一圈。

這間鋪子上下兩層，和織雲繡坊差不多大，格局也相似，盤下來當繡坊很合適。

這鋪子她已看中，回去跟董大娘再商議一下，若董大娘沒什麼異議，那她們就買下來。

她跟這鋪子的東家道別，就往織雲繡坊走。

走沒幾步，便聽到織雲巷和禾澤街的路口處，傳來痛苦的呻吟。

林舒婉知道織雲巷和禾澤街的那間雜貨鋪，她以為是那雜貨鋪出了什麼事，趕緊提步跑過去。

走到街口，那雜貨鋪好端端的，什麼事都沒有。而順著這雜貨鋪往禾澤街看，遠處有一隊身穿甲冑之人，其中一個倒在地上，痛苦呻吟著。

林舒婉一看，身穿甲冑立在馬邊的是薛佑琛，而躺在地上翻滾的是她認識的衛得遠。

她蛾眉一皺，快步走了過去。

街上偶有行人路過，看到這番情景也不敢靠近，畢竟薛佑琛一行人身披甲冑，氣勢凌厲，大家只敢遠遠掃上一眼，然後加快步伐躲開。

雜貨鋪裡兩個妯娌也只遠遠瞟了一眼，就老老實實坐在鋪子裡，不敢朝那裡多看一眼，倒也沒有把穿著甲冑的薛佑琛認出來。

仲子景順著衛得遠所指的方向看去，心驚肉跳。「侯爺，這烙餅怕是被人下了毒。」

薛佑琛鳳眼一瞇，眼角眉梢瞬間染上冰冷寒霜。

「速把得遠送到醫館醫治。」

「是。」幾個將領應道。

「等等！」林舒婉此時已走到薛佑琛不遠處，從剛才仲子景的話中，已明白衛得遠大概是吃到有毒的烙餅。「中毒要急救，送醫館恐怕太遲。侯爺，給我大量清水，再準備些蛋清。」

薛佑琛乍見林舒婉，十分驚訝，一怔之後，他便立刻解下繫在馬鞍上的水囊。「清水在此。」

他又命令道：「黃驍、謝青，你二人立刻去尋找蛋清。」

「是！」黃驍和謝青得令，立刻離開。

林舒婉接過水，走到衛得遠身邊。「幫我把他扶起來，扳開他的嘴。」

衛得遠被身邊同僚扶著坐在地上，嘴也被強行扳開。林舒婉二話不說，就往他嘴裡灌清水。

灌了幾口清水後，她將手伸進衛得遠的嘴中，用手指壓住他的舌根和喉嚨。

衛得遠受不住，吐了一大口出來。

「扳開他的嘴。」林舒婉又道。

她顧不得污穢，又將手伸進衛得遠的嘴裡，壓他的舌根和喉嚨。

衛得遠又吐了一大口。

「再扳開他的嘴。」林舒婉道。

吐了十幾次後，衛得遠再吐出來的只剩下清水。

這時，黃驍和謝青回來了。

「侯爺，我們從街邊買了一筐蛋清，也不知夠不夠？」

「夠了，不用這麼多。」林舒婉從筐中取出一顆雞蛋，掐破了一頭。

「再扳開他的嘴。」

幾個將士方才看見林舒婉的架勢，知道這位小娘子在救人，而且還頗有效果。現下，他們見林舒婉要他們再扳開衛得遠的嘴，便毫不遲疑地照做。

林舒婉一連將五、六顆雞蛋的蛋清灌進衛得遠的胃裡。

灌完後，林舒婉便站在一旁觀察。

衛得遠靠在一個將士的懷裡，四肢無力地垂著，眼睛卻是睜著的，沒有立刻斃命。

不管如何，性命暫時救下了。林舒婉鬆了口氣，後續還要繼續解毒治療，這就要看大夫的了。

「現在可以送醫館了。」

林舒婉說著一扭頭，撞進薛佑琛凝視著她的鳳眸中，黑色的眸底像濃得化不開的墨。

「我有公務在身，需得離開京城。」薛佑琛緩緩道：「幾日後便會回來，請林小娘子稍等幾日。」

林舒婉蛾眉輕抬。

稍等幾日？等什麼？等他謝她救了他的部下，還是他要告訴她羊毛衣衫的製作情況？

薛佑琛和林舒婉說完話，便開始發號施令，處理中毒一事。

「得遠，你且好生休息。這一趟離京，你不用隨我一同去了。」

「黃驍，你迅速帶得遠去醫館讓大夫診治。安排妥當後，趕到城外歸隊。」

「是，侯爺。」黃驍應道。

衛得遠虛弱道：「是，侯爺。」

薛佑琛向前跨了一步，彎腰撿起地上的半塊烙餅。「謝青，把所有人的乾糧都收集起來，送到衙門，讓人驗毒。看是只有我包裹中的乾糧有毒，還是所有人的乾糧都有毒？」

薛佑琛鳳眼瞇了一下。這些乾糧都出自南陽侯府，在廚房做好後，分給他和各個將士。此事非同小可，定要徹查。

「是。」謝青道。

「將所有乾糧送到衙門後，你也趕到北城門外，速速歸隊。」薛佑琛接著道。

謝青領命後，便去向在場各將士收集乾糧。

「子景，」薛佑琛轉向仲子景。「立刻去街上採買足夠的乾糧。採買完後，迅速趕到北門外歸隊。」

「是，侯爺。」仲子景得令，立刻離開。

林舒婉站在一旁，見薛佑琛處理得迅速果斷，心下也不由讚嘆。

「林小娘子，」薛佑琛轉向林舒婉。「幾日後再見。」

林舒婉見他眼眸深邃，竟不由自主地回了句。「再見。」

薛佑琛腳踩馬鐙，一個翻身魚躍便坐到了馬背上。

他朝林舒婉點了下頭，隨後一夾馬腹。「統領以降，上馬！」餘下諸將紛紛上馬，跟了上去。

馬蹄聲漸行漸遠，林舒婉也回了織雲繡坊。

她和董大娘商議了下關於盤下隔壁院子的事情，董大娘毫無異議。

午後，兩人便找到隔壁院子的主人，將這院子盤了下來。

快要過年了，大周朝有過年穿新衣的習慣，不管家裡有錢沒錢，總得整出一身新衣裳來。

這兩日織雲繡坊的生意特別火爆，接到了不少訂單，其中大多是有錢人家的成衣訂單。這些富戶豪紳請織雲繡坊製成衣，並在衣裙繡上花樣。

董大娘前幾日招來的繡娘，這兩日都派上用場了。也幸虧招了許多繡娘，才能接下這麼多單子。

隔壁新盤下的院子還沒有收拾出來，董大娘便讓新來的繡娘先在原來的織雲繡坊擠一擠。

除了做繡活的繡娘外，董大娘還聽了林舒婉的提議，另招了幾個專門檢查成品品質的繡娘。

每一件織雲繡坊出品的繡品或成衣，都需要經過質檢繡娘的檢查，保證織雲繡坊製作出的東西都是精品。

董大娘在繡坊裡另闢了一間屋子，專門給這些質檢繡娘檢查繡品成衣所用。織雲繡坊人多了，訂單多了，帳也複雜了。

林舒婉正坐在帳房裡仔細核算帳務。

「林小娘子，樓下有人找您。」

林舒婉抬頭，就看到春燕站在門口。

「有人找我？」

「來人皮膚黝黑，看著像是位將軍。他說他姓衛，是特地來謝謝您的恩情的，這會兒正在院子裡等著。」春燕道。

衛得遠？

林舒婉道：「我這就下去。」

她下了樓，走到院子裡。

院子裡站著一名高大黝黑的男子，正是衛得遠。他的臉色還有些蒼白，但能站在這裡，說明毒已解，衛得遠性命得救。

衛得遠見林舒婉出現，便迎上前，半彎下腰，拱手對她行了個軍禮。

「衛統領，你這是……」林舒婉問道。

「林小娘子，衛某這一禮，是謝林小娘子的救命之恩。三日前，衛某中了毒，若非林小娘子施以急救，衛某恐怕早已一命嗚呼。衛某身死事小，可衛某一介軍士，應當戰死殺場，豈可因中毒而亡？幸得林小娘子相救，讓衛某得以再上戰場殺敵，為大周效命。」

說罷，衛得遠又向林舒婉彎腰行軍禮。「林小娘子，這第二禮，是衛某向林小娘子道歉的。衛某之前對林小娘子出言不遜，多有得罪。沒想到林小娘子不但沒有記恨，反而救我性命，實在讓衛某慚愧。」

林舒婉笑道：「之前我們確實有過爭執，不過這些爭執又不是深仇大恨，需要死才能解決。我還不至於明明能救你性命，卻因為你得罪過我就視而不見，讓你白白送死。就像你說的，一個統領應當死在戰場，而不是死於中毒。」

「這兩日來，得遠羞愧難當，之前因為私事，對行商之人多有偏見，連帶也誤會了林小娘子。林小娘子仁慈心善，衛某萬幸得林小娘子相救。」衛得遠接著道：「多謝林小娘子。」

「衛統領莫要再謝我了。」林舒婉擺擺手，心道這衛得遠倒是個磊落爽朗之人，之前因為偏見，屢屢和她爭執，這會兒放下成見，便乾乾脆脆地過來道謝又道歉。

她接著問道：「衛統領，你剛才說你因為私事，對商人多有偏見，是什麼事啊？」

衛得遠面有難色。

林舒婉見衛得遠不欲多說，便也不強人所難。「我只是隨口一問而已，不是要探聽衛統領的私事。衛統領若是不方便說，就當我沒有問。」

「多謝林小娘子體諒。」衛得遠說道。

衛得遠離開後，林舒婉又回到二樓繼續做帳。

做沒多久，又聽到春燕慌張的聲音傳來——

「林小娘子，您快到樓下去看看吧，有人到我們繡坊來鬧事了！」

第九章

「鬧事？」林舒婉驚訝道。

「是啊，一路哭喊著過來的，現在人就在大堂裡。」春燕著急地道。

「我同妳一起下去看看。」

林舒婉說罷，立刻起身同春燕下樓。

大堂裡站著一個五十多歲的婦人，穿著普通的布衣。門口擠擠挨挨站了許多人，將大門都堵住了，門外還圍了一圈人，個個伸長脖子，試圖往屋裡看。

林舒婉心裡暗道，織雲巷不是什麼熱鬧的街市，平日根本不會有這麼多人，可見這婦人是怎樣一路哭喊著過來，大概把禾澤街的人都吸引到這裡來看熱鬧了。

「織雲繡坊騙人錢財啊！」那老婦人大聲嚎叫起來。「老婆子我一把年紀，天天辛辛苦苦地起早，好不容易攢了些銀子，都被這幫豬油蒙了心的婦人們給貪去了，織雲繡坊是個黑繡坊啊！」

老婦舉著手裡的衣裳，哭得一把鼻涕、一把眼淚，好不悽慘。

「怎麼回事啊？」

「是啊，妳這樣沒頭沒腦的說織雲繡坊是黑繡坊也不是個事兒，說不準其中有什麼誤會？」

「這位孀子，妳有什麼事就跟大家說說，光哭有什麼用啊？」

這老婦人見圍觀的眾人都嘰嘰喳喳地問她，便慢慢收了眼淚。「老婆子我家姓李，住在前門街，眼見就要年底，我琢磨著辛苦一年，便買了疋緞子，打算給自己添置件好衣裳。可惜我手腳笨，只會幹粗活，不會做針線活，便想找間繡坊幫我做。

「我這一打聽，織雲繡坊的繡娘手藝特別好，而且還有御賜招牌，我便在兩日前，來繡坊訂製了一件襖子。昨兒這襖子好了，我想著織雲繡坊的衣裳一定是極好的，就沒檢查，歡歡喜喜地把這件衣衫領回去。」

老婦人抹了把眼淚。「誰知今兒我正巧拿著衣服看，不看還好，一看之下，」婦人把手裡的襖子抖開。「你們瞧，這襖子的兩隻袖子竟然長短不一，對襟的領口也對不上。這是什麼東西？不說針腳細不細，這、這根本不能穿，織雲繡坊這是拿什麼東西糊弄人，這還不是騙人錢財，還不是黑店？」

門口圍著的人，七嘴八舌地紛紛說道：「豈有此理？織雲繡坊怎可如此行事，店大欺客，店大欺客！」

「誰的銀子不是辛苦賺來的？要是我的衣裳被繡坊做成這樣，我也要哭死了！」

「這件襖子怎麼做得這麼差？怕是改都改不回來了，估計我家男人做得都要好些。這簡直是浪費布料，糟蹋東西啊！」

「這織雲繡坊太過分了，把人家的襖子做成這樣，還說什麼御賜招牌的繡坊，手藝特別好，看來都是騙人的，她們想騙錢才是真的。」

那婦人小眼珠子一轉，捶胸頓足。「老婆子我辛辛苦苦賺的銀子就這麼沒了，天殺的黑心繡坊啊，還我銀子！」

「織雲繡坊還不給人一個交代？」

圍觀眾人朝大堂裡喊。

「我們這麼多人看著呢，容不得妳們織雲繡坊做出這矇人騙錢、店大欺客的事！」

「這事兒我們要給老嬸子討回公道！」

「就是！賠錢、道歉！」

繡娘們都是第一次碰到這樣的事，一時全有些懵了。

林舒婉蛾眉斂了斂，若是織雲繡坊真的賠錢道歉的話，那便不只是錢財的問題，織雲繡坊的聲譽也要毀了。

不過繡坊的繡娘都是多年經驗的老手，新招來的繡娘也是董大娘精挑細選的人，怎會把一件襖子做得如同初學者？

郝婆婆走到這老婦人身邊。「這位嬸子，我們織雲繡坊的繡娘個個手巧得很，不會做出這樣的衣衫來的，您會不會搞錯了？」

綠珠也站了出來。「這絕不可能是我們繡坊裡出來的，這麼難看的襖子，哪個繡娘拿得出手來？」

老婦人反駁道：「怎麼就不可能是妳們繡坊出來的？妳說不是就不是嗎？」

綠珠不甘示弱。「妳說是就是嗎？保不齊妳是故意拿了件做壞的衣裳過來訛錢的呢。」

老婦人一聽，嚎啕起來。「織雲繡坊賴帳啊！做壞了我的襖子，還說我是來訛錢的，天殺的織雲繡坊啊！」

「好了，都不要爭了！」一聲厲喝傳來。「織雲繡坊的所有訂單都有紀錄，是不是在織雲繡坊訂製過衣衫，一查就知。」

董大娘不知何時站在大堂裡，手裡高舉著一本冊子。

「那就查一查吧。」

「查一查就知道誰說的是真，誰說的是假。」

圍觀眾人紛紛贊同，其中有位老者高聲說道：「我識些字，我來看吧。」

「好。」董大娘道：「這位老人家，既然您識字，就由您來看，也好還我們織雲繡坊一個公道。」

「好說。」這位老者從人群中站出來，走到董大娘身邊。「若是這冊子裡，沒有這位嬸子訂製的襖子，織雲繡坊便是清白的；若是有，那要請織雲繡坊按照大家說的，賠錢道歉。」

老婦人撇了下嘴，不屑地嗤了一聲。

老者翻起冊子，一會兒便蹙起眉，嚴厲道：「冊子記得明明白白，兩日前，前門街李家到織雲繡坊訂了一件秋香色素緞直領對襟襖子。」

董大娘臉色一變。「怎麼可能？」

老者接著唸道：「要價二兩銀子，由裴齊氏製作。」

「哼！」老者對董大娘冷聲道：「原來妳們織雲繡坊竟然真的是黑心繡坊，虧我剛才心中還相信妳們。」

「不可能，天地良心，我每件衣衫都是仔細做的，怎麼會做出這樣的襖子來，這、這是怎麼回事？」綠珠臉色發白，不住地擺手。

綠珠便是裴齊氏，綠珠是她的閨名。

「好啊，原來妳就是那個裴齊氏，怪不得剛才說不可能是織雲繡坊所出，原來是心虛。」那老婦人道：「到現在妳還不承認？」

「織雲繡坊太黑心了！」

「還不給這位老嬸子賠錢，再道個歉。我們這麼多人看著，織雲繡坊休想不認帳！」

董大娘面色沈沈。綠珠在織雲繡坊當繡娘已有多年，手藝自是不用說的，而且從未出過什麼岔子，她不相信綠珠會做出這樣的襖子。

然而現下眾目睽睽，白紙黑字，織雲繡坊百口莫辯，若是織雲繡坊真的認下此事，那麼繡坊辛苦積累的口碑便毀於一旦。

然，此情此景，不認又該如何是好？

「這下妳們織雲繡坊沒什麼好說的了！」那老婦人大聲道：「說什麼有御賜招牌，妳們織雲繡坊做出來的事，對得起這塊招牌嗎？妳們這是給皇上丟臉啊！」

「妳怎能這樣胡言亂語？」董大娘上前爭辯。

「有一說一，句句實話，怎地胡言亂語了？」老婦人道。

「妳……」

董大娘想繼續和這老婦人爭辯，卻被林舒婉拉住袖口。

林舒婉向董大娘遞了個讓她安心的眼神，上前一步，詢問那婦人。「這位嬸子，能不能讓我看看這件襖子？」

「妳也是織雲繡坊的人吧？妳看看，」老婦人道：「就是妳們做壞了衣衫，再看也看不出朵花來。」

林舒婉笑咪咪地接過這件做壞的衣服，仔細看了看，才道：「我確實看出朵花來了。」

她舉起這件襖子，大聲道：「這不是我們織雲繡坊做出來的襖子。」

「妳們自個兒的冊子上都記得清清楚楚，到現在還想抵賴？」老婦人道。

林舒婉冷冷睨了她一眼，對圍觀眾人道：「這冊子記的內容不假，我們給李家做了一件襖子也不假。不過，此襖子不是彼襖子，我們給李家做的襖子根本就不是這一件！」

「就是這件，不是這件是哪件？」老婦人反問道。

「不是這件，至於是哪件，只有妳自己心裡清楚。」林舒婉道。

「妳、妳這是故意狡辯！」老婦人怒道。

「妳憑什麼說這件襖子就是織雲繡坊做的？」林舒婉問道。

「嘿，那妳又憑什麼說這件襖子不是妳們織雲繡坊做的？」老婦人道。

林舒婉勾唇笑了笑。「問得好。」

她轉頭看向郝婆婆。「郝婆婆，把已經製好、檢查好，尚未送貨的成衣都搬過來。」

「好的。」

郝婆婆喊了六、七個繡娘，一同離開正堂，回來時，繡娘們手裡捧了十幾件成衣。

「林小娘子，繡坊裡的成衣都在這裡了。」郝婆婆道。

「好，謝謝。」

林舒婉把襖子還給那個婦人，又從一個繡娘手裡拿來一件成衣，將領口翻開，露出領口反面。

她舉起衣衫，將領口的反面展現在眾人面前。

「半個月前開始，凡是從織雲繡坊出來的繡品，領口和袖口都有一個織雲繡坊獨一無二的標記，這個標記就是用來辨別成衣是否出自織雲繡坊。」

林舒婉朗聲道：「除了這裡的這些成衣，還有已經送走的成衣，只要是這半個月新製的，全都有這個標記。諸位如果近半個月在織雲繡坊訂製過成衣，可以回去檢查一下。若是自家沒有訂製，也可以問一下親朋好友，我說的是真是假。」

她手朝那婦人手中的襖子一指。「而那件襖子，不管袖口也好，領子也好，都沒有這個標記，這根本就不是我們織雲繡坊所製的成衣。」

那老婦人臉色一白，梗著脖子道：「妳胡說什麼，怎麼會有這種事？」

林舒婉放緩語速，面向眾人。「若是諸位不信，請過來一看便知。」

「好，我來看看，究竟是怎麼回事？」

「我也來瞧一瞧，到底誰是誰非？」

很快地，便有四、五個人走進堂中，去看林舒婉所指的標記。

幾人一看，果然看到這件衣裳的領口和袖口處，都繡了一個極小的標記。

記號模樣奇怪，前所未見，既不是紋樣，也不是字，而是由幾畫橫斜交叉組成的奇怪標記。

這個標記和針腳混為一體，若沒有人指出來，是不會被人注意到的，可這麼仔細一看，又確實存在。

這個標記是林舒婉讓質檢的繡娘繡上去的，檢查完一件，便繡上一件。

在織雲繡坊取得御賜招牌後，名聲越來越大，單就「織雲繡坊」這幾個字，就是個金字招牌，因此訂單越來越多，也越來越難以管理和控制。

如此一來，就給了一些人可乘之機。林舒婉擔心有人會以織雲繡坊的名義去接生意，或是有人會拿著不是織雲繡坊做的東西，當作織雲繡坊的繡品和成衣買賣。

前世尚且有很多山寨貨，更何況這還是在古代。

為了防患未然，她便弄出了這個標記，用作防偽。

這個標記不是別的，正是「織雲」二字的拼音首字母，除了林舒婉以外，沒有任何人知道它們的意義，她沒有通知所有人，除了最後檢查的幾個繡娘外，旁人都不知道。

而那幾個繡娘，正在旁邊的屋子忙活著，也不知道此間發生的事。

林舒婉見那訂單冊子上，竟然真的記錄這筆單子，事情發展形勢十分不妙，於是便道出事情真相。

「諸位，你們可以再看看其他成衣，是不是都如我所說，每一件衣裳上都有這樣的標記。」林舒婉接著道。

眾人又去檢查幾個繡娘手裡捧著的衣衫。

近百件衣衫，每件都有標記，一件都不落下。

「確實都有標記啊！」

「雖然這標記的樣子古古怪怪的，但還真的每件都有啊。」

林舒婉轉向剛才那個老婦人。「妳手中的這件襖子也給大家看一看吧。」

老婦人臉上一會兒白、一會兒紅。「有、有什麼好看的？」

「妳就讓大家看一看吧！」
「就是啊，老婦子。」
在圍觀眾人的催促下，老婦人不情不願地把手裡的襖子往前一遞。「看就看！」
幾個剛剛檢查過織雲繡坊成衣的人，又去檢查了這老婦人手裡的襖子。
「這件沒有標記，和剛才那些不一樣。」
「看過了，領口沒有，袖口也沒有。」
林舒婉道：「多謝各位，事情已經明瞭。李家確實向織雲繡坊訂過一件成衣，織雲繡坊也確實給李家做過一件成衣，但，不是這件。
「至於，為什麼這位老婦子要拿一件不是織雲繡坊做的襖子，充作織雲繡坊做的襖子，只有她自己知道。」
林舒婉轉向這個老婦人。「想誣衊織雲繡坊？妳看看織雲繡坊的匾額，那是御賜招牌。妳是誣衊織雲繡坊，還是想誣衊皇上識人不清，賜錯了招牌？」
那老婆子臉色頓時一白。
誣衊皇上，這罪名她擔不起啊！
這時，人群中似乎有人認出這老婦人。「李家婆子是妳啊？是不是又賭輸了錢，想來訛點銀子拿去花呀？」
「原來是個賭鬼。」

「估計就是這麼一回事了。」

那老婦人色厲內荏地接著道：「我拿錯了，拿錯了不行嗎？我剛才說了老婆子我只會幹粗活，不會做針線活。老婆子我自己做了一件，做壞了。今兒我拿錯了，把自己做的當成繡坊做的了。」

那老婦人說罷，拿著這件做壞的成衣就往外跑。「讓開、讓開，就不許人拿錯了嗎？」老婦人扭著腰離開了。

擠在門口的人群也逐漸散了。

繡坊二樓，林舒婉和董大娘在屋裡說話。

董大娘給自己倒了杯茶，又倒了杯遞給林舒婉。「我喝口茶壓壓驚。舒婉，妳也喝口茶。」

林舒婉接過茶杯，喝了起來。

「我想想還在後怕，幸好妳提前讓那些檢查的繡娘繡了標記，要不然我們繡坊賠上一筆錢還是小事，說不準還會聲名狼藉。」

董大娘喝了一小口茶。「妳說這李家為什麼要過來冤枉我們？」

林舒婉道：「反正定不是像她說的那樣，是不小心拿錯了。」

董大娘笑道：「肯定不會。」

「我估計有兩種可能。」林舒婉道。

「哪兩種？」董大娘問道。

「有可能是這個李家就是為了來訛錢。」林舒婉道。

董大娘點頭。「另一種呢？」

「董大娘有沒有聽說過一種病，」林舒婉勾勾唇。「叫紅眼病。」

「紅眼病？」

林舒婉接著解釋道：「我們織雲繡坊本是一家普通繡坊，現在生意越做越大，成為京城裡數得上號的繡坊。我聽繡娘說，整個京城除了錦月繡坊外，就數我們織雲繡坊最出名，畢竟我們繡坊是有御賜招牌的。

「織雲繡坊生意大漲，其他繡坊的生意自然會受到影響，雖然織雲繡坊是憑本事做生意，但會惹人眼紅。眼紅就眼紅，眼紅到得了病，就會做出一些奇怪的舉動。」

「這麼說來，也有可能是其他繡坊設的局，想故意陷害我們，壞了我們的名聲？」董大娘拍了下書案。「誰家這麼缺德，我要把這家繡坊抓出來，讓全京城的人都知道他們的德行！我去找那個前門街李家的問問，是不是哪家繡坊叫她這麼幹的？她要是不肯說，我就報官。」

林舒婉沈吟片刻，說道：「這麼做沒用，若是這前門街李家的一口咬定是她不小心拿錯，我們也拿她沒辦法，官府也不可能因為這點事就嚴刑逼供。更何況，但凡那幕後主使者小心些，也不會讓李家的知道自己是誰。我猜那李家的只是拿錢做事，根本不知道讓她使壞的幕後主使者是誰。」

「那怎麼辦？」董大娘愁道。

林舒婉見董大娘發愁，安慰道：「好在這次的風波有驚無險地過了，至於究竟是怎麼回事，也就是妳我的猜測，說不定只是李家的賭錢輸了，要來訛錢罷了。」

董大娘嘆了口氣，點頭道：「希望如此。」

「舒婉，」董大娘接著道：「我去隔壁院子看看，也不知道收拾得如何了，早些收拾好，繡娘們也可以早些搬過去。」

「那我繼續去記帳了。」林舒婉道：「方才帳沒記完，樓下就出了李家的來鬧。」

林舒婉離開董大娘的屋子，回帳房把帳記完。

傍晚時分，林舒婉便離開繡坊回家。

吃過晚飯後，她在屋裡同畫眉說話。

「畫眉，咱們現在手頭有不少銀子，也該換個地方了。」林舒婉說道。

「小姐，您想從這裡搬出去？」畫眉問道。

「現在我們兩人住在這小院裡，雖說夠住，但陰暗逼仄了些，既然現在有了銀子，便能住得好一些。」林舒婉道：「此外，這裡畢竟是林家的產業，我不想再和林家有什麼牽扯，若是能換地方就最好了。」

「婢子都聽小姐的。」畫眉道。

「不如我們先物色、物色，希望過完年後不久，我們就能換地方。」林舒婉道：「這兩日妳出門時，留心一下有沒有要賣宅子的，看看有沒有合適的。」

「好的，小姐。」

林相府綴錦院。

林竇氏坐在榻上，手裡拿著針線。

她身材偏瘦，穿著團荷花暗紋的雲錦襖裙，披著雲肩，雲肩掩蓋住她瘦削單薄的肩膀，看著有幾分主母的氣勢。

她一邊繡荷包，一邊聽陪嫁柳安家的說話。

秦嬤嬤則站在旁邊伺候。

「夫人，這個月錦月繡坊的營收確實不大好，生意少了很多，單子都被那織雲繡坊搶去了。」柳安家的說道。

「唉！」林竇氏幽幽嘆了口氣。「這錦月繡坊是我的陪嫁鋪子，十幾年來靠著相爺的人脈，生意一向極好，尤其現在年關將至，應該是最賺銀子的時候，沒想到今年生意竟然這樣。」

「是小的做得不好，讓織雲繡坊搶了生意。」柳安家的哈著腰站在林竇氏面前。

林寶氏繡了一針。「不怪妳，這麼多年了，我這陪嫁鋪子一直由你們兩口子打理著，一直都好好的。」

她手停了下來，看著手中的荷包，柳葉眼垂了垂，似笑非笑。「那小蹄子真是我的剋星啊。」

柳安家的自然知道林寶氏說的是誰，她低著頭沒有回答。

「前一陣子秦嬤嬤告訴我，那小蹄子不要我賞給她的三兩銀子，脾氣還挺大，我還當她突然來了氣性，餓死也不要我的銀子。後來想想不對，那哭哭啼啼的窩囊廢何曾有過這樣的氣性，就叫人去查，倒沒想到這小蹄子還長本事了，做了個繡坊的東家，還上達天聽，被她得了塊御賜招牌。」

柳安家的哈腰站著，不敢答話。

林寶氏繡了幾針。「秦嬤嬤，妳過來給我捶捶肩。年紀大了，這麼繡了幾針就覺得肩膀痠了。」

「是，夫人。」秦嬤嬤道：「夫人的女紅真是了得，這繡工連繡坊的繡娘都比不上，老爺收到這香囊一定會喜歡。」

「妳倒是嘴甜。」林寶氏笑道：「快來捶吧，可別光會耍嘴皮子。」

「是，夫人。」秦嬤嬤走到林寶氏身側，給她捶肩膀。

林寶氏又繡了幾針。「老爺也真是的，我幾次三番明裡暗裡要他幫錦月繡坊也弄個御賜招牌，老爺總說找機會、找機會，我看他呀，就是敷衍我。」

「夫人，您的話老爺定是記在心裡了，只要有機會定會給錦月繡坊求到一塊御賜招牌的。」秦嬤嬤道。

「得了，靠他還不如靠自己。」說完林竇氏抬眼望了望柳安家的。「那事兒沒成？」

柳安家的連忙道：「回夫人，就差一點。這法子理應是有效的，只要讓世人都知道，織雲繡坊名不副實，而且坑害客人，那織雲繡坊的名聲就毀了，誰知道那個大小姐竟然事先在衣衫上都做了標記……」

「呵，大小姐？」林竇氏冷笑。「不就是一個私通被人休了的賤婦？」

「是，夫人。」柳安家的急忙點頭。

「她怎麼那麼多事？真是和我命裡犯沖。」林竇氏幽幽一嘆。「看來得再想些什麼法子了。」

傍晚，林舒婉一回家，畫眉就嘰嘰喳喳地道：「小姐，今日婢子上街的時候，打聽到好幾戶人家要賣宅子，有空咱們再去看看。」

「好啊。」林舒婉應道。

「等搬了地方，就再不用擔心秦嬤嬤還是林府的什麼人過來羞辱我們了。」畫眉雀躍道。

「現在也沒人能羞辱到我們。」林舒婉笑道。
「話雖如此，婢子還是不想見到秦嬤嬤她們，見不到更好。」畫眉道。
「說得對。」林舒婉笑道。她心知畫眉對秦嬤嬤一向極為反感。
主僕二人正說著話，卻聽院門傳來一陣敲門聲。
「裡面有人嗎？」
畫眉臉色一變。「這秦嬤嬤怎麼又來了？我去開門，這回她要是再說什麼難聽的話，我一定狠狠罵回去！」
說罷，畫眉便走出屋子去開院門，林舒婉也跟了出去。
門閂剛打開，門便從外面被秦嬤嬤猛地推開，畫眉朝後踉蹌了一步，正想抬頭質問，卻見十幾個婆子跟著秦嬤嬤一起湧進來。
畫眉乍然見到這麼多人，一驚，退開一步，喝道：「妳們這麼多人來幹什麼？」
秦嬤嬤瞪著畫眉。「有好事來找小姐。」
「好事？」畫眉哼了一聲。「妳會有什麼好事？」
「是喜事，難道還不是好事？」秦嬤嬤道。
「喜事？」畫眉質問。
「男婚女嫁的喜事。」秦嬤嬤道。
林舒婉蹙起蛾眉。「男婚女嫁？」

「是大小姐啊！」秦嬤嬤剜了畫眉一眼，轉向林舒婉，皮笑肉不笑。「老爺和夫人給小姐找了個好人家，我這次來啊，是奉了老爺、夫人之命，來請小姐回去待嫁的。」

「好人家？」畫眉道：「夫人還會給小姐找好人家？」

「妳這賤蹄子插什麼嘴？」秦嬤嬤道：「說的是靖北侯。」

她朝林舒婉接著道：「靖北侯年紀雖大了些，說的也是續弦，但小姐也不是黃花大閨女，名聲也不好，能得這門親事，可不是件大喜事？年紀大有年紀大的好處，知道疼人，老夫少妻，蜜裡調油。」

林舒婉有原主的記憶，對靖北侯也略知一二。

這靖北侯已有六十歲，是出了名的色鬼，府裡姬妾無數，還經常造訪煙花柳巷。原主一個深閨女子都知道靖北侯，可見他有多聲名狼藉。

給她說了這門親？她這繼母和親爹對她還真好。

「秦嬤嬤，我記得我跟妳說過，我不再是林相府的大小姐，也不再是林相的女兒？」林舒婉道。

「呵呵！」秦嬤嬤冷笑。「大小姐說的是什麼話？您是相爺和夫人的女兒，這事萬年也不會變的，您莫忘了，您的名字還在林家的族譜上。」

「呸！小姐不會去的。」畫眉道。

秦嬤嬤朝畫眉一瞪眼。「去還是不去，都輪不到妳個賤丫頭說話！」

「大小姐，」秦嬤嬤接著道：「既然您已經從南陽侯府被休出來，現在就是林家的人。婚姻大事，父母之命，媒妁之言，天經地義的事。大小姐是聰明人，好好跟著我回相府，要不然的話……」

秦嬤嬤的小眼睛向周圍十幾個婆子掃了一圈。「要不然的話，讓老婆子一個當下人的難辦。」

林舒婉朝周圍十幾個孔武有力的婆子看了看，心中明瞭。若是她不願回去，這些婆子就會動手把她押回去。

來者不善。

林舒婉在心中迅速思量，論力氣，她和畫眉只有兩個人，絕不是這十幾個婦人的對手。論道理，這個世道，父母賣了子女都是合法的，更不要說嫁女兒。

雖說她被休後，林家沒把她接回府，而是把她打發到這個小院中，還放出狠話，不認她這個女兒。但她的身分確實是林庭訓的女兒，改變不了。

林舒婉心中暗暗叫苦，她穿越過來，賺了不少銀子，日子正過得風生水起，還準備要換地方住，沒想到地方還沒有換成，就要被捉回林相府。

這門親事她是不會應允的，只是眼下怕是過不去了。

這麼多身強力壯的婆子，一看就是有備而來，她是跑不掉的。況且跑得了和尚，跑不了廟，她身上這林家大小姐的身分便是扣在她脖子上的一副枷鎖。

思索片刻，林舒婉便決定跟秦嬤嬤走。左右逃不了，乾脆去看看這林相府是怎樣的龍潭虎穴。

至於婚事，畢竟是靖北侯，肯定需要時日準備，到時再伺機而動。

再說，原主和林相府還有舊帳要算。

林舒婉泰然道：「我一個被休的婦人，還派了這麼多人來迎我回去，我爹和母親的誠意我知道了。」

「大小姐回林府，多派些人也是應該的。」秦嬤嬤道。

「既然我爹和母親想得這麼周到，那我便跟妳們回去。」林舒婉道。

秦嬤嬤眼珠子一轉。「大小姐是個聰明人，馬車就在外面，還請大小姐上馬車。」

「好，麻煩秦嬤嬤引路。」林舒婉道。

秦嬤嬤引著林舒婉出了院門，眾婆子將畫眉隔開來。

「小姐、小姐，婢子跟小姐一起去！」畫眉推著幾個壯實的婆子，但力氣太小，根本推不動。

秦嬤嬤回頭道：「畫眉，大小姐回了府，夫人自會派人伺候，妳就不用來了。」

「妳、妳們這幫惡奴！」畫眉怒道。

畫眉再三掙扎，只能眼睜睜地看著林舒婉被帶上馬車。

馬車車輪轆轆，疾馳而去，畫眉一路追出去，直到馬車消失在視線中。

畫眉失魂落魄地跌坐在地上。

過了一會兒，她從地上爬起來。

不行，她要救小姐。小姐被抓回林家，現在只有她能救小姐！

可她只是個婢女，怎能跟權傾朝野的林相抗衡？誰能幫忙？市井之地，左鄰右舍、繡坊眾人都不可能。

南陽侯府？可薛三爺和老夫人對小姐只怕是十分厭惡，怎麼可能出手救小姐？

畫眉腦中頓時想到一個人。他也位高權重，深得帝心，他還對自家小姐有別樣心思。

她搖搖頭，可南陽侯已經知道小姐的真實身分，加上那些謠言，也不知道他願不願意？

然而除了他，似乎也沒有別人了。

死馬當活馬醫，便到南陽侯府去一次吧！

林庭訓在綴錦院用完晚膳。

「相爺，天色尚未全暗，這剛剛吃完飯的，妾身陪相爺在院子裡走一走吧？」林賓氏提議道。

林庭訓應道：「那就去走走吧。」

林賓氏笑盈盈地起身，扭著腰跟著林庭訓走出屋子。

林庭訓眉眼清秀，留著鬍鬚，雖已年近不惑，但依舊相貌堂堂，有上位者的威嚴，又有書卷之氣。

「相爺似乎心事重重，是不是還在為了朝堂上的事憂心？」林竇氏問道。

「嗯。」林庭訓隨意應和，顯然心不在焉。

「相爺也不必太過憂心，身子最重要。」林竇氏說道：「等舒婉和靖北侯成了親，我們林家和靖北侯就是親家了。有靖北侯幫相爺，相爺還有什麼擔心的？」

聽林竇氏說到這裡，林庭訓才收起剛才的心不在焉。

「說起來，這還是妳給我出的點子，聯姻的法子確實好，若能得靖北侯相助，最好不過了。」

「妾身是相爺的妻子，為相爺分憂是應當的。」林竇氏垂下眉眼，露出幾分羞怯。

「嗯。」林庭訓應道。讓他丟盡顏面、已經棄了的嫡長女，若是能聯姻，倒也有用。

「對了，人接回來了？」林庭訓問道。

林竇氏笑道：「剛剛派了秦嬤嬤去接回來，已經安置好了。」

「那就好。」林庭訓道：「舒婉雖然名聲不好，但勝在相貌出眾，萬裡挑一，這一點倒是像她的娘親。」

聽林庭訓提到秀宜郡主，林竇氏的柳葉眼閃過一絲狠色，隨即又淺笑道：「姊姊自是姿容出眾的。」

林庭訓接著道：「靖北侯那裡說了，不在意舒婉的名聲，只要能娶到人就好。舒婉那裡妳好好跟她說，她一個壞了名聲的婦人，最後還能得個侯夫人的名分，也算不錯了。」

「妾身知道了。」林竇氏說道。

畫眉一路快走，來到南陽侯府的門口。

她不敢叫門，畢竟她是前三夫人的貼身丫鬟，三夫人已經被休了出來，她這樣上門去找南陽侯，只怕還沒找到人，她就先被趕出來。

畫眉也是個機靈人，她站在離南陽侯府門口不遠處的路邊等著。她認得南陽侯的馬車，只要南陽侯進出侯府，她看到他的馬車，就可以大聲喊叫。若是看到南陽侯本人進出府邸，那她更可以大聲喊他。

這時，南陽侯府大門內擠了許多人。

薛柳氏帶著府中眾人站在門口，迎接薛佑琛回京。

「佑齡，他是說今天回來？」薛柳氏問身邊的小兒子。

「是啊，算著時辰，也差不多該到了。」薛佑齡道：「娘，您看著臉色發白，鬢角還有汗珠，您身子不舒服嗎？」

「無、無事。」薛柳氏道。

「娘，您若是身子不適就回去休息，大哥雖是家主，可您是他的繼母，不用強撐著等他。」薛佑齡道。

「我無事的。」薛柳氏腿腳發軟。

門口突然傳來老管家歡欣鼓舞的喊聲——

「侯爺回來了！」

薛柳氏一個哆嗦。

過了一會兒，薛佑齡朗眉微蹙。「大哥人呢？不是到了嗎？怎地還不見人影？」

另一頭，薛佑琛站在街邊，他的戰馬立在他身側，乖巧地一動不動，彷彿也感受到主人身上的冷意。

「……靖北侯？」薛佑琛眯著鳳眼，下巴緊繃。

畫眉猛地跪了下來。「是啊！求侯爺救救小姐，小姐命苦，又要被逼著嫁給靖北侯，求侯爺看在和小姐相識一場的分上，救救小姐！」

薛佑琛沒說二話，一腳踏上馬鐙。

他夾著馬腹，驅馬前行，同時對仲子景等人朗聲道：「統領以降，自行回侯府。」

來不及等身後眾將士回答，他的馬已飛馳而去。

他甲冑未脫，就這麼一路往林相府趕，然而走到半路，他突然勒住韁繩，急急將馬停住，那戰馬前腿在空中踢了幾腳才停下。

怎麼救？

婚姻大事，父母作得了主，他有什麼資格管林庭訓要把女兒嫁給誰？他又以什麼名義，去過問林舒婉的婚事？

他和林舒婉的婚約早在三年前就已解除，而南陽侯府在幾個月前把林舒婉休出府，婚嫁早不相干。

他們南陽侯府都把人休了，這樣干涉她的婚事算什麼？

他在馬上思考了幾息，便即刻拿定主意，掉轉馬頭，往南陽侯府的方向趕。

此時，侯府門口迎接他的眾人都已散了，只有老管家薛榮貴還在候著。

薛榮貴見薛佑琛獨自一人騎馬回府，連忙迎上去幫忙牽馬。

「侯爺，您可回來了！方才仲統領他們先回來，說您有其他事要忙，所以老夫人就帶著大夥兒先散了。」

「嗯。」薛佑琛隨意應了一聲。「讓蘇嬤嬤立刻到偏廳來。」

「是。」薛榮貴道。

薛佑琛徑直去了偏廳，少頃，蘇嬤嬤便到了偏廳。

「侯爺。」蘇嬤嬤端端正正地福了一禮。

薛佑琛顧不得讓她起身，直接說道：「蘇嬤嬤，明日一早立刻找到有資歷的媒婆，讓她跟我去提親。」

蘇嬤嬤震驚地抬頭，福禮的姿勢都扭曲了。

提親？自從和那位被休了的三夫人解除婚約後，侯爺便去邊關三年，到現在一直都沒有說親。怎麼突然就要提親了？之前沒有聽到一點風聲啊。

蘇嬤嬤想問是向哪家姑娘提親，但見薛佑琛神色凌厲，也不敢多問，忙應了下來。

「是，侯爺。」

「越快越好。」薛佑琛道。

薛柳氏正在廂房裡踱著步子，屋子除了裘嬤嬤外，沒有其他下人。

寒冬臘月裡，薛柳氏的額頭沁出了一層汗，神色十分慌張。「他回來了……佩如，我們的法子沒有奏效，他沒有被毒死，現在已經回府了……妳說，他會不會已經知道了？」

裘嬤嬤臉色也不好，強穩心神安慰道：「侯爺現在沒事，許是因為運氣好，所以逃過一劫。他回府卻也沒什麼舉動，應該是根本不知道這件事。侯爺沒中毒，也不知道我們下毒的事，估計這事就這麼過了，老夫人不要擔心了。」

「希望如此、希望如此……」薛柳氏喃喃道。

另一頭，薛佑琛讓蘇嬤嬤退下後，在偏廳裡待沒多久，便又重新出門。

他有更重要的事要做，暫時顧不上烙餅之毒。

第十章

林舒婉在院子裡走了一圈，確定她根本走不出去。

方才，她上了林相府的馬車，到了相府後，就被關在這個院子裡。

林竇氏自然不會厚待她，隨意指派了個粗使婆子伺候她。

那個婆子知道她的身分，也沒把她當主子敬著，說不定心裡還看不起她，哪裡會真的伺候她，現在正不知在哪裡躲懶。

她可以在這個院子裡自由走動，卻出不了門。

這院子的前門和後門都有幾個強壯的婆子把守，她一靠近院門，這幾個婆子就會把她請回去。

院子的圍牆很高，約有兩層樓，她不會飛簷走壁，也不可能翻牆離開。

既然不能出去，她也不做無用功，回了屋子。

林舒婉坐在桌前，心中暗自思忖有幾筆帳要和林府清算。

一共有三筆。

第一筆，林家吞了原主生母秀宜郡主的嫁妝。

第二筆，林家有人害原主被人撞破和薛佑齡私通，婚約被毀，聲名狼藉，灰頭土臉，草草嫁給薛佑齡。

第三筆，這次把她抓回來，想強行把她嫁給年近六十的老色鬼。

林舒婉打算先從第一筆帳開始算起。

嫁妝，這是真正銀錢上的帳。

林舒婉在腦子裡搜刮原主的記憶，想到了一個人——北敬王裴展充。

裴展充是秀宜郡主裴明珠的弟弟，也是原主的舅舅，秀宜郡主過世得早，原主對裴展充的了解也不多。

但是根據原主的記憶，裴展充和裴明珠的感情應該不錯。裴明珠死後，裴展充還經常到林相府來關心原主。

因為原主性子怯懦，完全沒有裴明珠的風采，也讓裴展充十分失望。

裴展充來看原主時，原主也不知道抓緊依靠這位舅舅，對裴展充並不熱絡，也從來沒有主動去看望過裴展充。

時間久了，裴展充對原主的關心也淡了，來林相府也少了，畢竟林庭訓續弦，林相府早已沒了他姊姊的身影。

後來原主出事，被人發現和薛佑齡私通，裴展充還特地來看原主。

原主心知，再怎麼樣，她的婚約已毀，名聲也毀了。她心如死灰，再加上性子本就怯弱，心裡根本承受不住，整日以淚洗面，哭泣不止。

就算看到裴展充，也不知道向裴展充尋求幫助。

裴展充見原主只是不停地哭，便以為原主真的做了私通的事。他失望至極，從此便再也沒有管過原主的事。

林舒婉思量著，能不能請原主的舅舅北敬王來助她奪回裴明珠的嫁妝？

不管原主如何，裴展充和裴明珠的感情不錯，不然也不會在裴明珠死後，幾次三番關心原主。

林舒婉寫了一封信，打算給裴展充。

信裡，她表達對裴展充的問候，以及這麼多年來沒有盡到對舅舅的禮數的歉意。

隨後，她寫到她現在困難重重，尤其是銀錢上，希望裴展充能看在裴明珠的分上，到林相府來看望她，帶上秀宜郡主當年的嫁妝清單。

在信裡，林舒婉沒有提及當年她被陷害與薛佑齡私通的事，也沒有寫到林庭訓要把她嫁給靖北侯的事情。

與薛佑齡私通一事已時隔三年，她暫時找不到證據，可以證明自己的清白。

至於林庭訓要把她嫁給靖北侯一事，林庭訓作為她的父親，是有權這麼做的，就算北敬王裴展充是她的舅舅，也管不了林庭訓要把她嫁給誰。

然而，裴明珠的嫁妝，裴展充作為娘家人卻是有權干涉的。是以，林舒婉只在信中提到嫁妝。

信寫好後，她對著信發了一會兒呆。

她現在被困在這個院子裡，這信要怎麼送出去？

左右林庭訓要讓她去做靖北侯的續弦，不可能一直這麼關著她，不聞不問，等有了機會，她再見機行事。

見天色尚未全暗，林舒婉打算走出屋子，在院子裡走走。

為了防止剛剛寫的這封信被院子裡唯一伺候她的婆子翻到，她把這信摺好，放到自己懷中。

隨後，她走出屋子，在院子裡隨意走動。

夕陽西下，天邊最後一絲餘暉尚貪戀人間，照在院子的水池假山間。

林舒婉緩緩走到假山邊，突然手臂一緊，她重心不穩，被人拉到假山山洞中。

在她忍不住失聲喊出前，嘴被人捂住。

藉著照進山洞的餘暉，她看清了眼前之人。

他離她不過幾寸距離，她似乎能感覺到他有力的呼吸。

她雙眼睜大。

南陽侯？

「別喊。」薛佑琛壓低聲音。

林舒婉眨巴了下杏眼，點點頭，薛佑琛這才鬆開手。

「侯爺，你怎麼在這裡？」林舒婉聲音很輕，語氣卻是壓抑不住的驚訝。

「這林相府還擋不住我。」

「我是說，侯爺你怎麼到這裡來了？」林舒婉接著問道。

「妳的丫鬟來找我，她把事情告訴我了，讓我救妳。」薛佑琛道。

「侯爺打算帶我出去？」林舒婉問道。

「我就算帶妳出去，妳依舊是林庭訓的女兒，妳跑得了人，卻擺脫不了身分。」薛佑琛道。

「那侯爺是……」林舒婉又問。

薛佑琛頓了頓，喉結滾了下。「我明日會帶媒婆向林庭訓提親。」要她嫁給靖北侯？一樣是侯爺，嫁給靖北侯，不如嫁給南陽侯。

林舒婉吃了一驚，抬起頭看著薛佑琛。

薛佑琛接著道：「我怕妳今日太過憂心，便想提前知會妳一聲，所以就過來了。」

「侯爺，你是說，你為了救我，所以向我提親？」林舒婉驚訝道。

「是。」薛佑琛頷首，垂下眸，一息後又抬眸凝視著林舒婉。「不是。」

他是打算明天來向她提親，卻不僅僅是為了救她。

他低頭看著林舒婉，夕陽餘暉灑進他的眼眸，讓他向來冰冷的眼裡浮上一層暖意。

「侯爺，你知不知道，我的名聲十分不堪？」林舒婉問。

「知道，不過我信妳。」薛佑琛聲音壓低，語氣卻十分肯定。

林舒婉一怔，她確認原主和薛佑琛沒有見過，現在薛佑琛說信她，說的是她，不是原主。

她穿越來後背負著原主已毀的名聲，然而薛佑琛卻毫不猶豫地信她。說她沒有一絲動容，那是假的。

幾息之後，林舒婉別開眼。「侯爺，這門親事我是不願的。」

薛佑琛鳳眼一垂。「不願？」

「嗯。」林舒婉道。

「為了我三弟？」薛佑琛腦子裡突然浮現他看過的那本詩冊，裡面都是閨怨詩。難道她嫁進南陽侯府後，對薛佑齡心生情愫，所以寫下這些詞句？

莫非她對薛佑齡有情意？

薛佑琛內心泛起酸澀，心裡不是滋味。

林舒婉轉過頭，驚訝地問道：「關他什麼事？」

「妳讓繡娘們繡在團扇上的詩詞，不是為了三弟所作嗎？」薛佑琛問。只有他自己知道他問話時的忐忑和緊張。

林舒婉蛾眉輕輕挑起。

「這話從何說起？」她正色道：「侯爺，這些詩詞不是我寫的，而是我從書上看來的。

我讓繡娘們把這些詞句繡上，更和薛三爺毫無關係。我這麼做是為了賺銀子。」
這些詩詞是誰寫的，薛佑琛並不在意，但在聽到林舒婉那句「和薛三爺毫無關係」時，他頓時覺得呼吸都順暢了許多，跳到嗓子眼的心也落了回去。
「那我方才所說的事……」薛佑琛再次試探道。
林舒婉兩世加起來都沒有結過婚，對於婚事，她心裡有不少期待，她想找個真心以待的人，相愛相知，白首不離。
婚事是兩人在相愛基礎上的慎重決定，而不是用來解決一時困難的救命稻草。她的困境可以透過各種方法解決，其中不包括利用婚事。
「侯爺，三年前，我草草嫁進南陽侯府，現在，我難道還要再急匆匆成一次親嗎？就算我以後真的要再嫁，也是尋個情投意合之人，認認真真地嫁。」
林舒婉淺淺地笑。「侯爺，多謝你的好意。」
薛佑琛沈默。
對於林舒婉的拒絕，他沒有惱怒或不甘，反而心生憐惜，更有怦然心動。
他道：「是我沒有思慮周全。」
「無妨。」林舒婉搖頭道。
「只是，林庭訓想要把妳嫁給靖北侯，妳又不願……」薛佑琛問道：「那妳如何才能脫身？」

林舒婉思索了一會兒。

「我想請侯爺幫兩個忙。」

「但說無妨。」

「從被南陽侯府休出來後，我爹一直對我不聞不問，他還說過，他沒有我這個女兒。

「然而，幾個月後，他突然把我抓回來，要將我嫁出去，其中必有緣故。我現在困在這裡，行動受到限制，無法查出其中原因。」林舒婉道。

「妳是想讓我幫妳查？」

「我想請侯爺幫我查一下，我爹近日有什麼地方和往日不同？」林舒婉道。

薛佑琛道：「好，此事我幫妳查。」

「謝謝你。」林舒婉道。

一句「不必客氣」已到薛佑琛的嘴邊，卻又嚥了下去。

他低頭看她，見她膚如凝脂，杏眼映出夕陽餘暉，恰如一汪秋水瀲灩。

他喉結一滾，問道：「查林庭訓並不是什麼難事，但是南陽侯府以軍功立家，我從來只管軍中之事，不管朝堂之事，查林庭訓是破了例的，妳打算怎麼謝我？」

林舒婉一怔，倏地抬頭，撞見薛佑琛的鳳眸像是被融化的寒冰，溫柔得像暖春的湖水。

他氣勢凌厲，五官稜角分明，平日一直給人難以接近的威嚴感。現下，他這般溫柔的風情，猝不及防展現在她面前，她的心突然跳快了幾拍。

撲面的男人氣息，讓林舒婉到底有幾分不適應，她下意識地往後退了退。

薛佑琛見到林舒婉的動作，便道：「放心，我不會乘人之危。」

林舒婉很快平復下來。「侯爺說笑了。」

「還有一事呢？」薛佑琛道。

林舒婉從懷中取出一張宣紙，正是剛才她寫給裴展充的信。

「侯爺，你是否能幫我把這封信交給北敬王？」林舒婉問道。

「北敬王裴展充？」薛佑琛低聲問。

「嗯，他是我的舅舅。」林舒婉道。

「好，」薛佑琛道：「我會想法子讓這封信出現在裴展充的案頭。還有別的事嗎？」

「沒有了。」林舒婉搖頭。

薛佑琛把信放進自己懷裡。「那我先走了，一有消息，我就來找妳，妳自己保重。」

「你也路上小心。」林舒婉道。

薛佑琛眼中露出幾絲笑意。「好。」

薛佑琛的身影很快消失在林舒婉的視線中。

林舒婉幽幽嘆了口氣，慢慢從山洞中轉了出來。

德馨書齋內，薛佑琛坐在書案前，案上擺著一封密信。

「侯爺，這密信裡寫的都是近日林庭訓的動向。」仲子景道。

「好。」薛佑琛從信封裡取出信紙，仔細看了起來。

看完後，他把信重新塞回信封，放到自己懷中。

「侯爺，衙門的人知道侯爺昨日晚上回府，今天便來向屬下回覆了，」仲子景道：「關於烙餅一事。」

薛佑琛鳳眼一瞇。「怎麼說？」

「無毒。」仲子景說道。

「無毒？」薛佑琛反問。

「衙門的人說，驗毒的人是京城最有經驗的，他驗不出毒，旁人也絕對驗不出。」仲子景接著道：「不僅侯爺的乾糧上沒有毒，眾部將的乾糧上也沒有毒，就連衛統領吃剩的那一小塊烙餅也沒有毒。」

這個結果出乎意料，薛佑琛怔了怔，隨後，食指輕輕敲著扶手。

「侯爺，屬下心裡也覺得有些奇怪。」仲子景說道：「衛統領吃的是侯爺包裹中的烙餅，但侯爺的乾糧不比普通將士的，雖然不是疊翠院小廚房裡出來的，但也是經過檢查的。衛統領吃了幾口烙餅就毒性發作，腹中絞痛，顯然毒性強烈，又怎會檢查不出來？這毒究竟從何而來？」

「嗯。」薛佑琛習慣性地應了一聲。

仲子景見薛佑琛不再說話，便默默站在一旁。
薛佑琛也默默沈思，一時間書房中十分安靜。
若是烙餅無毒，那衛得遠又是怎麼中毒的？
思考了一會兒，薛佑琛依舊沒有想出其中所以然來。
「子景，你先退下吧。」
「是，侯爺。」

林舒婉看著眼前的殘羹冷炙，不由嘆了一口氣。
她有些懷念被抓回林府前的日子。
每天她從織雲繡坊回到那一進小院中時，便有畫眉紅撲撲的笑臉相迎，還嘰嘰喳喳地跟她說話，把她拉到桌前，喊她吃飯。而通常這個時候，桌上已經擺好飯菜，雖不是山珍海味，卻也是香噴噴、熱騰騰的市井家常菜。
在臘月裡，吃上這麼一頓熱飯，身上的寒氣便都沒了。
她被抓回林府，林竇氏作為當家主母，就沒存善待她的心。
炭盆裡的銀絲炭快要用完了，屋裡也沒有多餘的銀絲炭，也不知道林竇氏會不會給她補些炭，那個伺候她的婆子也不知道又跑到哪裡去了。
匆匆把殘羹冷炙都嚥下，林舒婉把炭盆裡的炭火熄滅，打算省著點晚上用。

炭盆一熄，屋裡很快就冷下來。
左右屋子裡和外面一樣冷，林舒婉就出了院子。
不知不覺，她的腳步便走到假山山洞旁邊。
她在假山附近走來走去，心中暗道，昨天薛佑琛說有了消息便會再來找她，也不知道他什麼時候過來？
就在這時，她的肩膀被人拍了一下。
她一回頭，剛剛還在心裡念著的人就在眼前。
他隱藏在一塊山石後，露出小半張臉。
「去山洞。」他用口形同她說。
林舒婉點了下頭，往旁邊走了幾步，進了假山山洞。
她前腳走進山洞，薛佑琛後腳就跟了進來。
山洞逼仄，能容得下兩人，卻也沒有多餘的空間，兩人只能保持著極近的距離。
對林舒婉而言，這個距離已經超過人與人間所謂的安全距離，男人的氣場又強，這麼近地站在一起，她覺得自己被他的氣場籠罩著，有點不適應。
她想向後退，身後卻是山壁，無處可退。
「林小娘子要我幫忙的事都已辦妥。」薛佑琛磁性的聲音傳來。
林舒婉心中驚喜，原以為要等上幾日，沒想到只過一日他就辦好了。「這麼快？」

薛佑琛道：「妳給裴展充的信已經混入公文，送到他的手上。算算時辰，現在他應該已經看到了。」

「多謝侯爺。」林舒婉道。

薛佑琛看了她一眼，壓低聲音。「不必客氣。」

「還有，妳要我調查林庭訓的事，」薛佑琛從懷中取出密信，遞給林舒婉。「妳自己看吧。」

林舒婉接過密信，拆開看了起來。

原來朝堂中有人彈劾隴西官員貪腐，於是皇上就派人徹查此事。而調查貪腐案的人不是別人，正是靖北侯。

靖北侯查出隴西官員貪腐確有其事，且證據確鑿，隴西諸多官員也因此落馬。

本來此事已經告一段落，但靖北侯似乎又得了相關證據，直指當朝丞相林庭訓。

這些證據說明林庭訓也牽扯到隴西貪腐案中。

看完密信，林舒婉心裡怒不可遏，原來真相竟是如此不堪。

靖北侯抓到林庭訓涉嫌隴西貪腐案的把柄，林庭訓為了保全自己，就用自己的女兒來賄賂靖北侯。

原主的母親秀宜郡主姿容絕色，靖北侯當年就垂涎過秀宜郡主的美色，但是秀宜郡主身分貴重，人才了得，莫說靖北侯比秀宜郡主大了太多，還早有原配，就算靖北侯和秀宜郡主年歲相當，尚未婚配，秀宜郡主也絕對看不上靖北侯。

這些是原主在閨閣中聽林府的年長僕從說的。

而原主雖然性子懦弱，但是長得和秀宜郡主十分相似，也是十分美貌，所以林庭訓便想把女兒嫁給靖北侯做續弦。

林舒婉心中怒極，秀宜郡主看不上靖北侯，卻看上林庭訓這個出身寒門之人，下嫁於他，輔佐他、支持他。到頭來，林庭訓為了保全自己的仕途，竟然反要將裴明珠唯一的女兒嫁給靖北侯。

當年裴明珠沒有嫁給門當戶對的豪門世家，而是不顧門第，選擇下嫁林庭訓，原以為是找到了真心以待的愛人，沒想到卻是個極為自私的惡狼。

林舒婉也為這具身體的母親裴明珠感到悲哀。

薛佑琛看過這封密信，自然知道內容，也知道其中意味著什麼。

他見林舒婉一個嬌嬌柔柔的女子，竟要面對這樣不堪的事，著實為她心疼，見她默默垂頭站在他面前，他有心安慰，卻又不知說什麼，便放低嗓音。「林小娘子？」

耳邊傳來薛佑琛磁性的聲音，林舒婉回過神，見他露出關心的神色。

「我無事。」林舒婉道。

「妳有什麼打算？」薛佑琛問。

「我是帳房，最擅長的就是算帳。」林舒婉漸漸恢復平靜。

「還有什麼需要我幫忙的？」薛佑琛問。

「多謝侯爺，沒有旁的事了，」林舒婉道：「侯爺已經幫了我大忙。」

薛佑琛見林舒婉說得肯定，知道她自有主意，便不再多問。

事情說完，薛佑琛也該離開了，但他不放心林舒婉，也捨不得離開。

他站了一會兒，繼續找話題。

「我聽得遠說，他去繡坊謝妳了？」

「嗯，你不在京城的時候，衛統領來找過我，」林舒婉說道：「那時見他還有些虛弱，他現在身子好了嗎？」

「嗯，本就是健壯的身子，毒清了，又恢復了幾日，現在已經全好，今日早上見他操練的時候，比往日還要勇猛。」薛佑琛道：「幸虧那日妳恰巧路過，救了他性命。」

「說起來那日是怎麼回事，衛統領怎麼會誤食有毒的烙餅？」林舒婉問道。

薛佑琛見林舒婉發問，便毫無隱瞞地告訴她。

「那日得遠餓得發暈，我便將我包裹裡的乾糧給他吃，他吃了大半塊烙餅便毒發了。」

林舒婉震驚。「那有毒的烙餅是你的乾糧？衛統領是吃了你的乾糧才中毒，是有人有心要毒害你？」

「這件事說來也怪，我找人檢查了剩下的烙餅，不管是我的乾糧，還是眾將士的乾糧，都是無毒的，得遠吃剩的乾糧也無毒。論理，我的乾糧都是經人檢查過，應該不會有毒。」

薛佑琛道：「也不知道得遠究竟是怎麼中毒的，或許不是烙餅的問題。」

林舒婉沈思了一會兒，抬眉問道：「侯爺，你可還記得，那日我用什麼法子救他的？」

薛佑琛頜首。「記得，催吐。」

「是啊，我用催吐的法子救他，而且起了效果，這就說明衛統領確實是因為吃了有毒的東西才中毒。」林舒婉道：「如果是吸入有毒的氣味、摸到有毒的東西，或者被有毒的銳器劃出了血，那用催吐的法子是不會奏效的。」

薛佑琛沈吟。「確實如此。」

「所以這毒從口入是肯定的。」林舒婉道：「那衛統領除了吃烙餅外，還吃過其他東西嗎？」

「沒有。」薛佑琛肯定道：「得遠有個毛病，晨起時，如果不吃東西就會頭暈。那日得遠晨起後，沒有來得及吃東西，老毛病犯了，從馬上摔下來，我才把自己包裹裡的烙餅給他吃。因此可以肯定，在吃這個烙餅前，他定沒有吃過任何東西。」

林舒婉想了想。「既然如此，那衛統領一定是吃那烙餅才中毒的。」

「只是餘下的烙餅都沒有毒。」薛佑琛遲疑道。

林舒婉思索片刻，緩緩道：「其實，下毒若是下得巧妙，也會讓人驗不出來。」

薛佑琛反問：「何為叫下得巧妙？」

「這烙餅上的毒是怎麼來的，我不知道，但是我知道一些下毒的手段，會讓人查不出來。」林舒婉說道。

「願聞其詳。」薛佑琛道。

「我曾在一些野史和話本中看到一些下毒的法子，可以驗不出毒。」林舒婉回憶了下前世在小說和連續劇裡看到的下毒方法，解釋起來。「比如把毒抹在別人的筷子上，而自己的筷子上不抹毒，這樣一來，自己先用無毒的筷子挾菜吃，是不會中毒的，當別人用有毒的筷子挾菜吃就中毒了。若是檢驗那盤菜，就會發現菜無毒。

「還有，在酒壺的壺口抹上毒，這樣檢查壺裡的酒，會發現酒中無毒，但是酒倒出來，就會變成毒酒。

「再有，比如鴛鴦酒壺，壺肚一分為二，一半裝有毒的酒，一半裝沒毒的酒，給自己倒酒的時候，倒的是沒毒的酒，給別人倒酒的時候，轉動壺口的機關，就可以倒出有毒的酒。

「不過這些都是野史和話本上的，究竟可不可行，我就不知道了。」

薛佑琛邊聽邊思考。「不是在酒菜裡下毒，而是用筷子下毒、用酒壺下毒。這麼說來，烙餅上的毒也有可能……」

林舒婉接口道：「不是直接在烙餅上下毒。」

薛佑琛眼睛一亮。「林小娘子聰慧，這回該我謝謝妳了。」

林舒婉勾了勾唇。「不必客氣。」

兩人說了一會兒話，天色也漸漸暗了。

「天色不早，我該走了。」薛佑琛道。

林舒婉點點頭。

薛佑琛剛回到疊翠院，雲信就迎上來。

「侯爺。」

薛佑琛吩咐。「雲信，把我上次離京時，裝乾糧的囊袋拿過來。」

薛佑琛暗自思量，如果毒不是下在烙餅上，會不會是裝乾糧的囊袋出了問題？

那日衛得遠中毒後，他讓部下把囊袋中所有烙餅都拿去京城衙門裡驗毒，而裝烙餅的囊袋則被他隨意裝到包裹裡。

後來，仲子景重新買來乾糧，這些新買的乾糧是店家用布疋包好的，他拿到新買的乾糧後，便直接連著布疋一起裝進包裹，倒沒有把新買的乾糧裝進之前用的囊袋中。

方才他受到林舒婉的啟發，把懷疑的對象轉到裝烙餅的囊袋。

「是，侯爺。」雲信應道。

很快地，雲信便把一個囊袋交到薛佑琛手裡。

這個囊袋由錦緞織成，上方開了口，在開口的下方縫了繩子，在裡面裝了東西後，可以用繩子紮起來，裝在裡面的東西就不會掉出來。

薛佑琛拿著囊袋，迅速走出屋子，快步去了德馨書齋。

他把仲子景喊到書齋中。

「子景，這是那日裝烙餅的囊袋，你即刻拿著這囊袋去衙門，讓衙門再驗一驗囊袋有沒有毒。」薛佑琛道。

仲子景接過囊袋。「侯爺是說，這囊袋……」

「嗯。」薛佑琛應了一聲。「越快越好。」

仲子景自是知道這件事的厲害關係，立刻應道：「是，侯爺。」

入夜，萬籟俱寂。

整個南陽侯府，除了抄手迴廊，間隔點著長命燈外，幾乎所有屋子都已熄燈。唯一還點著燈的屋子，就是德馨書齋。

「侯爺，這囊袋也沒有毒。」仲子景拱手說道。

薛佑琛蹙起眉心。「也沒有毒？」

「侯爺的吩咐，衙門不敢怠慢，連夜驗了毒，剛剛衙門的人向屬下回覆，這囊袋也沒有毒。」仲子景道。

薛佑琛的食指在書案上敲了兩下，他拿起書案擺著的囊袋，仔仔細細檢查起來。

手指在囊袋的邊緣一寸一寸摸過來。

手伸進囊袋，在囊袋的裡面，也一寸一寸摸過來。

突然，他手一頓。

這囊袋是由雙層錦緞織成的，外層是用福字花紋錦緞，裡面還用白色素錦做了內襯。從外面看，囊袋的外層沒有任何破綻，而裡面的內襯破了極小的一個洞。

好端端的，為什麼囊袋內襯有個小破洞？這囊袋是用來裝乾糧的，又沒有裝過銳器……難道是有人故意扎破的？

薛佑琛沈思片刻，突然神色一變。

他迅速將囊袋用繫繩紮起來，這個極小的破洞便正巧卡在繫繩的上方。

若是在這個破口裡，向上塞幾粒毒藥，將這幾粒毒藥卡在這個小破洞裡，那麼囊袋的開口端是由繫繩紮緊的，毒藥掉不下來。

一旦打開繫繩，毒藥便會掉下來，落在烙餅上。

烙餅的表面有一層油，毒粒掉在烙餅上，不會輕易掉落，人吃了落有毒粒的烙餅便會中毒，而烙餅沒有被毒粒污染的部分則是無毒的。

而囊袋細小破口中的毒粒已經全部落下，囊袋裡就沒有毒了，所以檢查囊袋也檢查不出來。

這也是為什麼明明烙餅都經過檢驗，卻還是驗不出有毒。

想通其中關鍵後，薛佑琛站了起來。

第十一章

漆黑的夜色裡，南陽侯府又有幾間屋子的燈火亮起來，伴隨著的是竊竊私語的人聲。

「這大半夜的出了什麼事，把咱們都從屋子裡叫出來？」

「外頭真冷，凍得人骨頭都冷。」

「你們小聲些，剛剛仲統領說了，是侯爺要問話。」

仲子景道：「大家腳下都快著些，侯爺還在偏廳等著。」

「是。」眾人紛紛應和，不敢再多說一個字。

仲子景把眾僕從帶到偏廳門口。

管家薛榮貴也被叫過來，此時就站在薛佑琛旁邊。

薛佑琛見仲子景帶了一干下人過來，便道：「子景，人都帶來了？」

仲子景拱手道：「侯爺，在廚房裡當差的所有人都帶來了。」

「好。」薛佑琛道。

眾下人看到薛佑琛本人，紛紛彎腰行禮。

薛佑琛抬起手，示意他們不必再行禮。

「我離京那日早上，曾經吩咐廚房製作乾糧。乾糧做好也檢查好後，是到了誰的手上？」薛佑琛開始問話。

一個四十多歲的婦人站出來。「回侯爺，烙餅檢查好後，就交到了老奴手上。」

薛榮貴向薛佑琛解釋。「侯爺，此婦人姓馬，是廚房的管事嬤嬤。」

「烙餅到妳手裡後，妳又交給什麼人？」薛佑琛接著問。

「老奴把烙餅裝入侯爺的囊袋中，沒有再交給旁人了。」馬嬤嬤道。

薛佑琛鳳眼瞇了瞇。「是妳裝到囊袋裡的？」

「回侯爺的話，正是老奴裝到囊袋中的。」馬嬤嬤道。

「隨後這囊袋又經過誰的手？」薛佑琛問道。

「沒有再經過旁人的手，後來就是春兒把囊袋送到疊翠院的雲信那裡。」馬嬤嬤道。

「侯爺，」薛榮貴解釋道：「這馬春兒是馬嬤嬤的女兒。」

「馬嬤嬤、馬春兒、子景、榮貴，你們隨我進偏廳，其餘人在門口候著。」薛佑琛吩咐完，轉身進了偏廳。

偏廳中，薛佑琛坐在主位，仲子景和薛榮貴分站在他兩旁，馬嬤嬤和馬春兒站在偏廳中央。

仲子景厲聲道：「妳們母女二人好大的膽子，竟敢動侯爺的乾糧！」

馬嬤嬤和馬春兒是侯府的僕人，何曾面對過軍人的氣勢？聽仲子景突然質問，嚇得直接跪倒在地。

馬嬤嬤急忙道：「老奴不敢，老奴怎敢動侯爺的乾糧？老奴接到烙餅後，便原樣放入囊袋中，沒有動過，請侯爺明鑑。」

「妳呢？」仲子景一指跪在馬嬤嬤旁邊，嚇得大氣不敢喘的馬春兒。

馬春兒戰戰兢兢地道：「婢、婢子也不敢，婢子拿著囊袋一路從廚房走到疊翠院交給雲信，婢子從沒有打開過這囊袋，也沒有動過乾糧。」

仲子景道：「侯爺的乾糧出了岔子，妳們兩人一人將烙餅放入囊袋，一人將囊袋送到疊翠院，總是脫不了干係。」

「婢、婢子真的沒有打開過囊袋。」馬春兒道：「婢子吃得飽，不差吃的，不會偷拿侯爺的乾糧。」

「春兒一向膽小，她從來沒有偷拿過廚房的東西，更不要說動侯爺的乾糧。老奴是廚房的管事，廚房短缺了什麼，出了什麼岔子，都是老奴的責任，老奴怎會自己去動侯爺的乾糧？」馬嬤嬤說道：「定是廚房裡哪個手腳不乾淨的，偷拿了烙餅，或者在做烙餅的時候偷工減料了。」

說完，馬嬤嬤給薛佑琛磕了個頭。「請侯爺明察，老奴和春兒是冤枉的。」

薛佑琛仔細觀察馬嬤嬤和馬春兒的神情，見她們的神情又是吃驚又是害怕，不似作假，又聽她們所說的話，似乎完全不知道烙餅有毒的事，心中便有了結論。

這兩人雖不能完全排除嫌疑，但作案的可能性不大。

他問道：「馬春兒，妳拿著囊袋從廚房一路到疊翠院，有沒有碰過什麼人？」

「沒有。」馬春兒輕聲道。

「囊袋沒有被別人碰過？」薛佑琛問。

「婢子一路拽著囊袋走到疊翠院，婢子手裡拽得緊緊的，沒、沒別人碰過。」馬春兒膽小，說得磕磕巴巴，倒也把事情說清楚了。

薛佑琛沈吟道：「馬嬤嬤，妳把烙餅裝進囊袋後就直接給了馬春兒？」

馬嬤嬤回答道：「老奴把烙餅裝進囊袋後，先放到廚房的裡間。」

「裡間？」薛佑琛劍眉微抬。

「侯爺，」薛榮貴道：「我們府上的大廚房隔成裡外兩間，裡間是個小庫房，放置當日的食材，以及備用的油鹽醬醋等。外間就是灶間。」

薛佑琛鳳眼半眯，一邊用食指敲著官帽椅的扶手，一邊道：「妳把囊袋放到裡間後，還有誰進過裡間？」

馬嬤嬤回道：「沒有人進去過。」

「妳怎知沒人進去過？」薛佑琛問。

「裡間的門一向是關著的。灶間油煙大，老奴從裡間出來後，怕油煙燻壞了裡間的珍貴食材，便順手把門關上。關門後，老奴就在灶間幹活。那日早上要做乾糧，還要做日常的飯菜，大夥兒都很忙，人人都在灶間忙著，沒人去過裡間。」

「妳確定？」薛佑琛反問。

「那日大夥兒實在太忙，老奴記得人人都在灶間忙得腳不沾地，沒人有空去裡間。而且裡間的門有些舊，開門時會發出很大的聲響，老奴一直站在那扇門的附近，若是有人進出，老奴定會知道的。所以，老奴確信沒有人進去過。」

薛佑琛沈吟。

「要說有，也只有一個。」馬嬤嬤說道。

「是誰？」仲子景喝道：「磨磨唧唧的，問了幾次才說！」

「是、是，剛才老奴沒有想起來老奴這就說，是老夫人跟前的裘嬤嬤。」馬嬤嬤道。

薛佑琛眼一睜。「她來廚房做什麼？」

馬嬤嬤道：「裘嬤嬤說她奉了老夫人之命，來檢查廚房。」

「她進了裡間？」薛佑琛問。

「是，裘嬤嬤來了以後，和老奴說了會兒話，還問了乾糧做得怎麼樣？老奴便據實答了。隨後，她在灶間檢查一圈，又去裡間檢查一圈。」馬嬤嬤道。

「妳同她一起進裡間查看的？」薛佑琛接著審問。

馬嬤嬤搖頭。「那日廚房裡事情實在太多，老奴沒空陪裘嬤嬤，就讓裘嬤嬤自己去了。」

薛佑琛瞇了下鳳眼。「榮貴，去把裘嬤嬤帶來。」

不多時，薛榮貴把裘嬤嬤帶到偏廳。

薛佑琛把馬嬤嬤、馬春兒母女二人打發到屋外跪著，開始單獨審問裘嬤嬤。

「裘嬤嬤，侯爺的乾糧妳也敢動手腳?!」仲子景還是像剛才一樣，對裘嬤嬤厲聲一喝。

裘嬤嬤本就心裡有鬼，聽仲子景這麼一說，頓時一個哆嗦，臉色唰地白了。

她大喊道：「老奴沒有！冤枉啊、冤枉啊！」

「跪下！」仲子景喝道。

「是、是。」裘嬤嬤立刻跪到地上，面色發白。

「裘嬤嬤，」薛佑琛緩緩道：「我離京那日，妳去了廚房？」

「是、是，那日老奴去廚房檢查。」裘嬤嬤道。

「妳不只去了廚房，還進了裡間，」薛佑琛道：「在裡間，妳對準備好的乾糧動了手腳。」

裘嬤嬤大喊冤枉。「老奴冤枉啊！請侯爺明察！」

薛佑琛冷聲道：「是妳故意扎破囊袋，以此對烙餅動手腳。」

裘嬤嬤心裡咯噔一下，心中又驚又怕。

如此隱蔽的下毒之法，侯爺是怎麼知道的？若是真的被侯爺知道事情是她做的，那她這條老命就沒了。

事到臨頭，裘嬤嬤心中怕極。

她腿腳發軟，幸虧是跪著的，看不出來，若是站著，這會兒也已經站不住了。

她的手指也開始發抖，緊緊拽著衣角，慌張地道：「侯爺明鑑，老奴不曾對侯爺的乾糧動過手腳，侯爺乾糧上的毒與老奴無關啊！」

薛佑琛神色一凝，眉眼頓時覆上一層寒冰。「乾糧上的毒與妳無關？」

裘嬤嬤偷偷抬了一下眼，見薛佑琛面無表情，目光淩厲，手指止不住地顫抖起來，失聲大喊：「侯爺，乾糧上的毒真的和老奴無關啊！」

「妳怎知乾糧上有毒？」薛佑琛沈聲道：「我未曾說過一個毒字，妳又是從何而知乾糧上有毒一事？」

衛得遠中毒一事，只有薛佑琛和他帶去隴北的一眾親信知曉。事後，他特地囑咐過部下，不要將此事宣揚出去。他的親信自是不會違背他的意思，將此事透露出去。

至於衛得遠，他跟隨薛佑琛多年，不是什麼蠢人，也是有勇有謀之輩，他自然知道自己中毒一事的利害關係。那日，他回到南陽侯府，只說是自己身體不適，對於中毒一事隻字不提。

那些乾糧是給薛佑琛和眾將士出城後在路上吃的，沒有人能想到衛得遠會在出門後不久，就因為飢餓而體力不支，需要進食。所以也沒有人懷疑，衛得遠是因為中毒才回到侯府。

「這、這……老、老奴是猜的。」裘嬤嬤終於身子不支，坐在地上，鬢角有汗珠滴落。「老奴不知。」

站在一邊的薛榮貴也是吃了一驚，他半夜被叫起來，只知道侯爺去隴北時帶的乾糧出了問題，所以要夜審廚房眾人，卻不知道竟是因為有毒。

誰竟如此膽大包天，在侯爺的乾糧中下毒？

「侯爺，」薛榮貴道：「小的想到了一件事。」

「何事？」薛佑琛問道。

「在侯爺離京當日早上，裘嬤嬤曾經到小的這裡要過紅信石。府裡常備著紅信石，是為了滅蟲鼠的。因為紅信石劇毒，所以不像其他東西一般都擺在庫房裡，府裡的紅信石都在小的手裡，若是有誰需要用紅信石，必須到小的這裡來取用。」

薛榮貴接著道：「侯爺離京那日，裘嬤嬤來找過小的，說是府裡放布料的小庫房有鼠，她怕布料被鼠咬壞，便問我要了些紅信石滅鼠。府裡的布料一直由老夫人管著，而裘嬤嬤是老夫人跟前的管事嬤嬤，所以小的就取了一些紅信石給裘嬤嬤。」

「庫房有鼠？」薛佑琛道：「榮貴，去把看管布料庫房的婆子喊來。」

「是。」

薛榮貴出了偏廳，少時，便帶了一個婆子進來。

「侯爺，看管布料庫房的李嬤嬤到了。」

這婆子顯然沒有睡醒，一臉睡眼惺忪。

她一進偏廳，看到坐在主位上淡淡望著自己的薛佑琛，以及跪倒在地上的裘嬤嬤，瞬間清醒過來。

她立刻跪在裘嬤嬤身邊。「侯爺。」

「李嬤嬤，前幾日庫房裡可是有鼠？」薛佑琛問道。

「鼠？」李嬤嬤茫然地問了一句，反應過來後，立刻否定。「沒有鼠，老奴每日把庫房打掃得乾乾淨淨，庫房裡從來不留一點食物，莫說耗子，就是蟲子也沒有一隻。」

「嗯，妳出去吧。」薛佑琛道。

打發走了李嬤嬤，薛佑琛轉向裘嬤嬤。「現下妳還有什麼話說？」

裘嬤嬤呆坐在地上，面如死灰。

「榮貴，讓外面的人都散了。」薛佑琛吩咐道。

「是。」薛榮貴領命離開。

「子景，」薛佑琛道：「帶裘嬤嬤去侯府地牢，用些刑，讓她都招供了。」

侯府地牢，陰森而潮濕。

裘嬤嬤被綁在刑架上，嘴裡塞著布，不得言語。

刑架旁有一木架，木架上林林總總掛了各式刑具。

薛佑琛坐在一方小桌前，仲子景則站在薛佑琛旁邊。

衛得遠也被喊到這地牢中，此時正站在刑架旁邊。

「得遠，用刑吧。」薛佑琛淡淡道。

「是，侯爺。」衛得遠從刑架上取了一塊烙鐵，在火上慢慢烤著，直到烙鐵被燒得通紅。

他舉著烙鐵，一步步走向裘嬤嬤。

裘嬤嬤盯著衛得遠手中燃得通紅的刑具，驚恐地睜大雙眼，不住搖頭，嘴裡發出嗚嗚的叫聲。

突然，地牢中出現一股騷臭味。

衛得遠朝裘嬤嬤下半身一看。「還沒上刑就已經嚇尿了。就是一塊烙鐵，上了刑也是烤焦皮肉罷了，旁的刑具我還沒有拿呢。就這膽子，也敢給侯爺下毒？若是妳能熬得住刑，我還高看妳幾分。」

仲子景笑道：「你當她是北狄軍人？不過是個內宅僕婦，心思惡毒，人又蠢，現在才知道怕了。侯爺，我看她那副樣子，應該是可以招供了。」

薛佑琛道：「取下她口中的布。」

「是，侯爺。」衛得遠放下手裡的烙鐵，揭開塞在裘嬤嬤嘴裡的布。

「侯爺饒命、侯爺饒命，老奴都招了！」裘嬤嬤喊道：「老奴都招了，侯爺饒老奴一命吧！」

薛佑琛緩緩搖頭。

仲子景道：「裘嬤嬤，妳用此等陰毒法子謀害侯爺，一死是免不了的，若是老實招供便可以死得痛快些，若是不招供……這些刑具用在身上，妳還不如死個痛快。」

「老奴什麼都說，求侯爺留老奴一條命啊！」

薛佑琛不再看裘嬤嬤，把目光放到別處。

「快說，別磨磨唧唧的！」衛得遠說著，又取過旁邊正在冷卻的烙鐵，放在火上烤。

裘嬤嬤盯著越來越紅的烙鐵，渾身顫抖。「老奴說……是、是老夫人！」

薛佑琛頷首，似乎早在意料中。

「接著說！」衛得遠喝道。

「是老夫人讓老奴下毒的……」裘嬤嬤把薛柳氏讓她毒害薛佑琛的來龍去脈全部說了。

「侯爺，老奴都說了，沒有任何隱瞞，求侯爺留老奴一條性命，老奴願為侯爺做牛做馬！若侯爺肯留老奴性命，老奴還可以招供旁的事情。老夫人私扣公中的錢財，老奴都知道！」

薛佑琛沒有理睬裘嬤嬤，食指一下下點著小桌，思考著該如何處置薛柳氏？

裘嬤嬤眼角湧出眼淚。「老奴不想死啊！老奴都說，還有關於表小姐的……」

薛佑琛絲毫不為所動，對裘嬤嬤所言渾然不在意。

「還有關於三夫人的……」裘嬤嬤嗚嗚咽咽。

薛佑琛手指一頓。「三夫人？」

裘嬤嬤見薛佑琛發問，彷彿看到救命之光，根本不去想薛佑琛為何會對三夫人的事感興趣。

她連聲說道：「是、是，三夫人，是以前的三夫人，三夫人私通的事，老奴都招，求侯爺饒了老奴一條命！」

「說。」薛佑琛沈下劍眉，目光轉向裘嬤嬤。「說清楚了，留妳一命。」

「是是是，老奴說！」裘嬤嬤急切地道：「三夫人沒有私通，是表小姐、表小姐陷害她的。表小姐讓老奴引開三夫人的貼身丫鬟，騙表小姐去了廂房，喝下被下了藥的茶水，然、然後……」

「怎麼哪兒都有妳這老虔婆？」衛得遠哼道。

「表小姐說，老奴深得老夫人的信任，老奴說的話，老夫人一定會相信的，這樣一來，就可以讓三夫人百口莫辯。表小姐給了老奴不少好處，老奴也是一時鬼迷心竅……」裘嬤嬤驚恐地道。

薛佑琛眉心斂起，下巴的曲線頓時繃緊，眼眸覆上一層冰霜。「帶上裘嬤嬤去秀榮院，這姑姪二人都住在秀榮院，今兒夜裡便一併處理了。」

「是，侯爺。」

薛佑琛站起來，邁開幾步，停下又道：「子景，你去把二爺和三爺也喊到秀榮院。」

秀榮院西廂房。

榻上鋪了厚厚的被褥，被褥上又鋪了一層上好的妝花緞面料。有七、八個織錦靠墊擺在榻上，看著就覺得舒適柔軟。

薛柳氏和平日一樣坐在榻上。與往日不同的是，她的臉上沒有愜意，而是震驚和害怕。

薛佑琛坐在榻邊的圈椅上，裘嬤嬤則跪在他的腳邊。

這時，薛佑璋和薛佑齡被仲子景帶進廂房。

「大半夜的不讓人睡覺，把人喊到這裡來。大哥，你就算是侯府的當家人，也沒有這般行事的道理，這到底要做什麼？」薛佑璋一進門就嚷嚷開來。

薛佑齡站在門口，身姿挺拔，芝蘭玉樹，然而耳朵和鼻子也是紅的，顯然剛才一路從聽濤院走到秀榮院，也被凍得不輕。

他眉心微微蹙著。「大哥，這麼晚了把我們都叫過來，是為了什麼事？」

仲子景道：「二爺、三爺，侯爺半夜叫二位過來，自是因為有要緊的事。」

「到底什麼事啊？」薛佑璋嚷道。

「老夫人命裘嬤嬤謀害侯爺，裘嬤嬤已經都招供了。」仲子景道。

「什麼？」薛佑璋道：「大哥，就算你不是娘親生的，好歹你也叫她一聲母親，這算什麼？看不慣娘親，胡亂編排她罪名？」

薛佑齡眉心蹙得更緊。「大哥，其中是不是有什麼誤會？」

薛柳氏雙手握著帕子，手心裡濕漉漉的，強作鎮定。「胡說什麼？是這老貨自己做了錯事，一時害怕，胡亂攀咬我，她給佑琛下毒，卻推到我身上。」

聽到這裡，薛佑琛輕嘆一口氣。

仲子景道：「老夫人，我剛才只說是您指使裘嬤嬤謀害侯爺，並未說下毒，您這是不打自招了。」

衛得遠在旁邊撇了下嘴。「也是個蠢的。」

薛佑璋一愣，不可思議地看向薛柳氏，再看向薛佑琛。「毒害大哥？」

薛佑齡的眉心蹙得更緊。

「妳說吧！」仲子景指了指跪在地上的裘嬤嬤。

裘嬤嬤在地牢裡受了驚嚇，此時哪還敢不說？便在眾人面前，老老實實地又把薛柳氏指使她下毒一事都說出來。

「……老夫人讓老奴跟薛管家要紅信石，再讓老奴把幾粒紅信石塞到囊袋的破洞裡。」

薛柳氏癱軟在靠墊上，臉上全無血色。

她突然站起身，發瘋一般撲到裘嬤嬤身上。「我待妳不薄，妳為什麼要誣陷我！」

「老夫人，侯爺什麼都知道了，老奴也是沒法子啊！」裘嬤嬤道。

薛柳氏喊道：「佑琛，你莫要聽這個老婆子胡言亂語，我沒有害你，是這個老婆子誣衊我！」

裘嬤嬤跪在地上，接著道：「老夫人有一支簪子，簪子頂端有幾片小巧精緻的花瓣，花瓣頭上尖尖的，尖頭後面又直又扁，老夫人就是讓老奴用這簪子上的花瓣扎破囊袋的內襯。「老奴已經將這簪子還給老夫人了，就放在這西廂房櫃子中的妝奩裡，還是老奴放進去的。」

「妳去取來。」薛佑琛道。

「是。」裘嬤嬤起身，走到牆角，從櫃子裡取出一個鎏金妝奩，妝奩沒有上鎖，她把妝奩打開，裡頭有不少髮簪、頭面，她從其中挑出一支花簪。

這花簪雖小，但十分精緻，簪子頂端的花瓣清晰可辨，花瓣中央還有花蕊伸出。

裘嬤嬤把這支簪子交到薛佑琛手上。

薛佑琛從袖袋裡取出囊袋，將一片花瓣伸入囊袋內襯的破洞。這破洞不大不小，恰巧容得下一片花瓣，花瓣和破洞恰好密合。

薛佑琛垂眸，緩緩道：「母親，人證是妳跟前的管事嬤嬤，物證也有了，在此之前，妳也已經不打自招。」

薛柳氏坐在地上沈默了一會兒，突然笑起來，帶著幾分嘲諷、幾分淒厲。

「呵呵呵呵，我當初做這件事的時候，就已經想到有被發現的可能，但為了我的孩兒，我也定是要做的。說不準萬一就成事了。」

「娘，您真是糊塗啊！」薛佑齡蹙起眉，痛心道。

「佑齡，你懂什麼？」薛柳氏嘴角帶著慘笑，看向自己的小兒子。「哪個當娘的不想把最好的捧到自己孩子手裡？你和佑璋哪個不是老侯爺的血脈？憑什麼他能承爵，你們就不能？這侯爺的爵位近在眼前，娘怎麼可能會不想要？差一點就到手了啊，可惜事敗了，可惜了……」

衛得遠冷哼道：「不知悔改的惡婦！」

「娘，您怎可用這樣卑劣的手段謀害大哥？」薛佑齡不禁道。

「卑劣？成王敗寇罷了。佑齡，你就是書讀得太多，天天之乎者也的。娘還不是為了你和你二哥。你大哥回京後，是怎麼對待你們兄弟倆的？若由著他這樣，我們娘仨還有什麼好日子過？你二哥若是能承爵，必然會對你多加照拂。」薛柳氏道。

「此事與我無關。」薛佑璋跳出來道：「娘，這事是您自個兒做的，可別拉我下水。」

薛柳氏道：「佑璋啊，當時不讓你和佑齡知道，就是怕萬一事發，牽連你和佑齡。放心，你大哥聰明得很，這事跟你有沒有關係，你大哥定然清楚。」

「大哥，」薛佑齡撩起長袍，跪在薛佑琛面前。「娘也是一時糊塗，求大哥看在娘打理侯府多年的分上，就饒了她這次。」

「佑齡，你不必求他。」薛柳氏冷笑道：「敗了就敗了，事到如今，我隨他處置就是。」

「大哥，娘也是誥命在身的侯老夫人，為薛家開枝散葉，養育子女，打理內院幾十年如一日啊！」薛佑齡跪在薛佑琛面前，清潤的嗓音流露出哀求之意。

薛佑琛沈聲道：「斷其左手，送入家廟，削髮為尼。從此以後，青燈古佛相伴，為薛家上下祈福，用右手每日抄經百頁，此生不能再踏出家廟一步。」

「大哥！」薛佑齡大喊道：「此生不再踏出家廟一步，便是關她一輩子了。你還要斷她的左手，她如何受得住？娘年歲大了，家廟本就清苦，還要用另一手每日抄經百頁……」

「佑齡，莫要說了，留她一條性命，已是我最大的讓步。」

薛佑琛低頭看著跪在自己面前的三弟。

薛佑齡也抬頭仰望薛佑琛，他心裡明白此事已無回旋餘地，卻還想再為薛柳氏求求情。

兩雙相似的鳳目，相對而望。

薛佑琛盯著薛佑齡的眼，緩緩道：「今日還有一件事。」

他抬起頭，不再看薛佑齡，而是對門外喊道：「去把秀榮院的表小姐喊到這裡來。」

——未完，待續，請看文創風745《棄婦逆轉嫁》下

年年歲歲花相似，歲歲年年人不同／千江水

嫡女大業

螳螂捕蟬，黃雀在後，
他運籌帷幄這麼久，卻栽在一個小女子手裡。
她要逃，不做他的王妃，他偏不讓她如願，
天涯海角都要把她抓回來！

文創風 730 1

丹陽縣主蕭元瑾，聰慧貌美，拜倒在她石榴裙下的男子不計其數，
可與她定親的魏永侯世子卻説另有所屬，讓她成為京城的笑柄。
倒楣的還不只如此，朝堂風雲變幻，她成了犧牲品，
如今重生為薛家四娘子元瑾，卻連當初毒殺她的人是誰都不知道！
她記得她是在那從小被她帶大的三皇子離開後昏睡過去，
接著吃了一碗湯圓後就死了，難道下毒手的是如親人般的三皇子？
可三皇子如今已入主東宮，她只是普通官家的庶房小嫡女，如何查明真相？

文創風 731 2

定國公府除了選世子外，還要挑一位小姐一起過繼，
薛府眾女搶破了頭，明爭暗害樣樣來，甚至還要害人名譽，
元瑾如何能忍？若她們手下不留情，就別怪她心狠，
薛聞玉的世子之位，她是定要想法子助他拿到手的！
她在出謀劃策之餘，遇到一神秘男子陳慎，據説是定國公的幕僚，
她遇到難處就與他商量，他也不吝獻策，還贈她一枚玉珮，
她以為這只是普通信物，可無論定國公或太子見到這玉珮，反應都超乎尋常，
這玉珮究竟是何來頭？陳慎……真的只是她認識的那個普通幕僚陳慎嗎？

文創風 732 3

元瑾很想仰天大笑，笑上天如此造化弄人，
前世她將太子朱詢視若親人，卻遭背叛，
現在就連信任的弟弟薛聞玉，真實身世也不像表面那般簡單。
而那個曾退她婚的魏永侯世子，如今的魏永侯爺，
當初寧可被貶官千里，也不願娶前世的她為妻，
現在卻説，她就是他心心念念一直在找的那個姑娘！
不過最讓她膽寒的，莫過於她最依賴的普通幕僚陳慎……

文創風 733 4 完

元瑾成了萬眾矚目的靖王妃，除了承載眾貴女的羨慕與忌妒，
更多的是，這個身分背後的暗潮洶湧。
原來在她戒備朱槙的同時，他也在試探她，
甚至要用她的性命，才能換取他全然的信任。
真不愧是連皇上都忌憚的男人，一步步都計算得恰到好處，
既然如此，她暗中和聞玉聯手，假意投靠太子，
那些莫名生出的一絲愧疚也不必在意了！

5月 PUPPY 譜下浪漫戀曲

D o g h o u s e X P U P P Y

愛神來不來

千百年來，愛神忙著讓有情人終成眷屬，
但工作久了難免也想偷懶，
當愛神凸槌、遲遲不來時，
大家只好各自努力，
尋找自己的守護神……

NO／543
愛神報恩 著 莫顏

這世上有愛神?! 不是說她不信神，她只是不迷信，
可這自稱愛神的型男在她面前顯靈，不得不信「他好神」！
但她不懂，為何只有她看得到他、聽得到他說話？

NO／544
愛神快快來 著 晴宇

這個施俊薇實在是太可愛了！
如果她就是好友刻意安排讓他認識的對象，
那他的確被勾起了興趣，甚至想多了解她一點……

NO／545
凸槌愛神 著 花茜茜

像尤昊檠這種好男人，早該得到幸福，
自詡愛神的任晶晶撮合過許多對佳偶，怎能錯過他？
但這次她熱心有餘、雞婆過度，想作媒卻好心辦壞事……

NO／546
守護神 著 忻彤

她天生體質特殊，三不五時就會看到一堆「好兄弟」在眼前晃，
幸好，她無意中發現那些阿飄超怕范方的，沒有一隻敢近他的身，
既知他這麼好用，她當然得把他緊緊拽在身邊，
當她專屬的守護神啊～～

Hi-Life

5/22 萊爾富 說愛最傳神 **單本49元**

文創風
744

棄婦逆轉嫁 上

國家圖書館出版品預行編目資料

棄婦逆轉嫁 / 林曦照著. --
初版. -- 臺北市 : 狗屋, 2019.04
冊 ; 公分. --（文創風）
ISBN 978-986-328-997-5（上冊：平裝）. --

857.7 108004218

著作者 林曦照
編輯 王冠之
校對 黃薇霓 周貝桂
發行所 狗屋出版社有限公司
地址 台北市104中山區龍江路71巷15號1樓
電話 02-2776-5889～0
發行字號 局版台業字845號
法律顧問 蕭雄淋律師
總經銷 知遠文化事業有限公司
電話 02-2664-8800
初版 2019年4月
國際書碼 ISBN-13 978-986-328-997-5

定價250元
狗屋劃撥帳號：19001626
網址：love.doghouse.com.tw E-mail：love@doghouse.com.tw